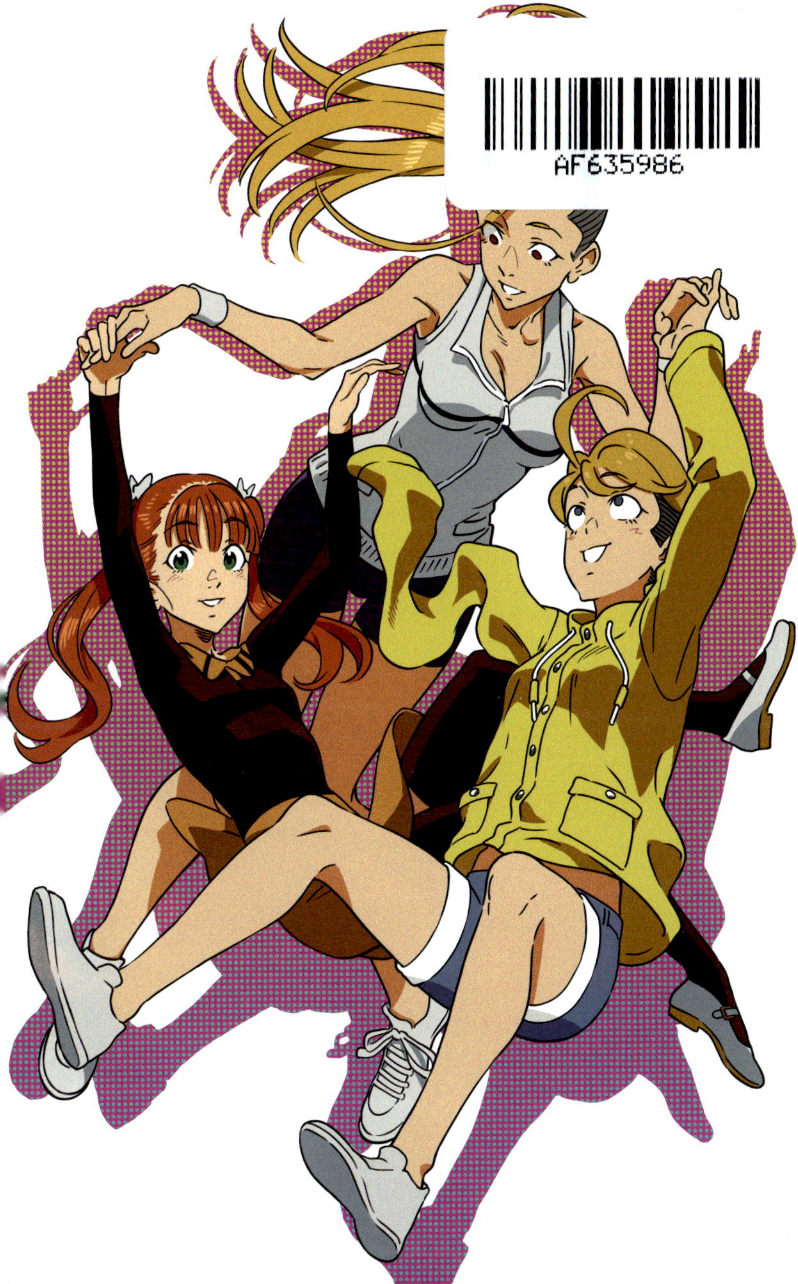

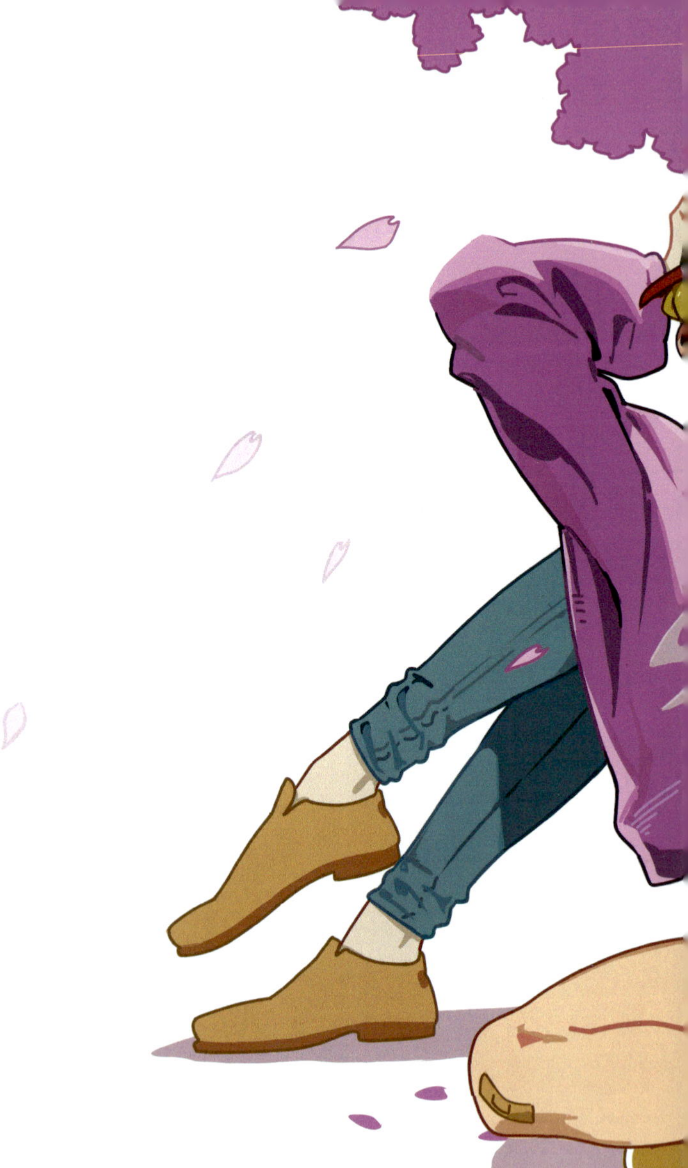

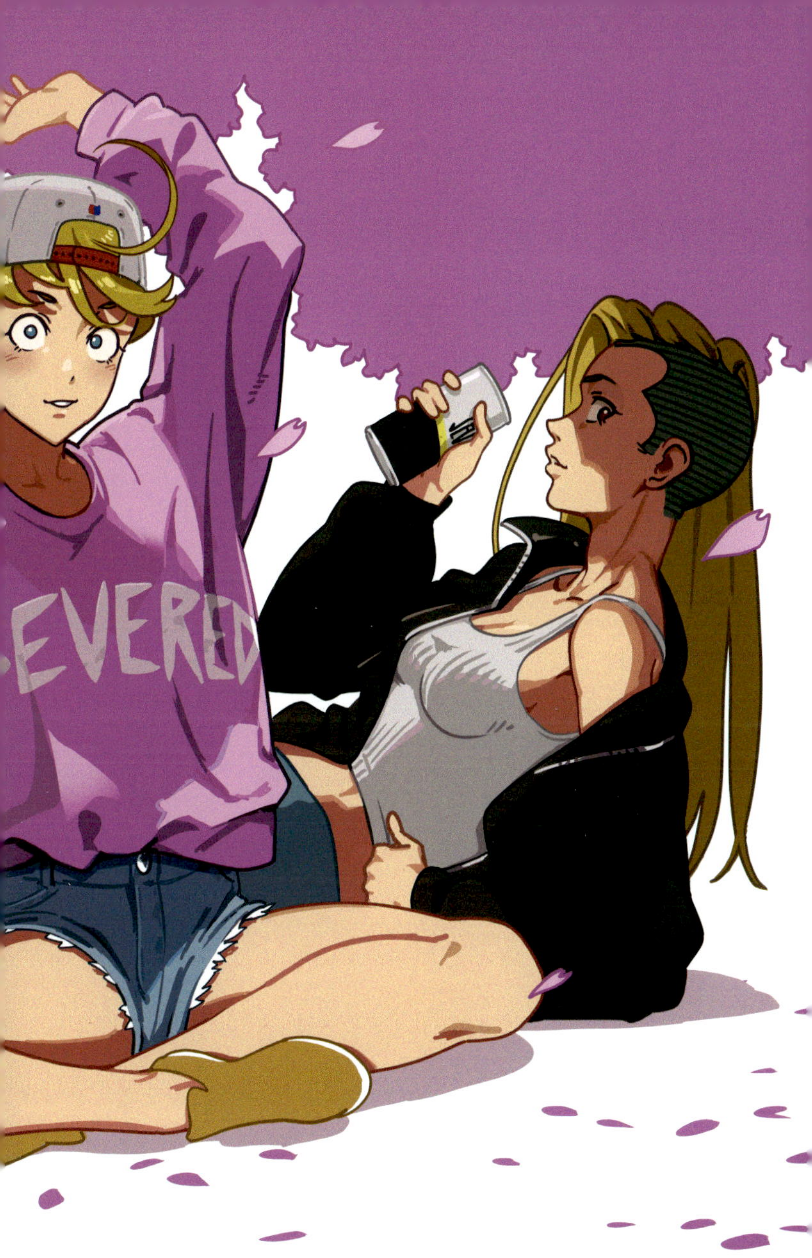
EVERED

INHALT

Achtung: Dieser Band thematisiert internalisierten Ableismus und enthält Begriffe, die als diskriminierend betrachtet werden können. Wir bitten Leser*innen um Vorsicht.

SEVERED

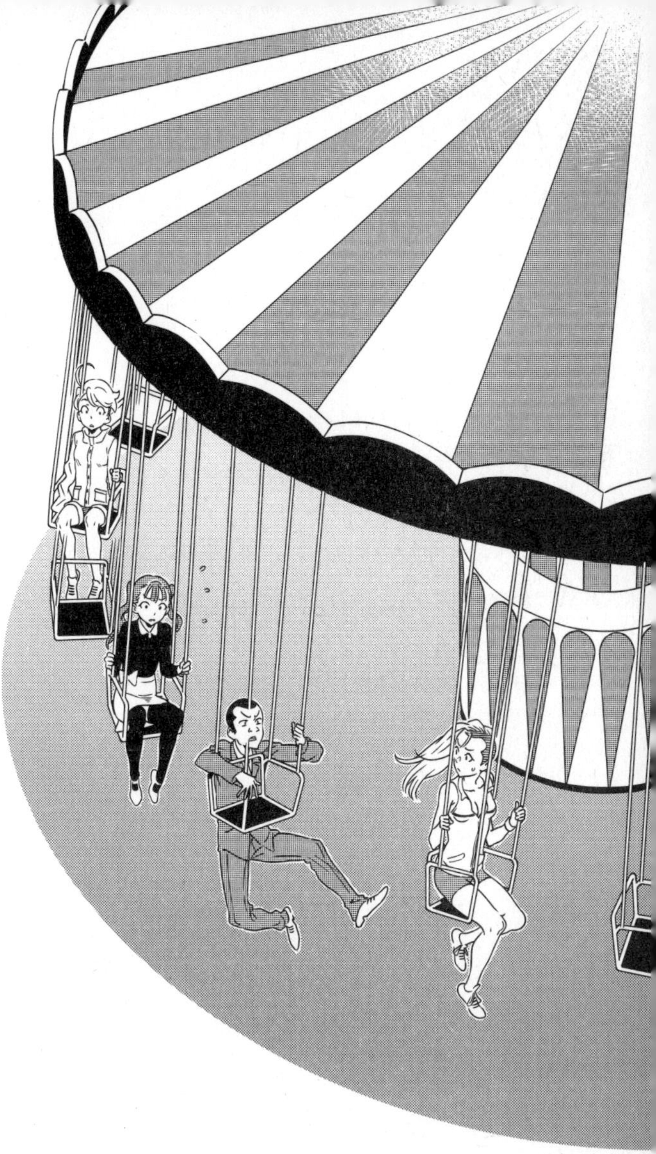

Kapitel 1: Akane

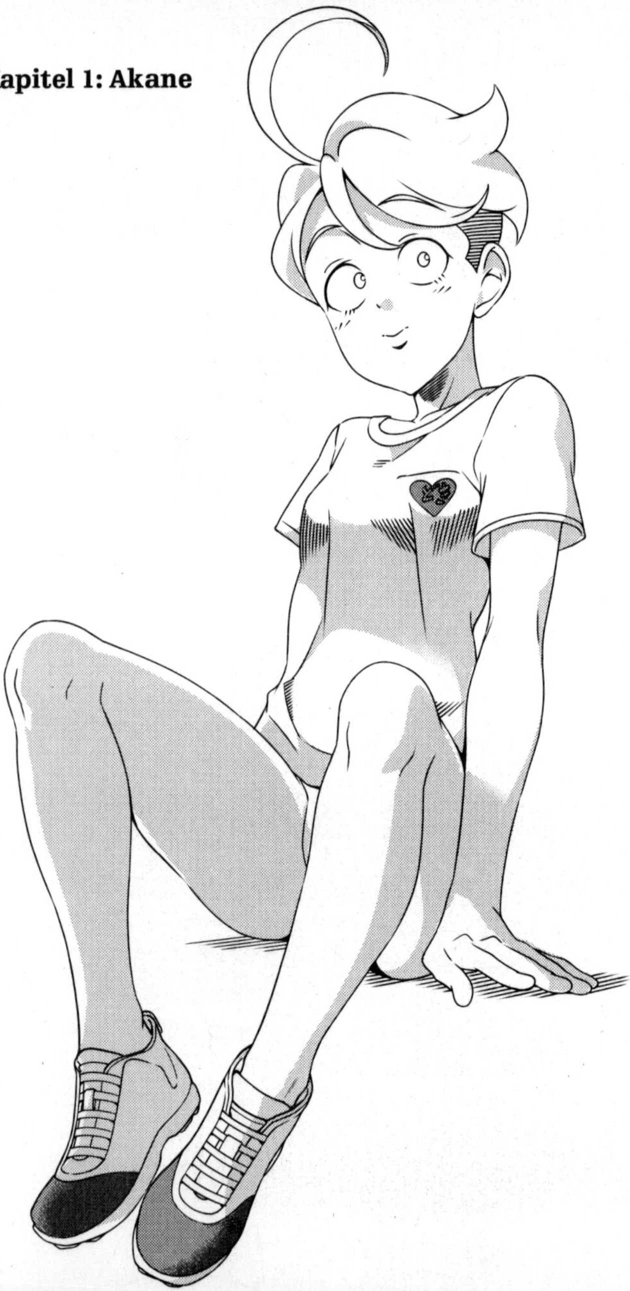

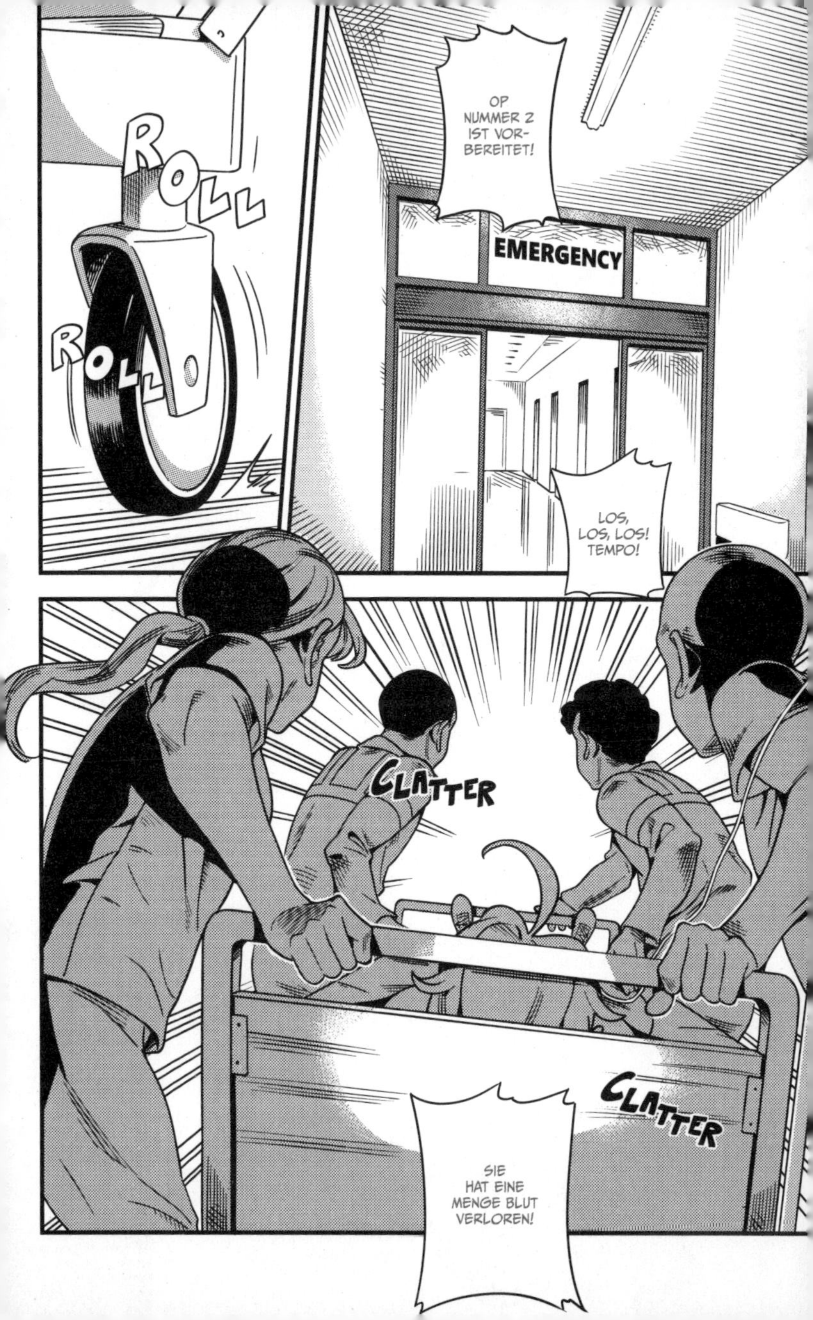
ROLL
ROLL
OP NUMMER 2 IST VORBEREITET!
EMERGENCY
LOS, LOS, LOS! TEMPO!
CLATTER
CLATTER
SIE HAT EINE MENGE BLUT VERLOREN!

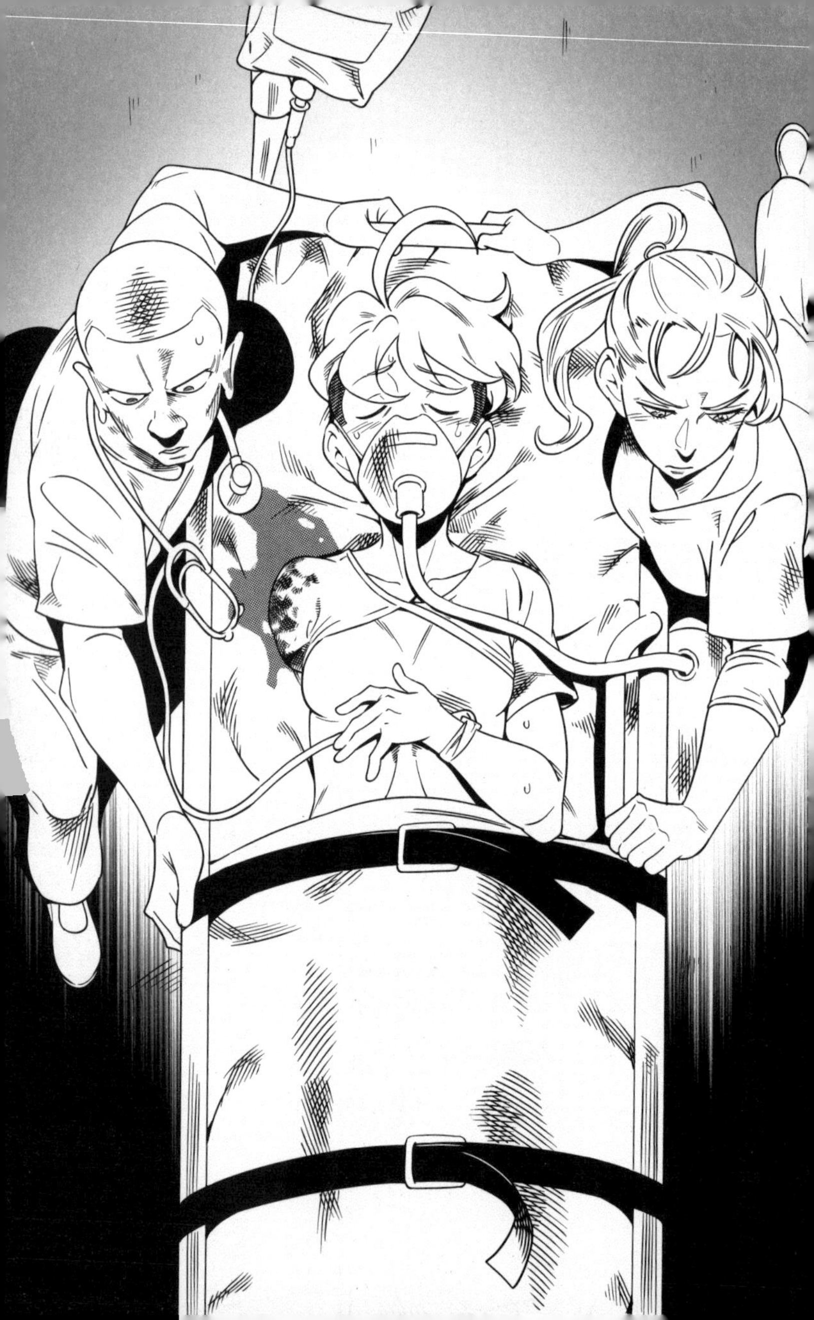

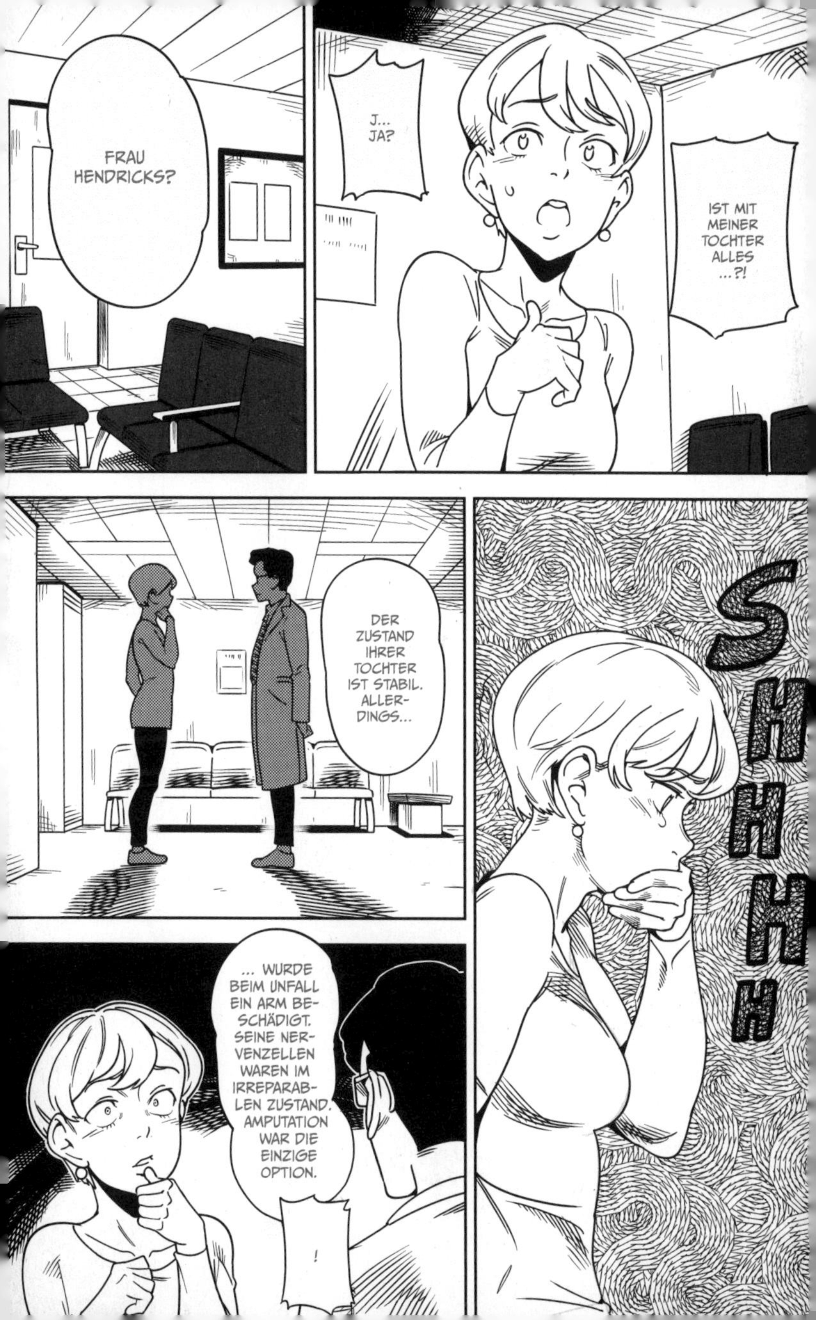
FRAU HENDRICKS?
J... JA?
IST MIT MEINER TOCHTER ALLES ...?!
DER ZUSTAND IHRER TOCHTER IST STABIL. ALLER-DINGS...
... WURDE BEIM UNFALL EIN ARM BE-SCHÄDIGT. SEINE NER-VENZELLEN WAREN IM IRREPARAB-LEN ZUSTAND. AMPUTATION WAR DIE EINZIGE OPTION.
!
SHHHHH

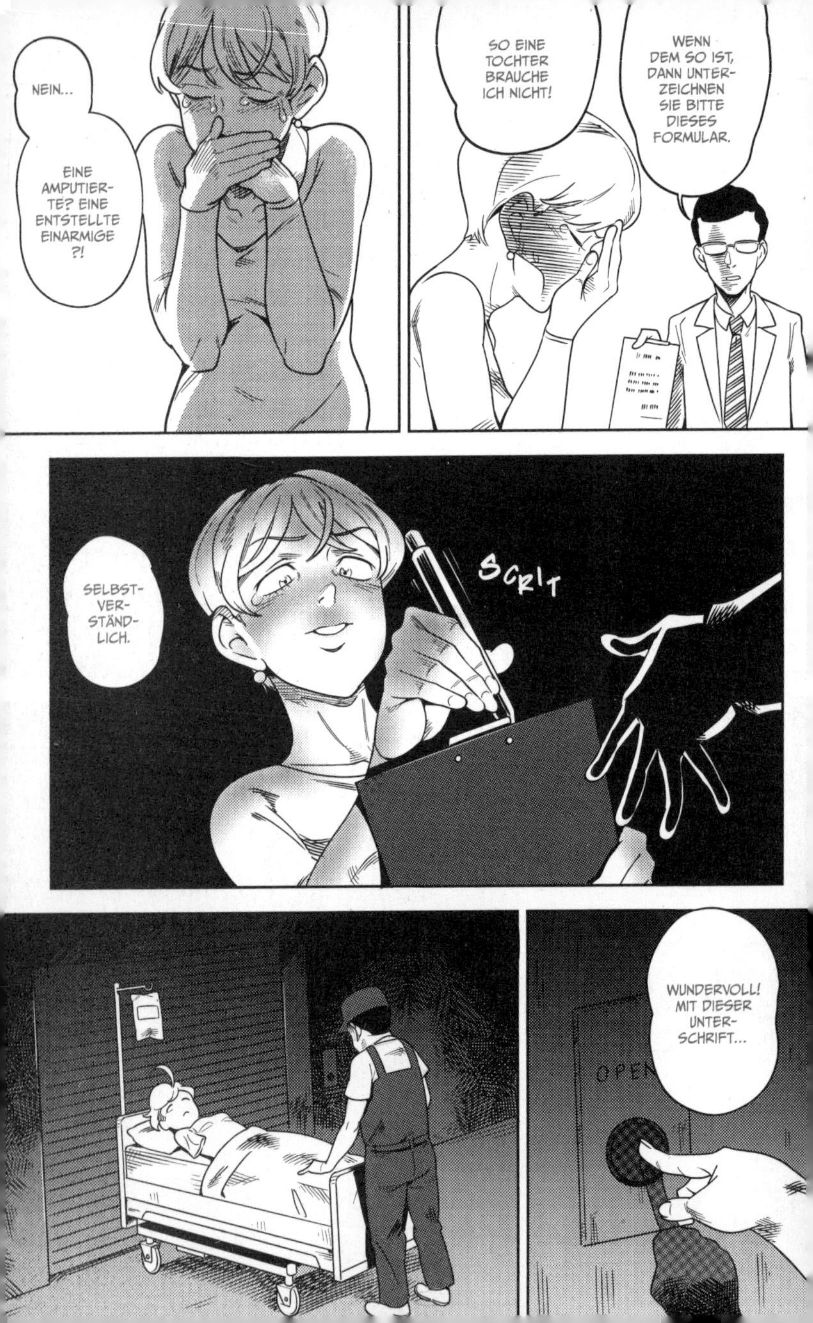
NEIN...
EINE AMPUTIERTE? EINE ENTSTELLTE EINARMIGE ?!
SO EINE TOCHTER BRAUCHE ICH NICHT!
WENN DEM SO IST, DANN UNTERZEICHNEN SIE BITTE DIESES FORMULAR.
SELBSTVERSTÄNDLICH.
SCRIT
WUNDERVOLL! MIT DIESER UNTERSCHRIFT...
OPEN

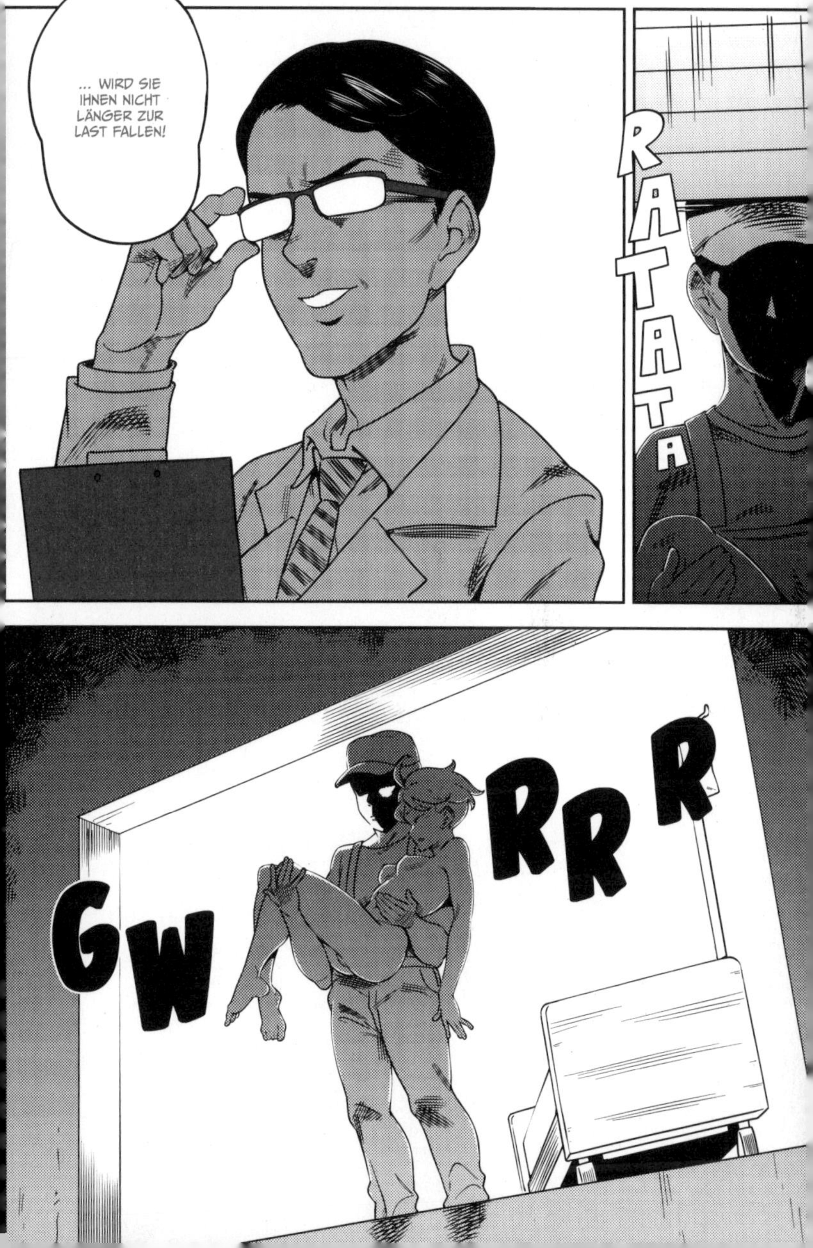
... WIRD SIE IHNEN NICHT LÄNGER ZUR LAST FALLEN!
RATATATA
GWRRRR

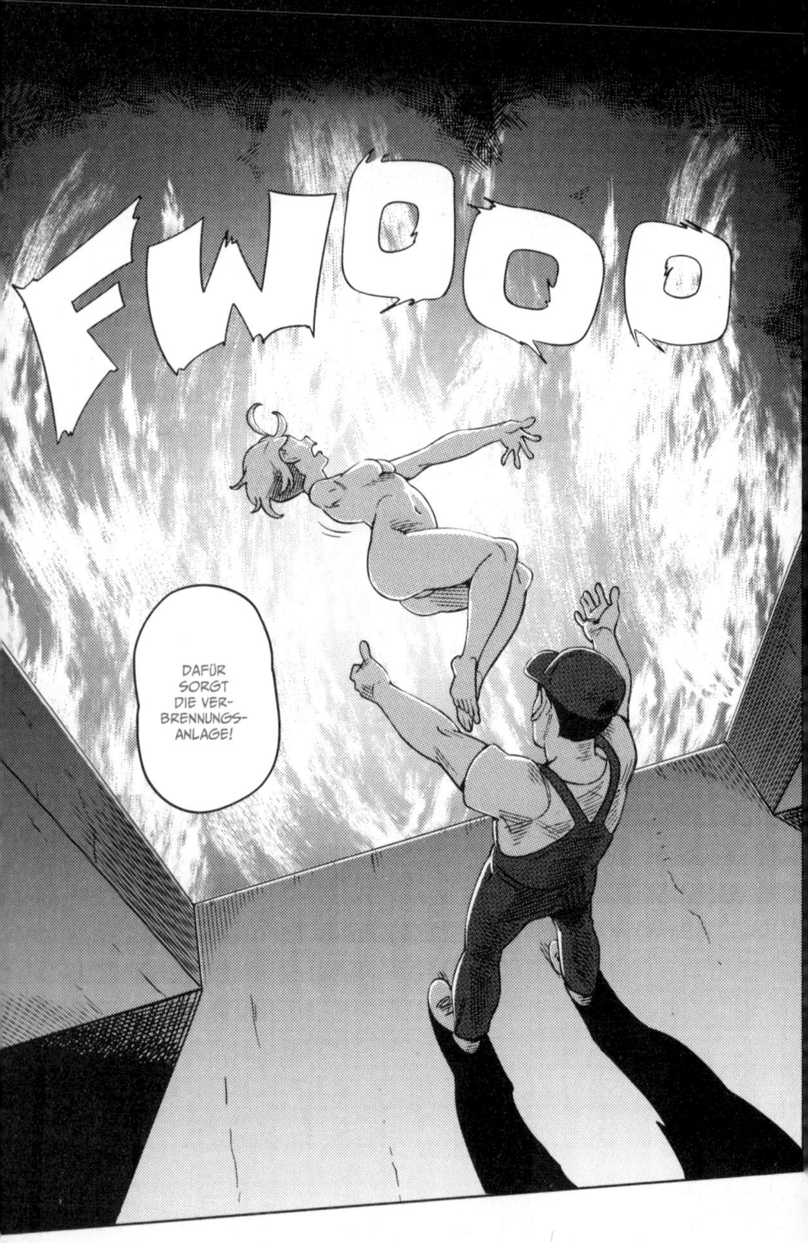
FWOOO
DAFÜR SORGT DIE VERBRENNUNGSANLAGE!

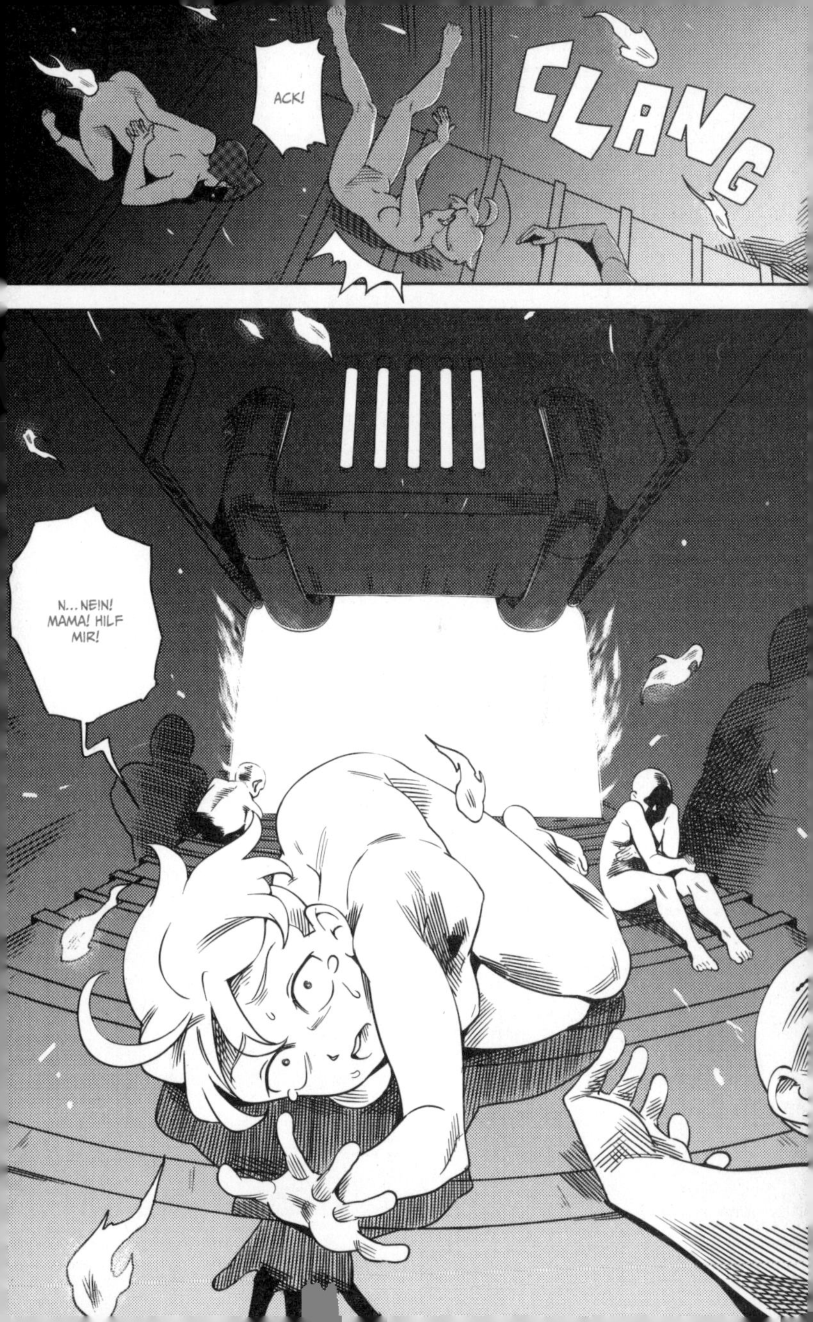
CLANG
ACK!
N... NEIN! MAMA! HILF MIR!

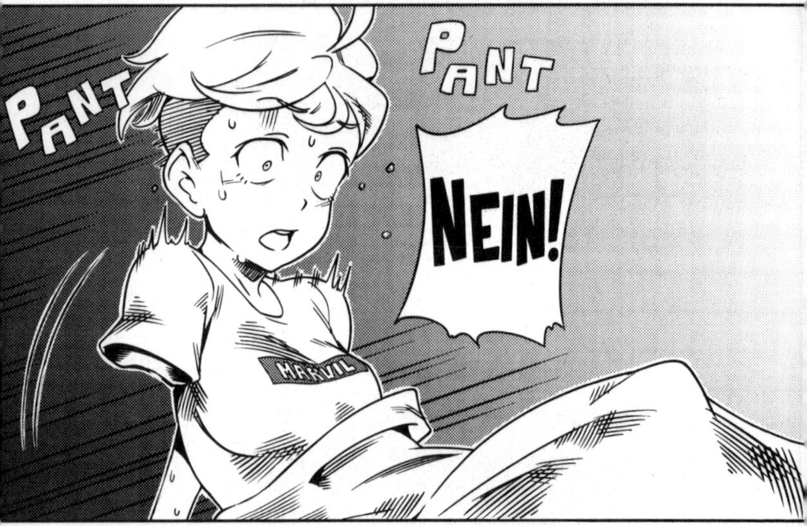
PANT
PANT
NEIN!
MARVIL
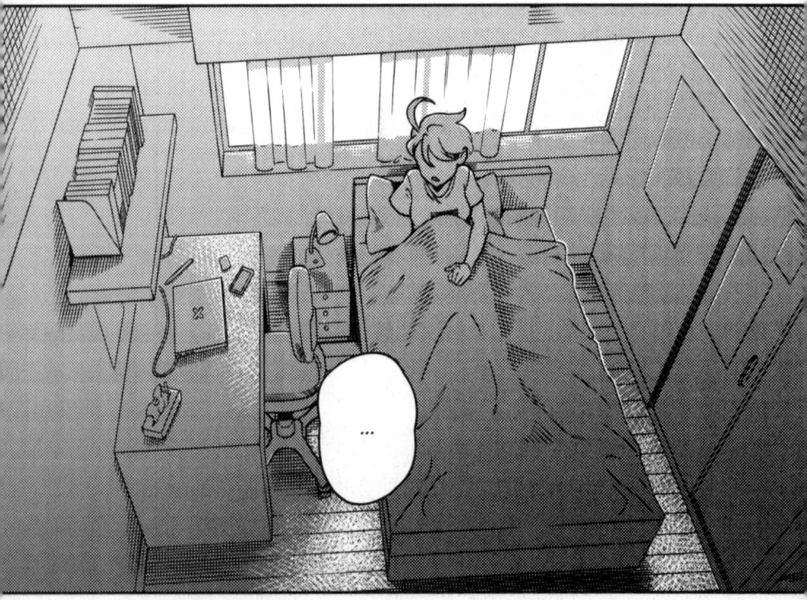
...

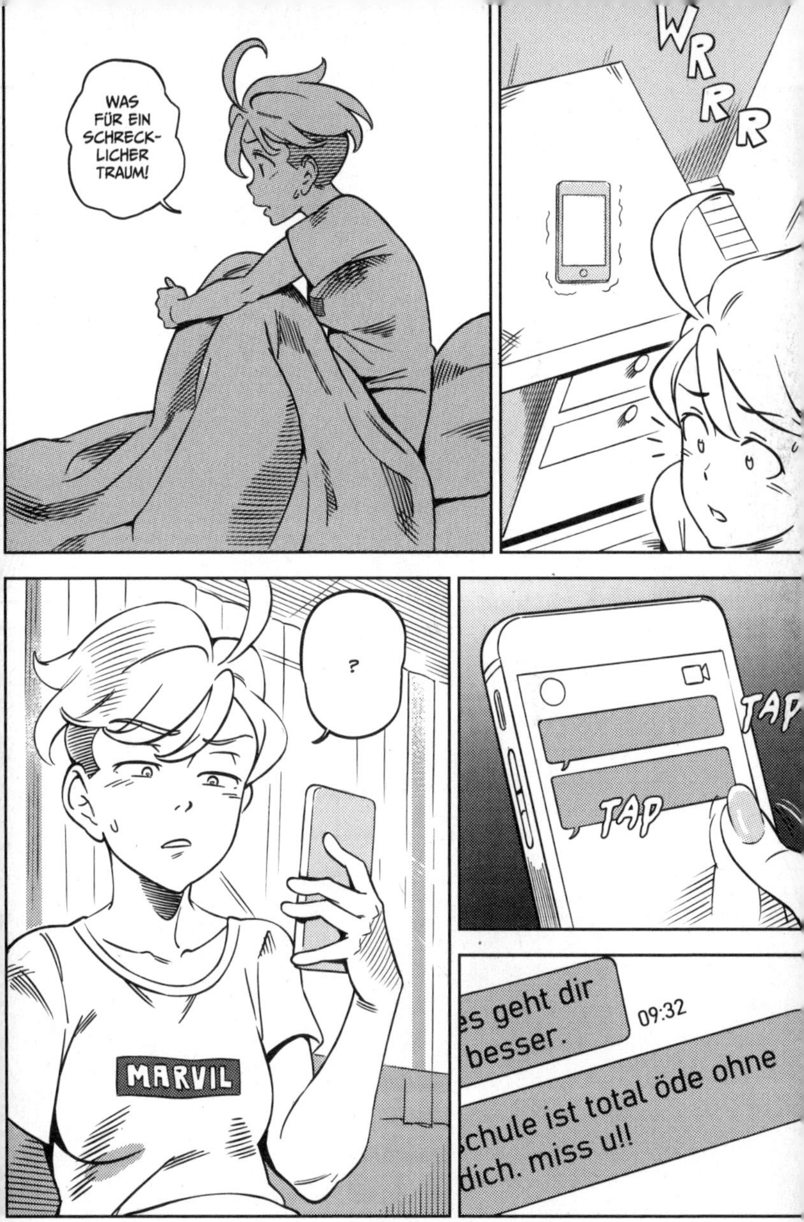
WAS FÜR EIN SCHRECK-LICHER TRAUM!
WRRRR
?
MARVIL
TAP
TAP
es geht dir besser.
09:32
schule ist total öde ohne dich. miss u!!

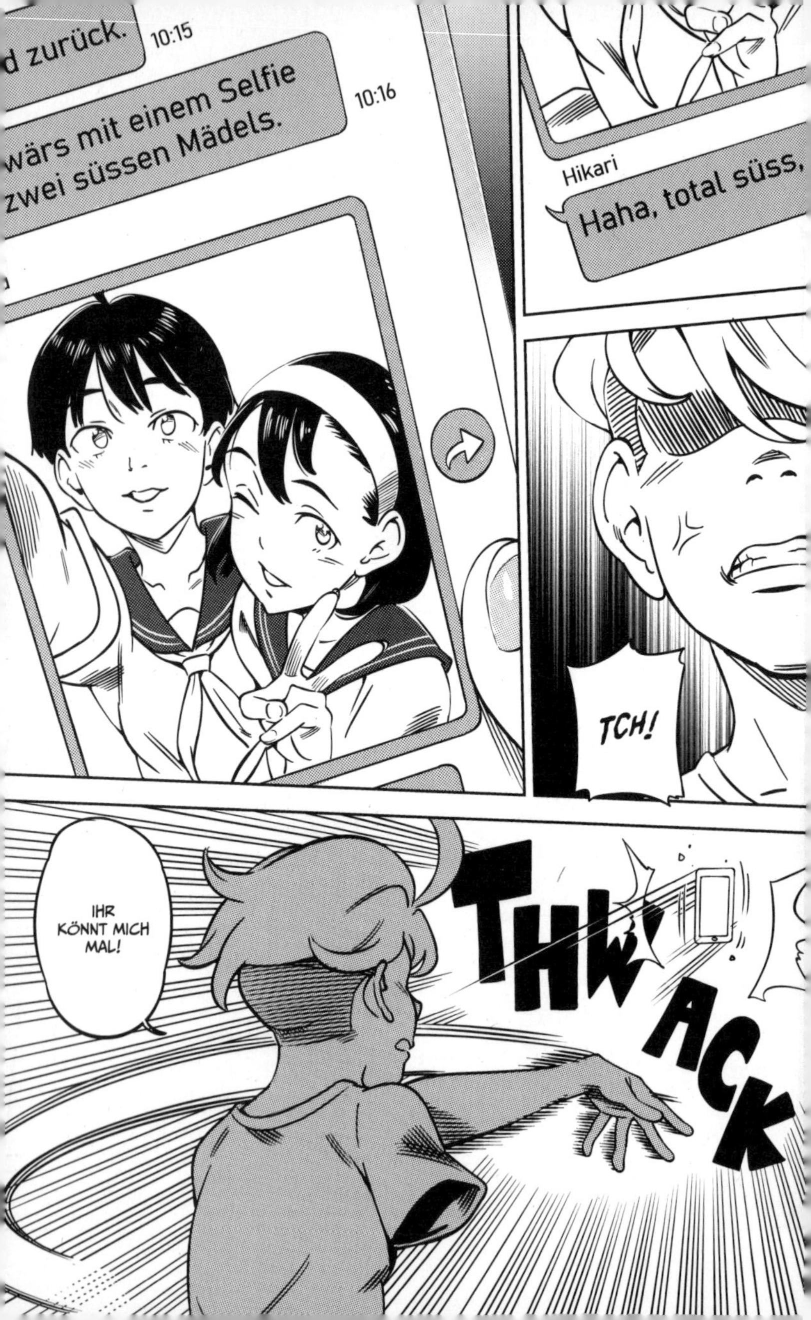

d zurück.
10:15
wärs mit einem Selfie
zwei süssen Mädels.
10:16
Hikari
Haha, total süss,
TCH!
IHR KÖNNT MICH MAL!
THWACK

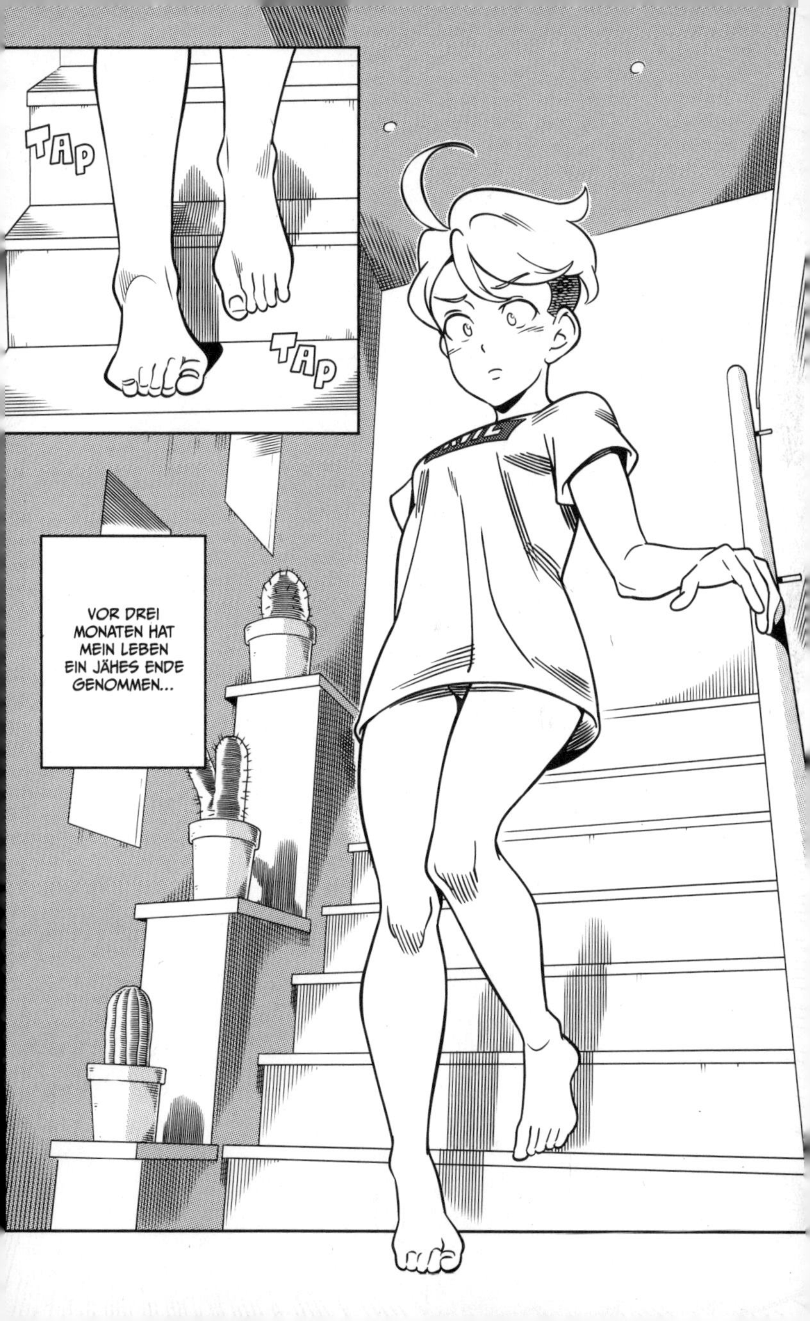
TAP
TAP
VOR DREI MONATEN HAT MEIN LEBEN EIN JÄHES ENDE GENOMMEN...

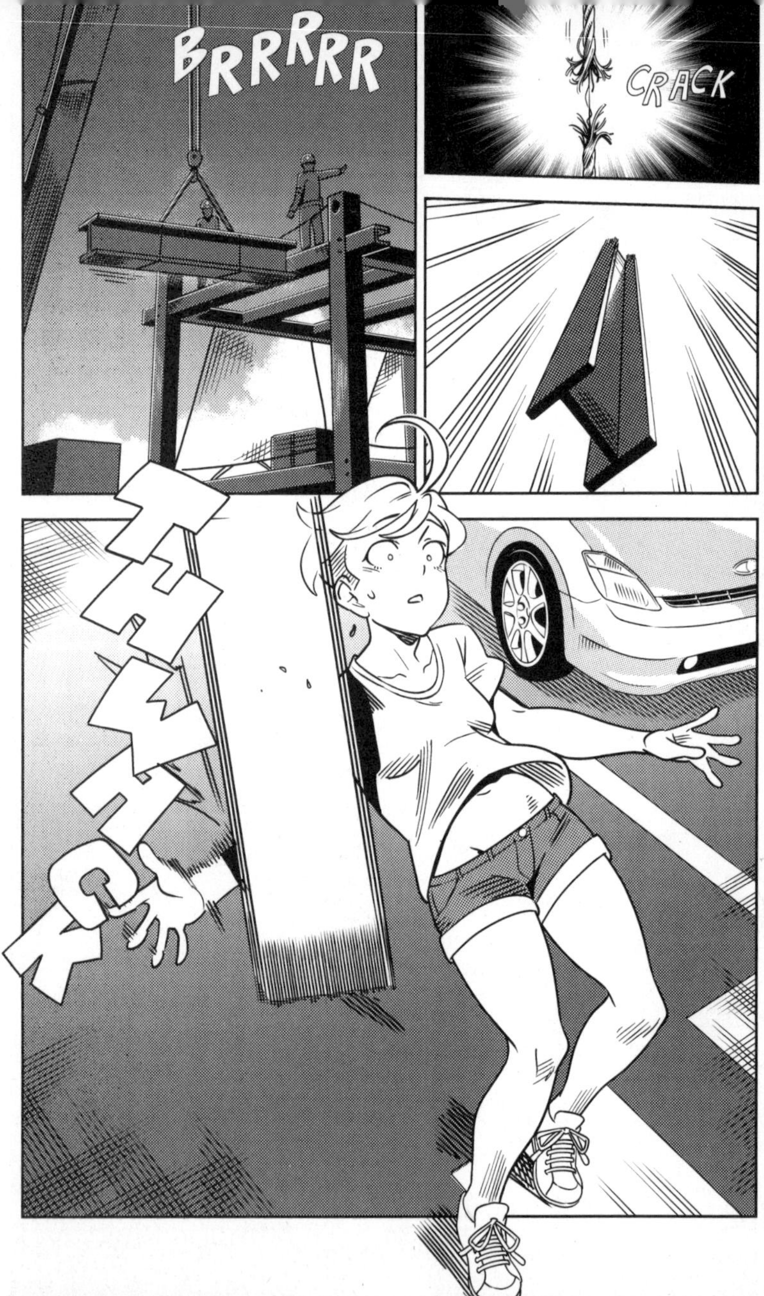
BRRRRR
CRACK
THWACK

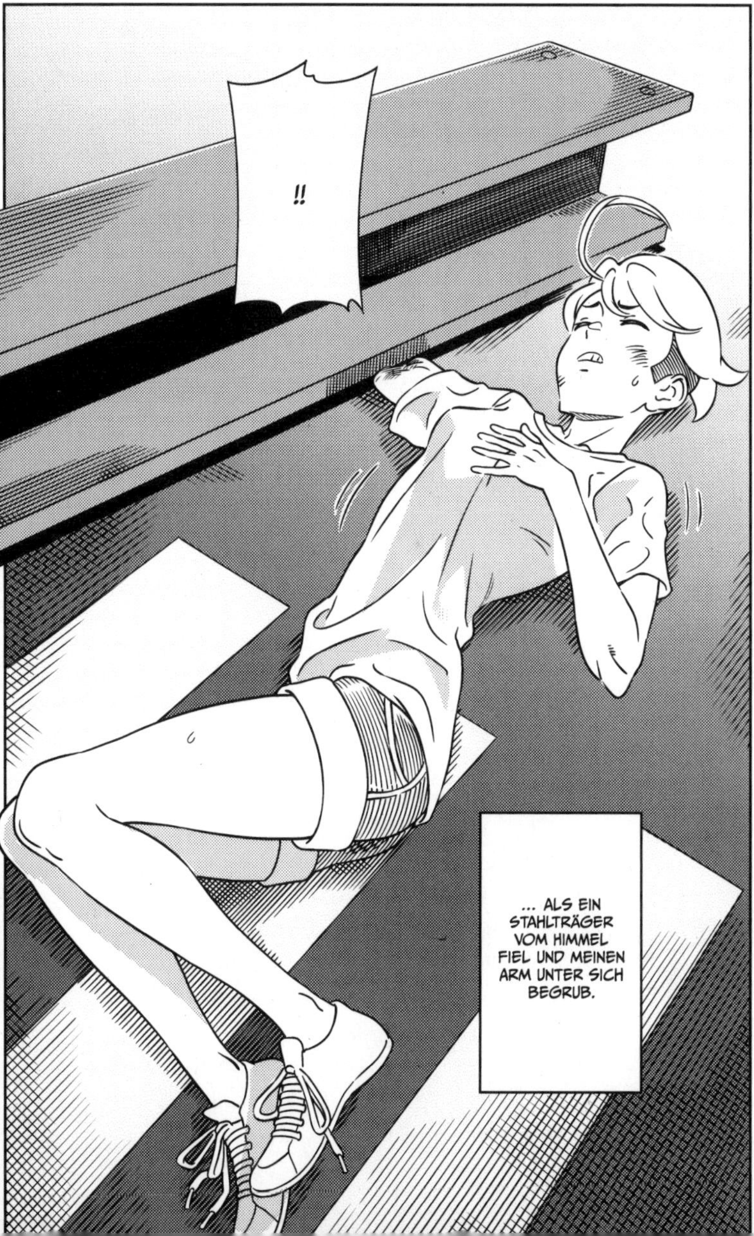
!!
... ALS EIN STAHLTRÄGER VOM HIMMEL FIEL UND MEINEN ARM UNTER SICH BEGRUB.

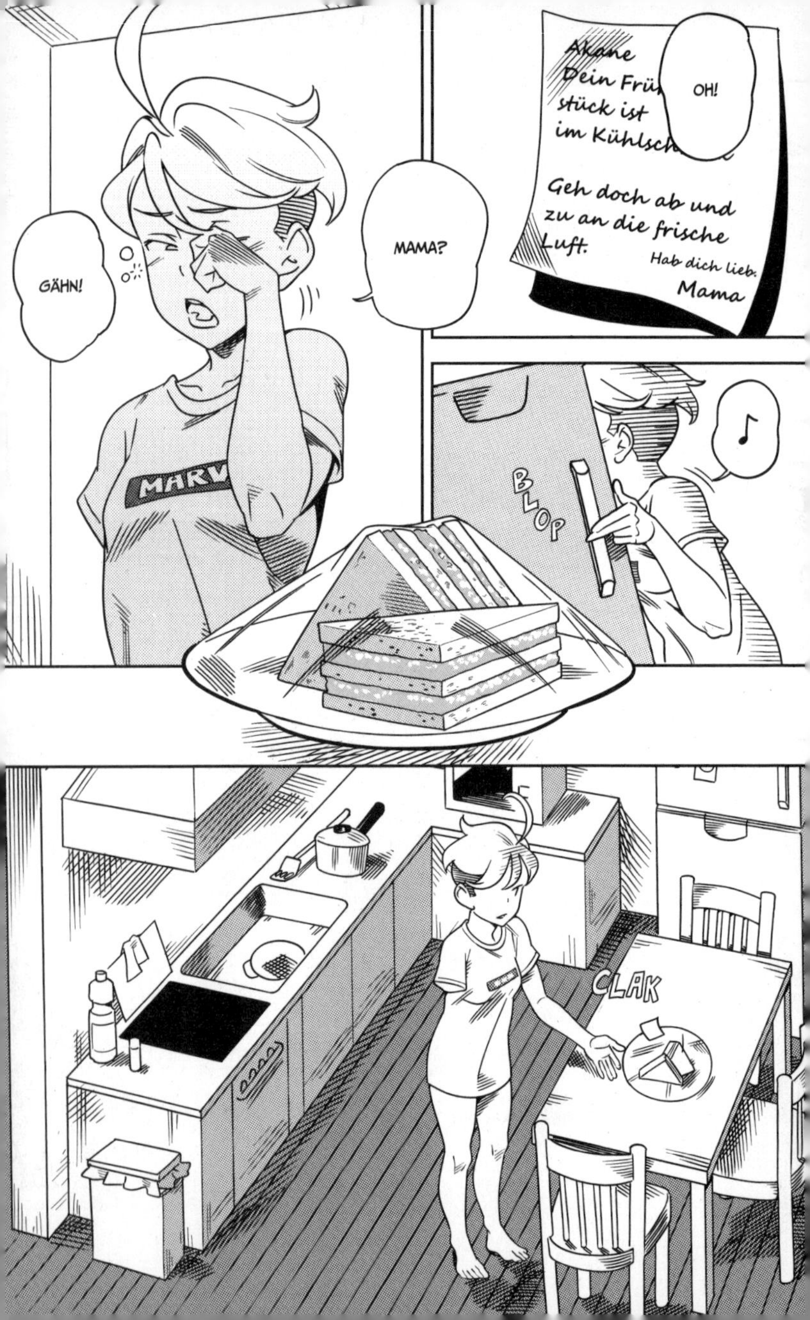
GÄHN!
MAMA?
Akane
Dein Frü
stück ist
im Kühlsch
Geh doch ab und
zu an die frische
Luft.
Hab dich lieb.
Mama
OH!
♪
BLOP
MARV
CLAK

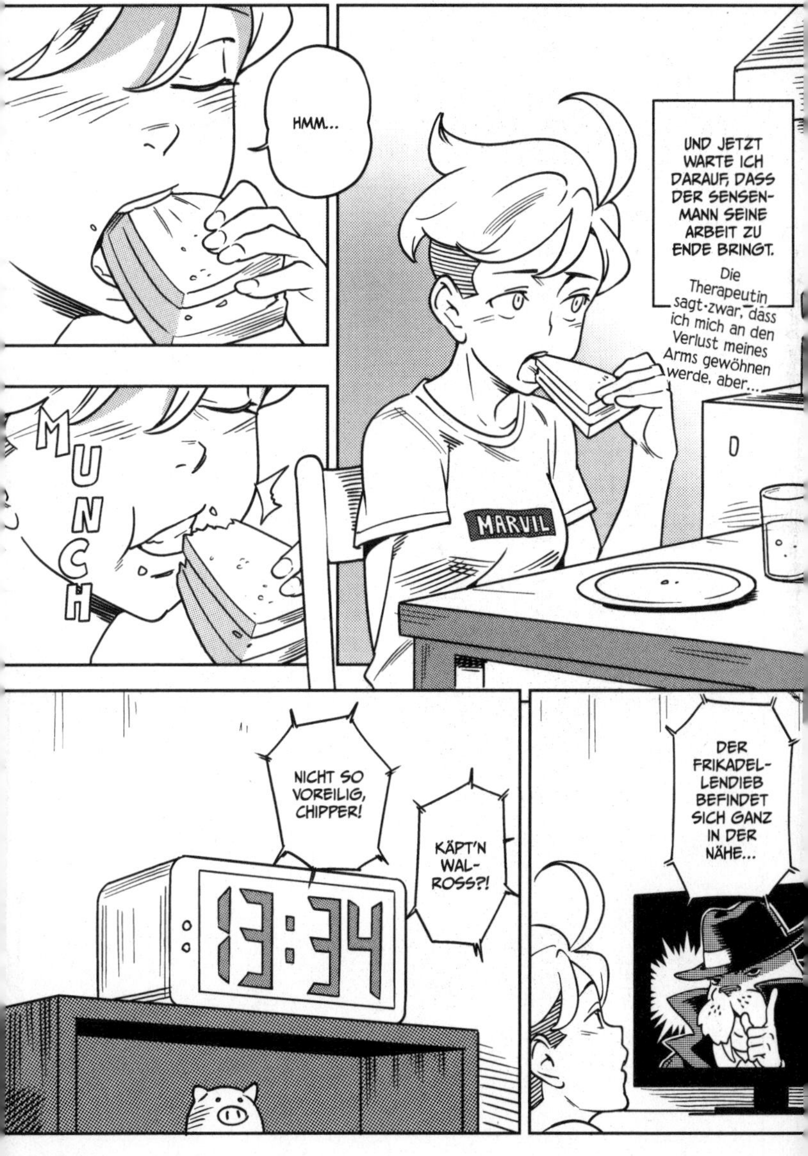
HMM...
UND JETZT WARTE ICH DARAUF, DASS DER SENSENMANN SEINE ARBEIT ZU ENDE BRINGT.
Die Therapeutin sagt zwar, dass ich mich an den Verlust meines Arms gewöhnen werde, aber...
MUNCH
MARVIL
D
NICHT SO VOREILIG, CHIPPER!
KÄPT'N WALROSS?!
13:34
DER FRIKADELLENDIEB BEFINDET SICH GANZ IN DER NÄHE...

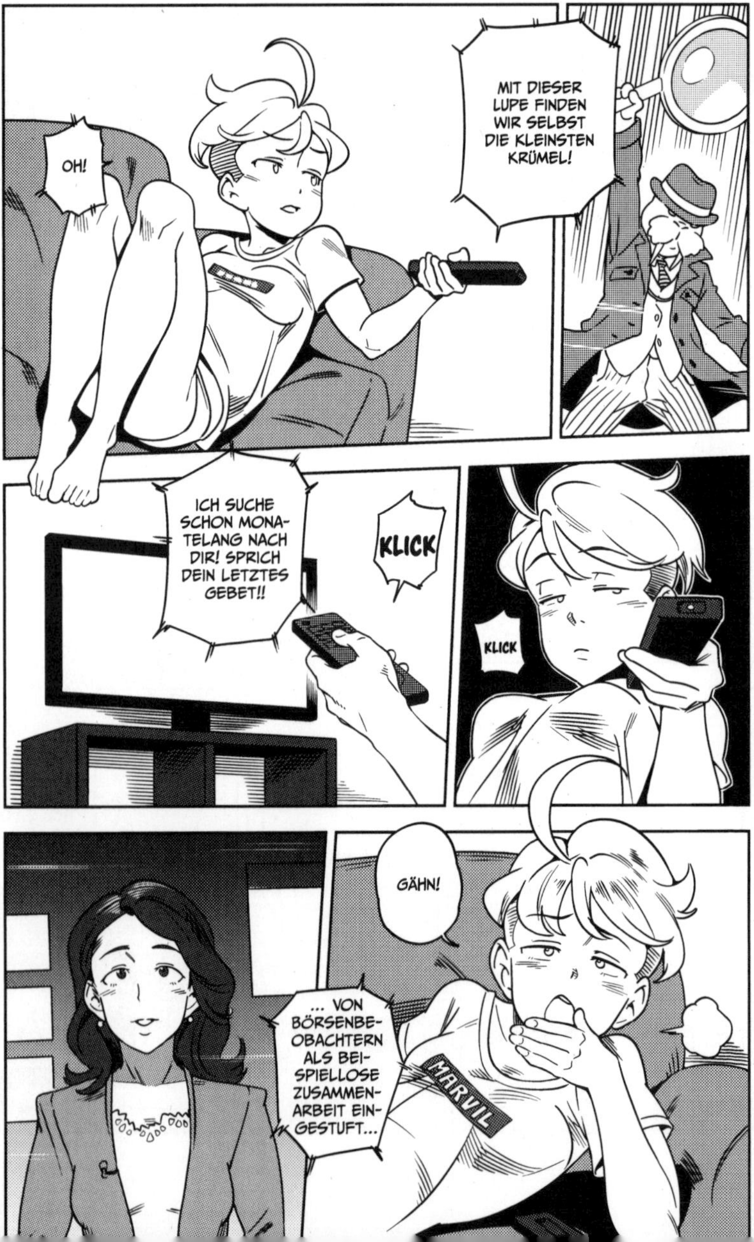
OH!
MIT DIESER LUPE FINDEN WIR SELBST DIE KLEINSTEN KRÜMEL!
ICH SUCHE SCHON MONATELANG NACH DIR! SPRICH DEIN LETZTES GEBET!!
KLICK
KLICK
GÄHN!
... VON BÖRSENBEOBACHTERN ALS BEISPIELLOSE ZUSAMMENARBEIT EINGESTUFT...
MARVIL

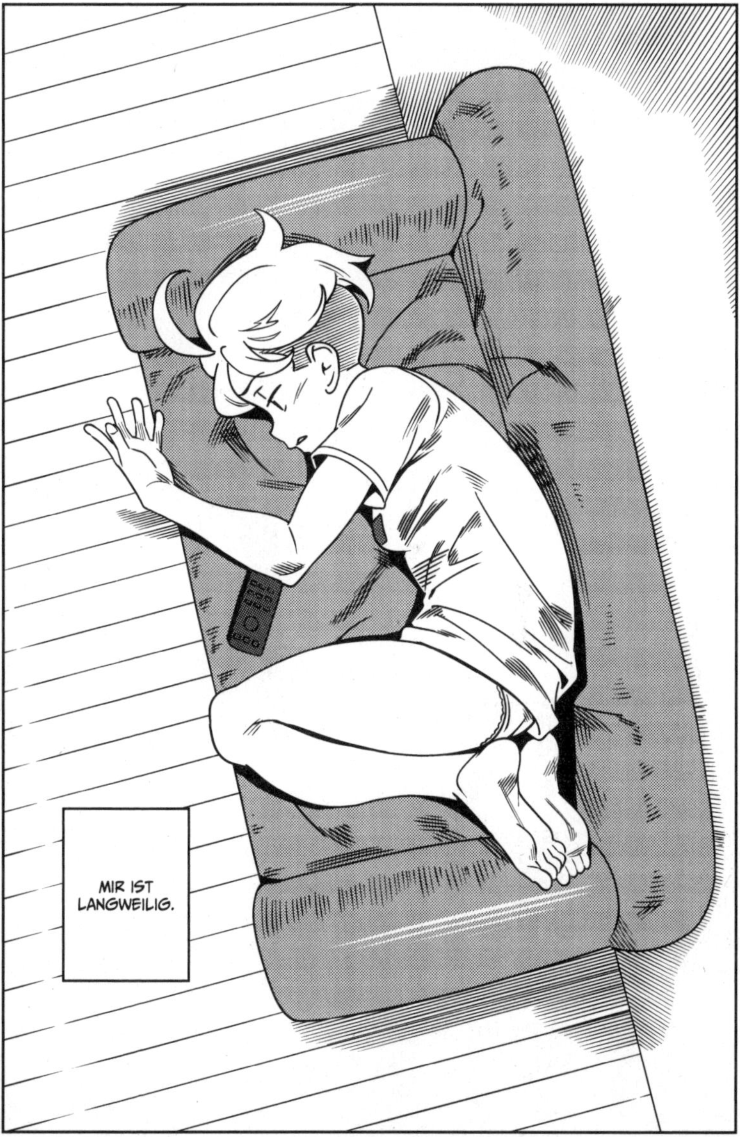
MIR IST LANGWEILIG.

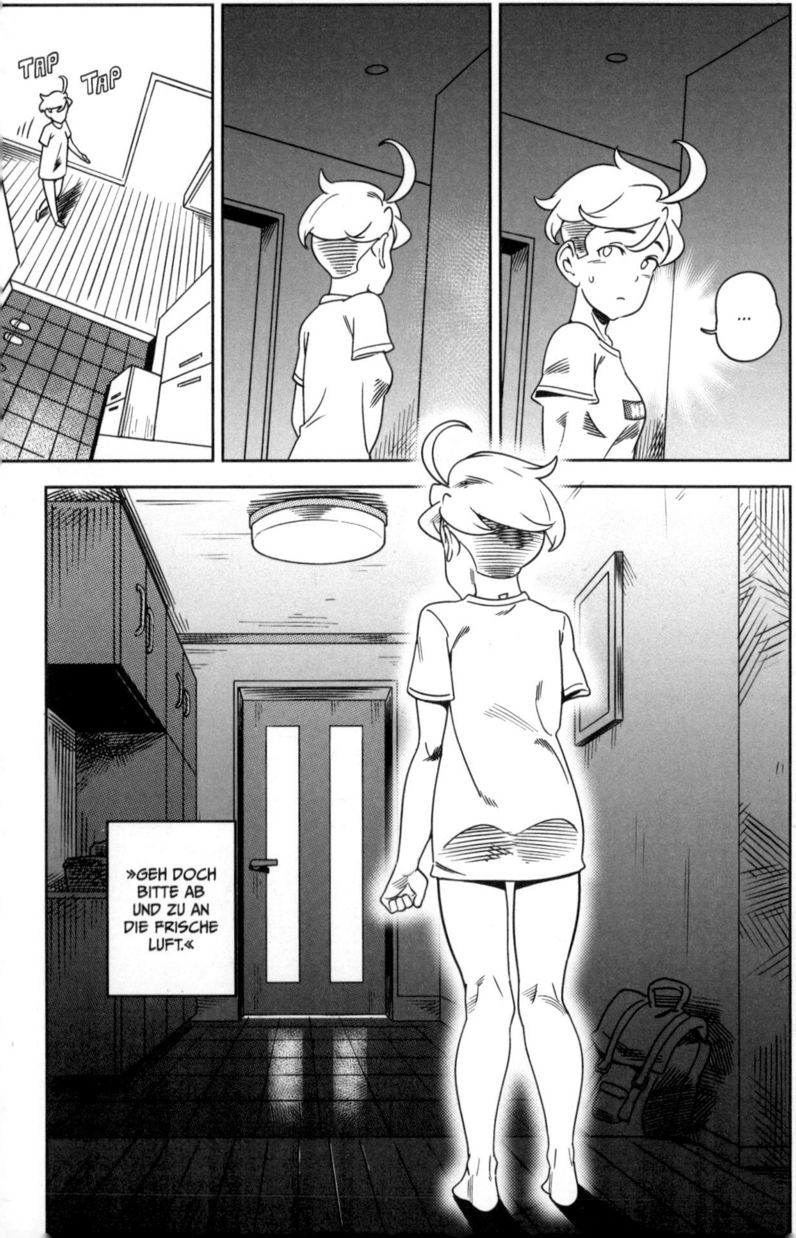
TAP
TAP
...
»GEH DOCH BITTE AB UND ZU AN DIE FRISCHE LUFT.«

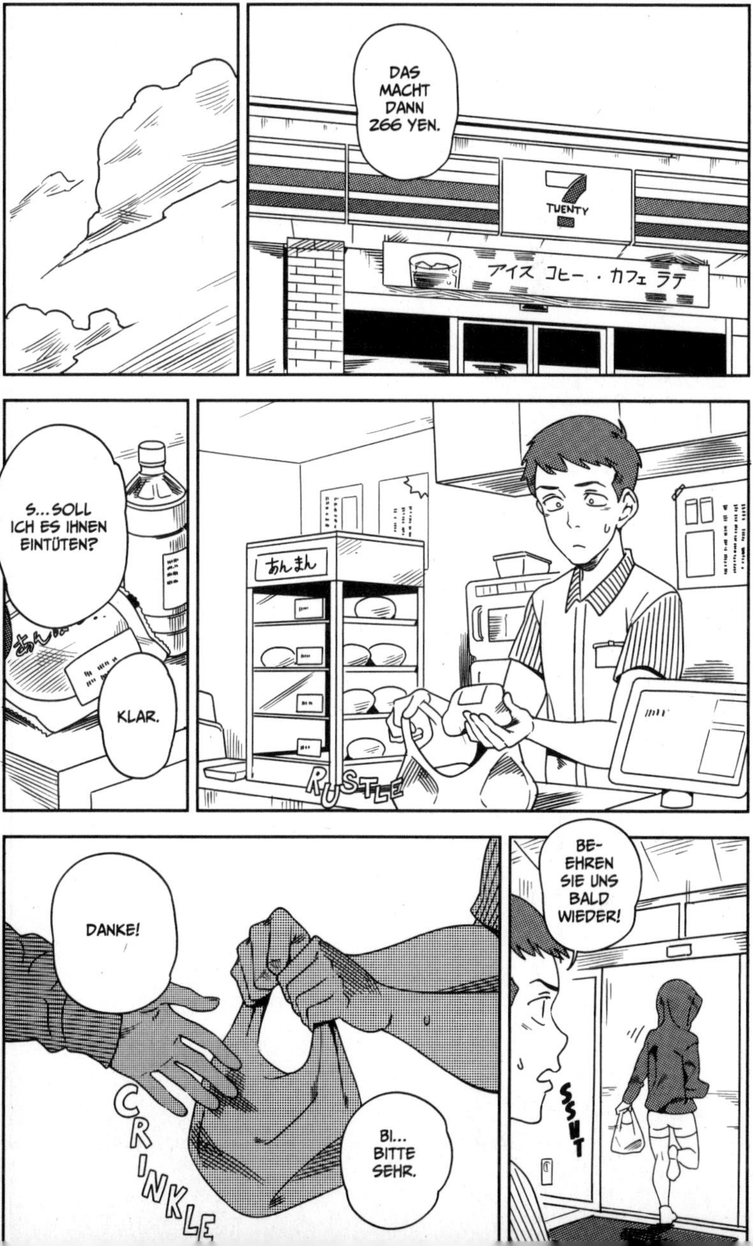
DAS MACHT DANN 266 YEN.
TWENTY
アイス コヒー ・カフェ ラテ
あんまん
S...SOLL ICH ES IHNEN EINTÜTEN?
KLAR.
RUSTLE
BE-EHREN SIE UNS BALD WIEDER!
SSHT
DANKE!
CRINKLE
BI... BITTE SEHR.

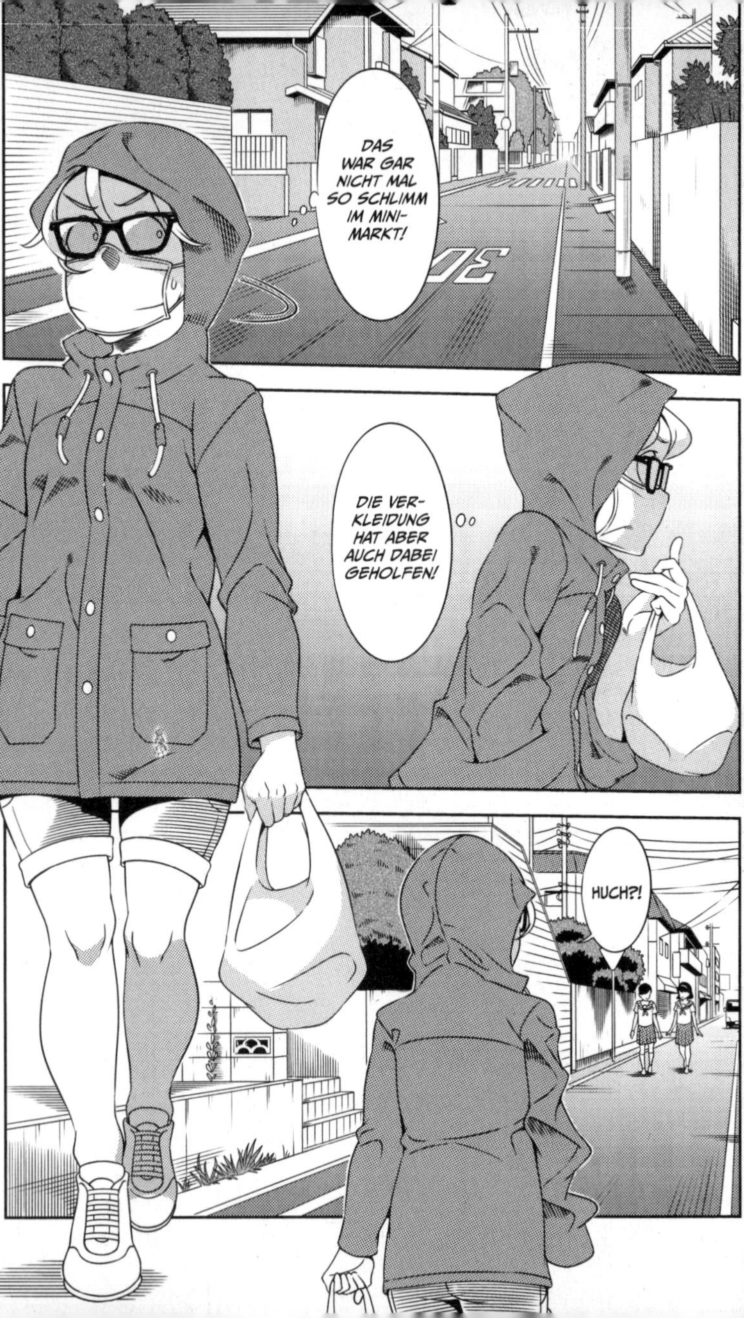
DAS WAR GAR NICHT MAL SO SCHLIMM IM MINI-MARKT!
DIE VER-KLEIDUNG HAT ABER AUCH DABEI GEHOLFEN!
HUCH?!

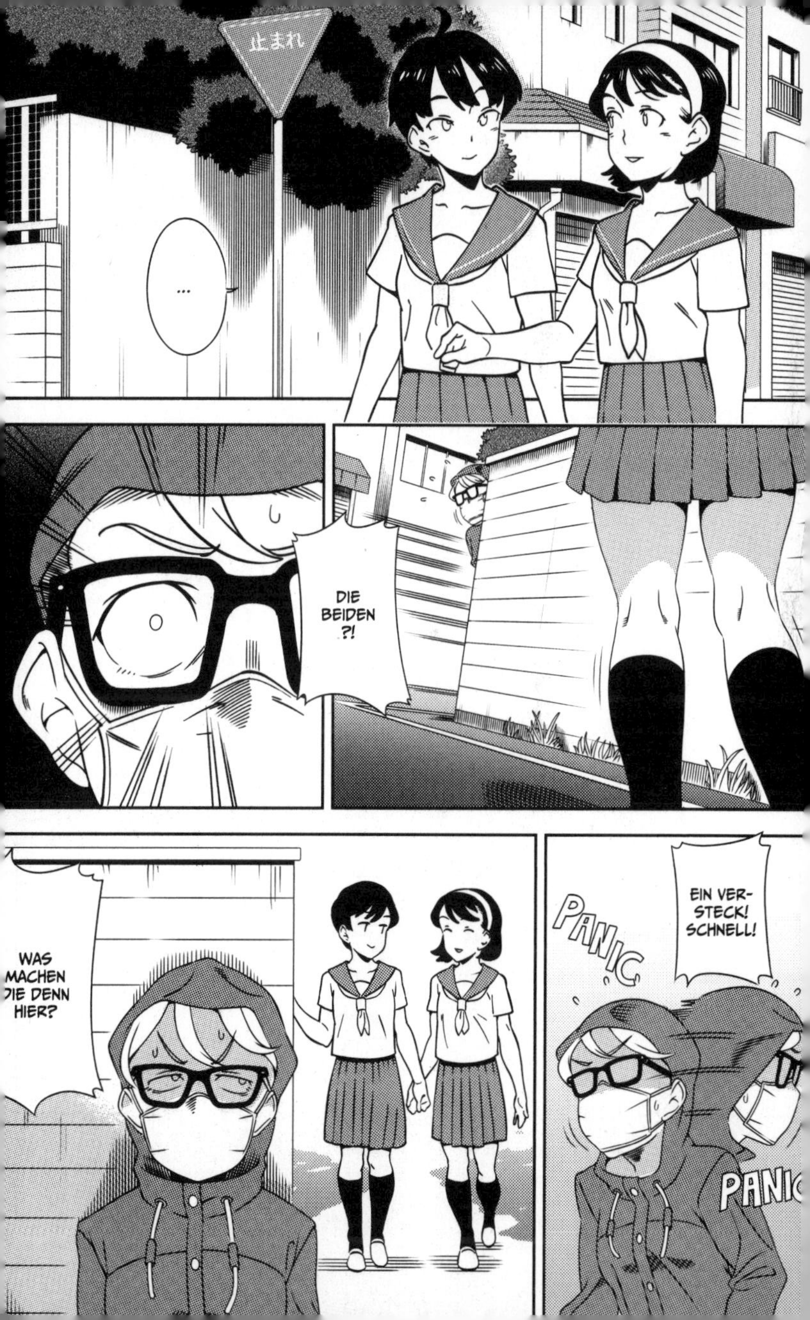
止まれ
...
DIE BEIDEN ?!
WAS MACHEN DIE DENN HIER?
EIN VER-STECK! SCHNELL!
PANIC
PANIC

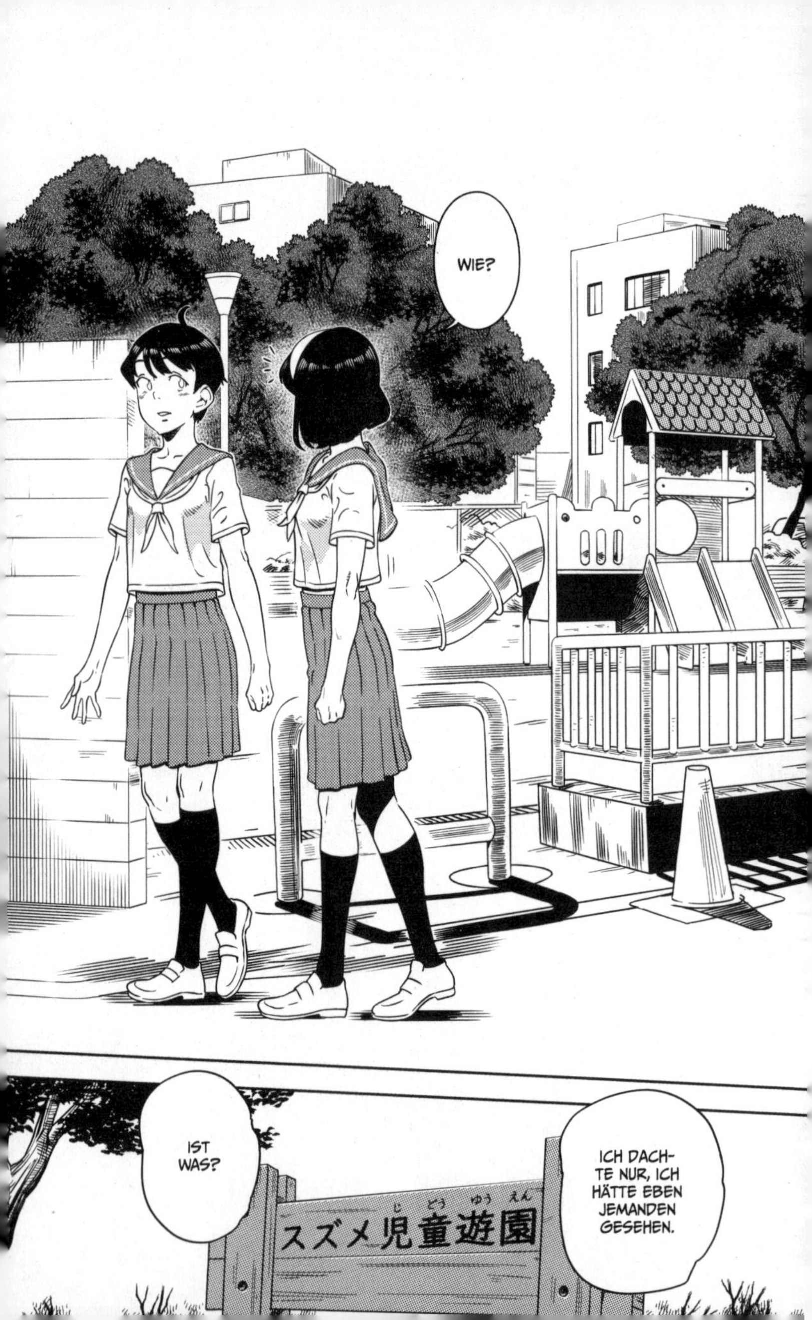
WIE?
ICH DACH-TE NUR, ICH HÄTTE EBEN JEMANDEN GESEHEN.
IST WAS?
スズメ児童遊園

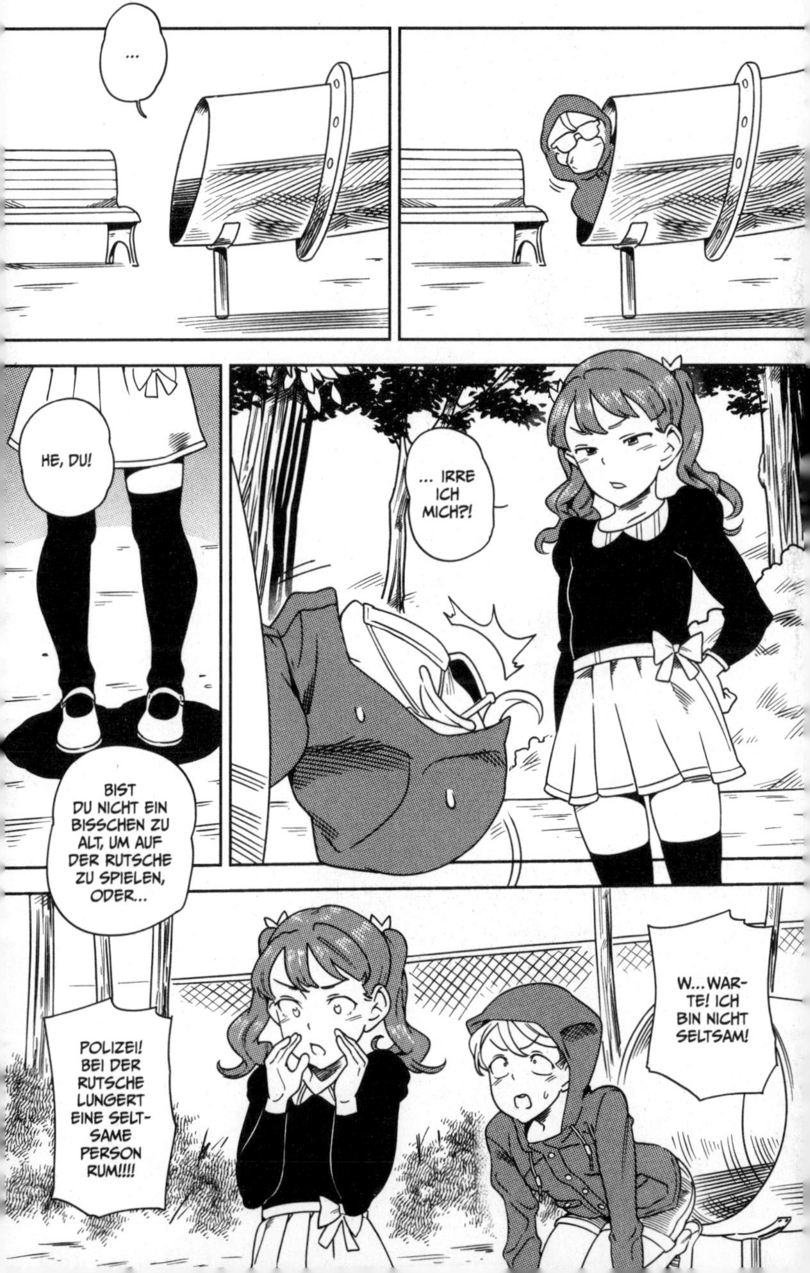
...
HE, DU!
... IRRE ICH MICH?!
BIST DU NICHT EIN BISSCHEN ZU ALT, UM AUF DER RUTSCHE ZU SPIELEN, ODER...
W...WARTE! ICH BIN NICHT SELTSAM!
POLIZEI! BEI DER RUTSCHE LUNGERT EINE SELTSAME PERSON RUM!!!!

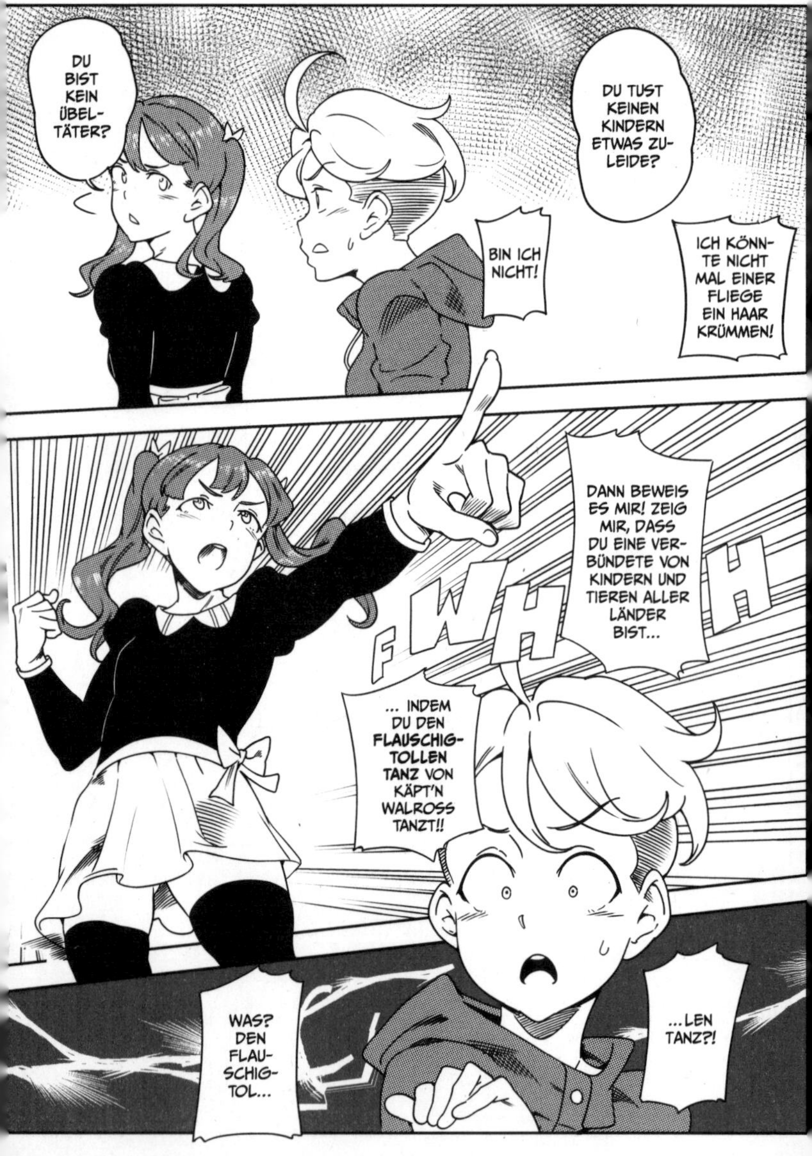
DU BIST KEIN ÜBEL-TÄTER?
DU TUST KEINEN KINDERN ETWAS ZU-LEIDE?
BIN ICH NICHT!
ICH KÖNN-TE NICHT MAL EINER FLIEGE EIN HAAR KRÜMMEN!
DANN BEWEIS ES MIR! ZEIG MIR, DASS DU EINE VER-BÜNDETE VON KINDERN UND TIEREN ALLER LÄNDER BIST...
FWHH
... INDEM DU DEN **FLAUSCHIG-TOLLEN TANZ** VON KÄPT'N WALROSS TANZT!!
WAS? DEN FLAU-SCHIG-TOL...
...LEN TANZ?!

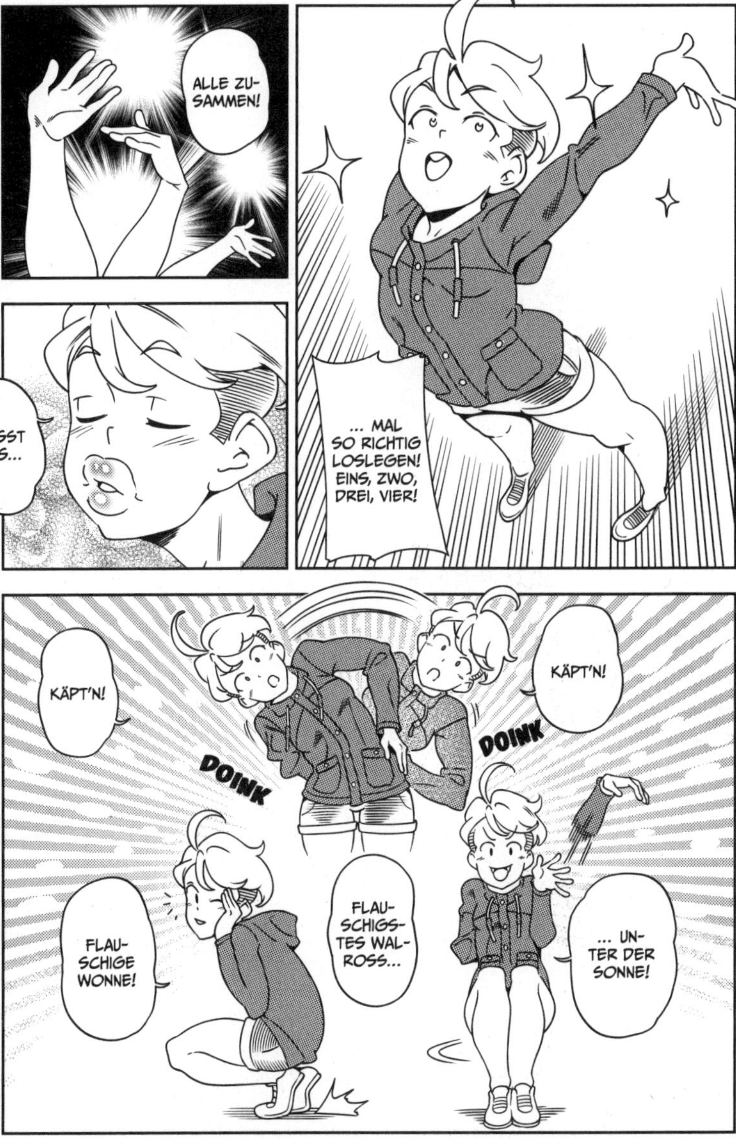
ALLE ZU-
SAMMEN!
ASST
NS...
... MAL SO RICHTIG LOSLEGEN! EINS, ZWO, DREI, VIER!
KÄPT'N!
KÄPT'N!
DOINK
DOINK
FLAUSCHIGE WONNE!
FLAUSCHIGSTES WALROSS...
... UNTER DER SONNE!

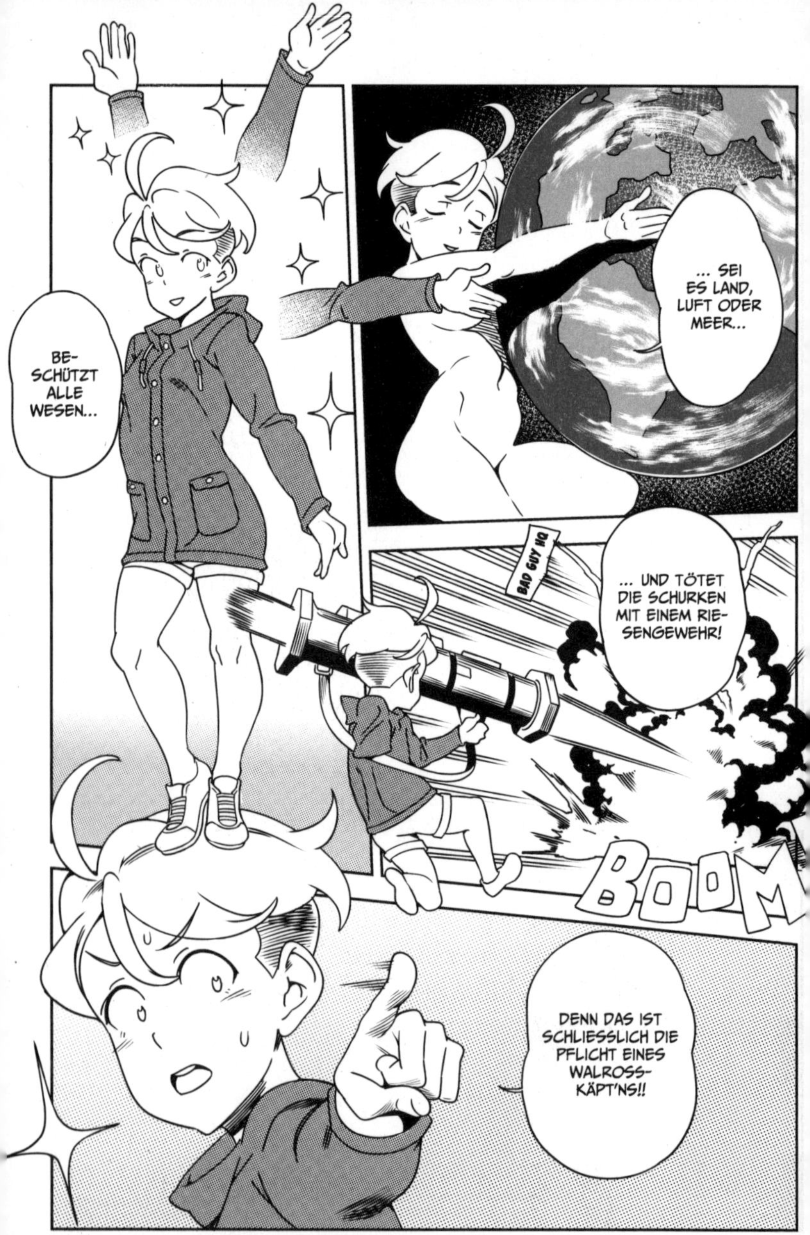
BE-SCHÜTZT ALLE WESEN...
... SEI ES LAND, LUFT ODER MEER...
BAD GUY HQ
... UND TÖTET DIE SCHURKEN MIT EINEM RIE-SENGEWEHR!
BOOM
DENN DAS IST SCHLIESSLICH DIE PFLICHT EINES WALROSS-KÄPT'NS!!

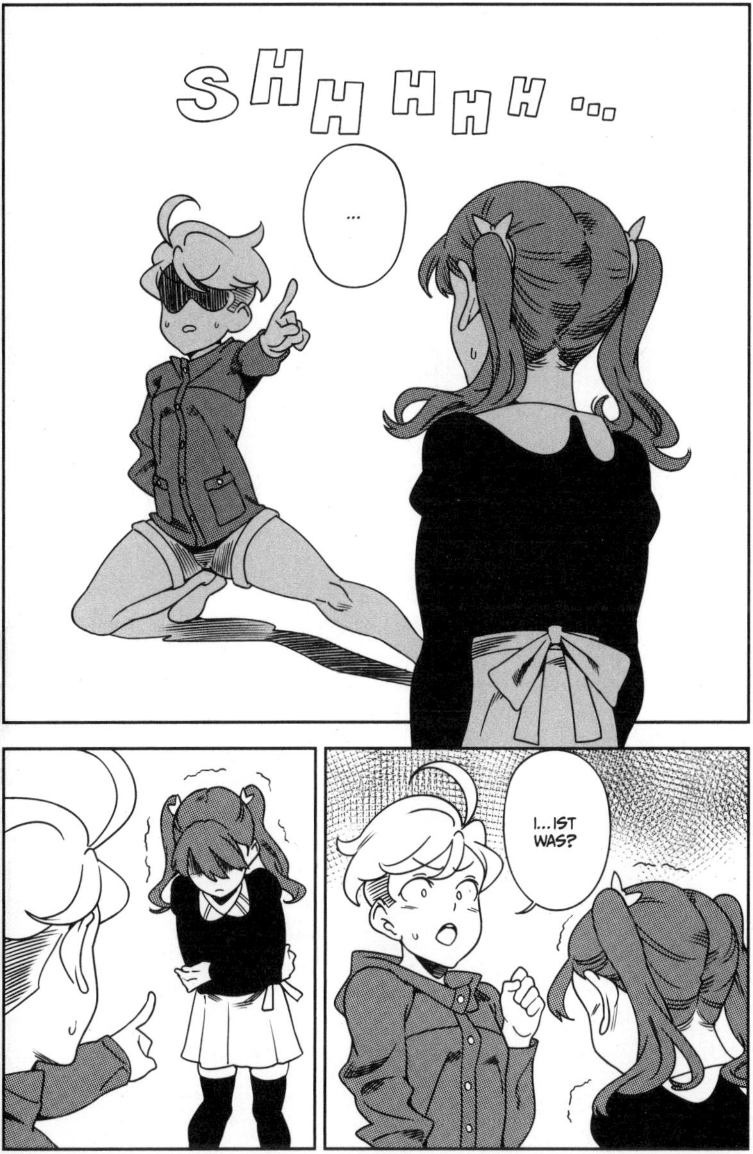
SHHHHHH ...
...
I... IST WAS?

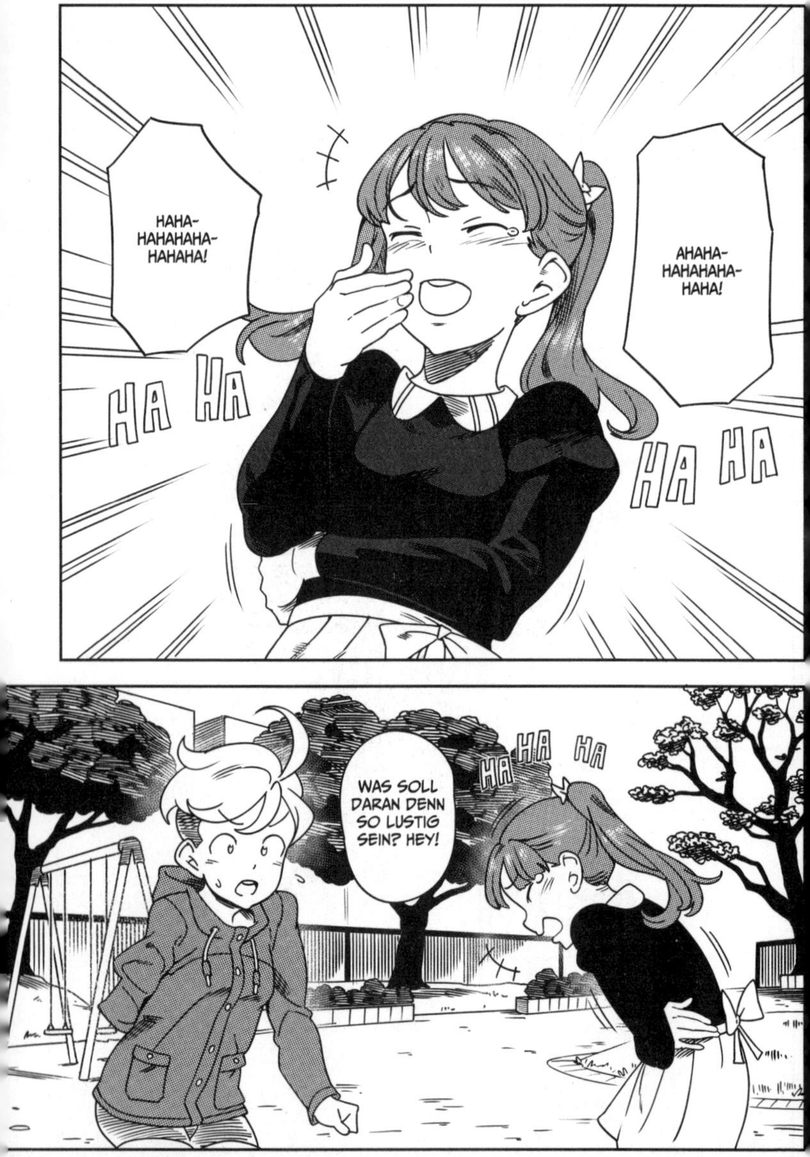
AHAHA-
HAHAHAHA-
HAHA!
HAHA-
HAHAHAHA-
HAHAHA!
HA HA
HA HA
HA HA HA HA
WAS SOLL
DARAN DENN
SO LUSTIG
SEIN? HEY!

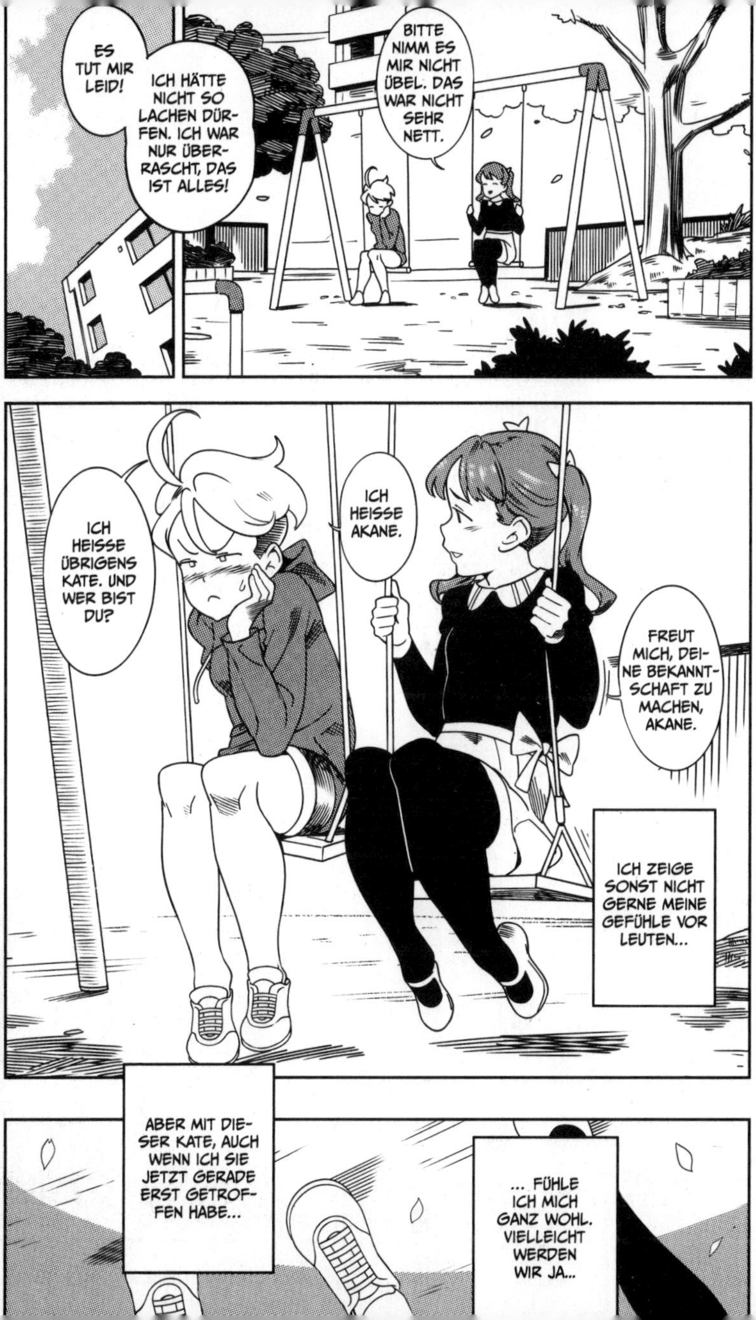
ES TUT MIR LEID!
ICH HÄTTE NICHT SO LACHEN DÜRFEN. ICH WAR NUR ÜBERRASCHT, DAS IST ALLES!
BITTE NIMM ES MIR NICHT ÜBEL. DAS WAR NICHT SEHR NETT.
ICH HEISSE ÜBRIGENS KATE. UND WER BIST DU?
ICH HEISSE AKANE.
FREUT MICH, DEINE BEKANNTSCHAFT ZU MACHEN, AKANE.
ICH ZEIGE SONST NICHT GERNE MEINE GEFÜHLE VOR LEUTEN...
ABER MIT DIESER KATE, AUCH WENN ICH SIE JETZT GERADE ERST GETROFFEN HABE...
... FÜHLE ICH MICH GANZ WOHL. VIELLEICHT WERDEN WIR JA...

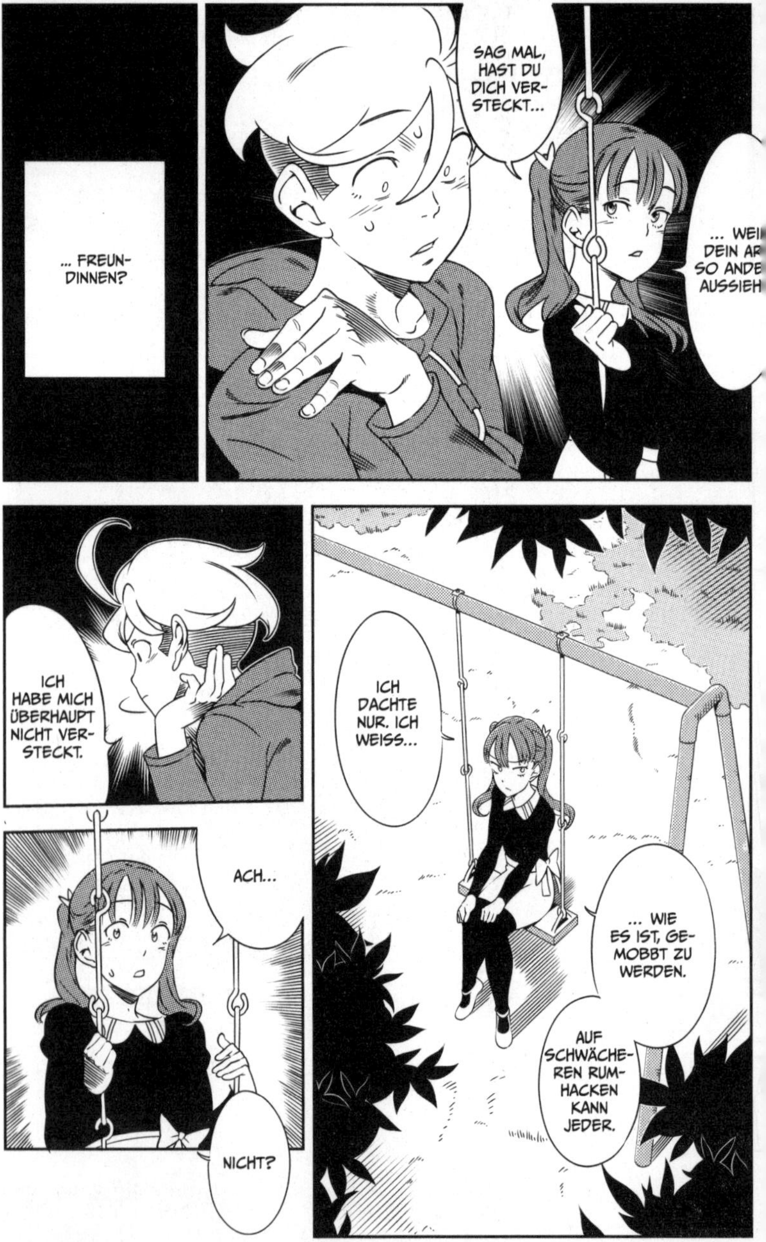
... WEI
DEIN AR
SO ANDE
AUSSIEH
SAG MAL, HAST DU DICH VER-STECKT...
... FREUN-DINNEN?
ICH DACHTE NUR. ICH WEISS...
... WIE ES IST, GE-MOBBT ZU WERDEN.
AUF SCHWÄCHE-REN RUM-HACKEN KANN JEDER.
ICH HABE MICH ÜBERHAUPT NICHT VER-STECKT.
ACH...
NICHT?

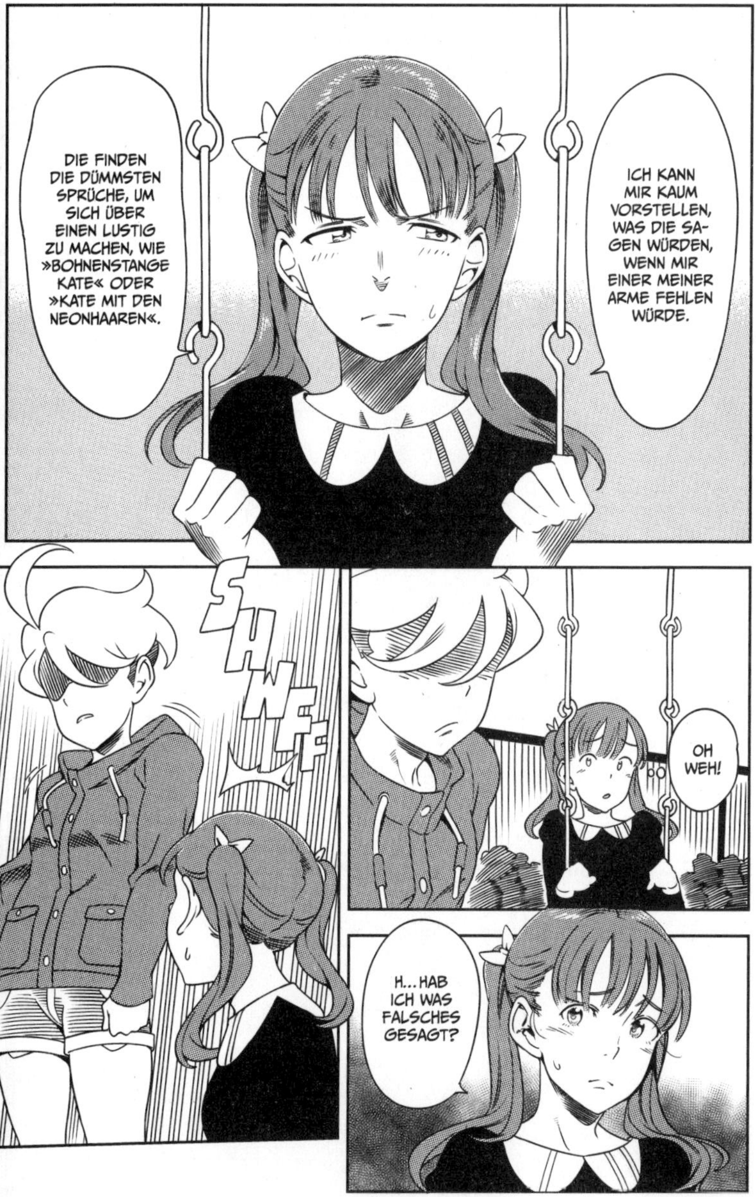
DIE FINDEN DIE DÜMMSTEN SPRÜCHE, UM SICH ÜBER EINEN LUSTIG ZU MACHEN, WIE »BOHNENSTANGE KATE« ODER »KATE MIT DEN NEONHAAREN«.
ICH KANN MIR KAUM VORSTELLEN, WAS DIE SA-GEN WÜRDEN, WENN MIR EINER MEINER ARME FEHLEN WÜRDE.
SHWFF
OH WEH!
H... HAB ICH WAS FALSCHES GESAGT?

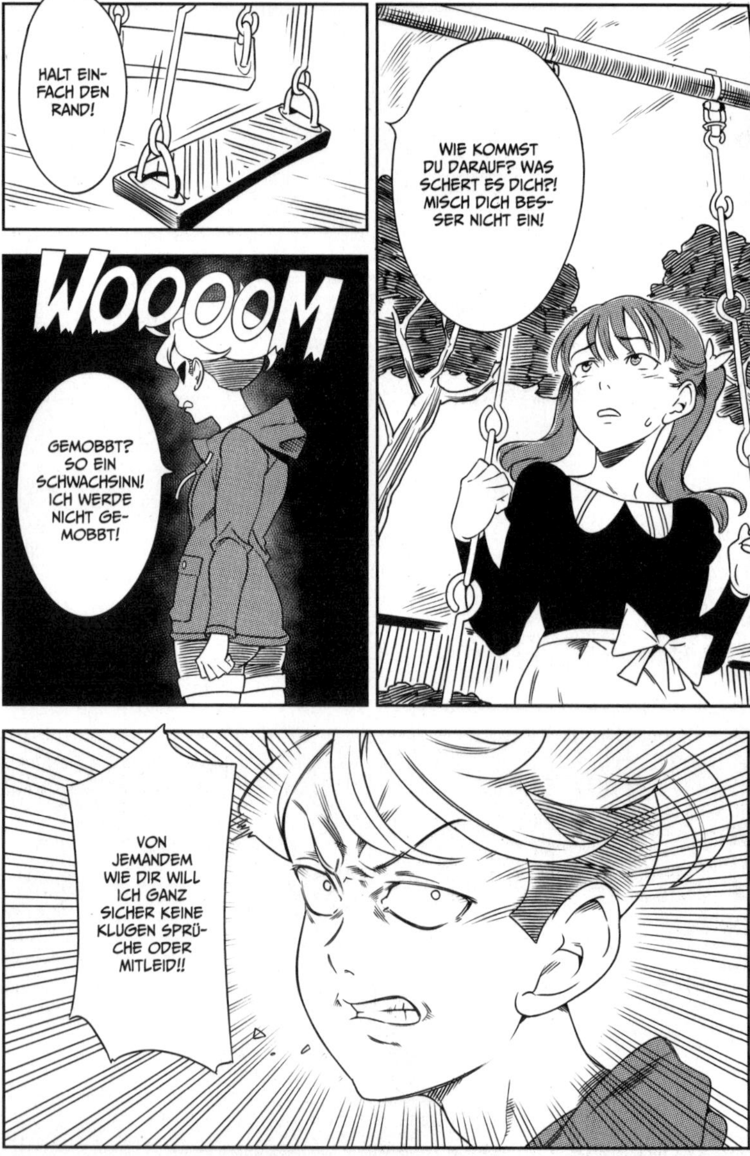
WIE KOMMST DU DARAUF? WAS SCHERT ES DICH?! MISCH DICH BESSER NICHT EIN!
HALT EINFACH DEN RAND!
WOOOOM
GEMOBBT? SO EIN SCHWACHSINN! ICH WERDE NICHT GEMOBBT!
VON JEMANDEM WIE DIR WILL ICH GANZ SICHER KEINE KLUGEN SPRÜCHE ODER MITLEID!!

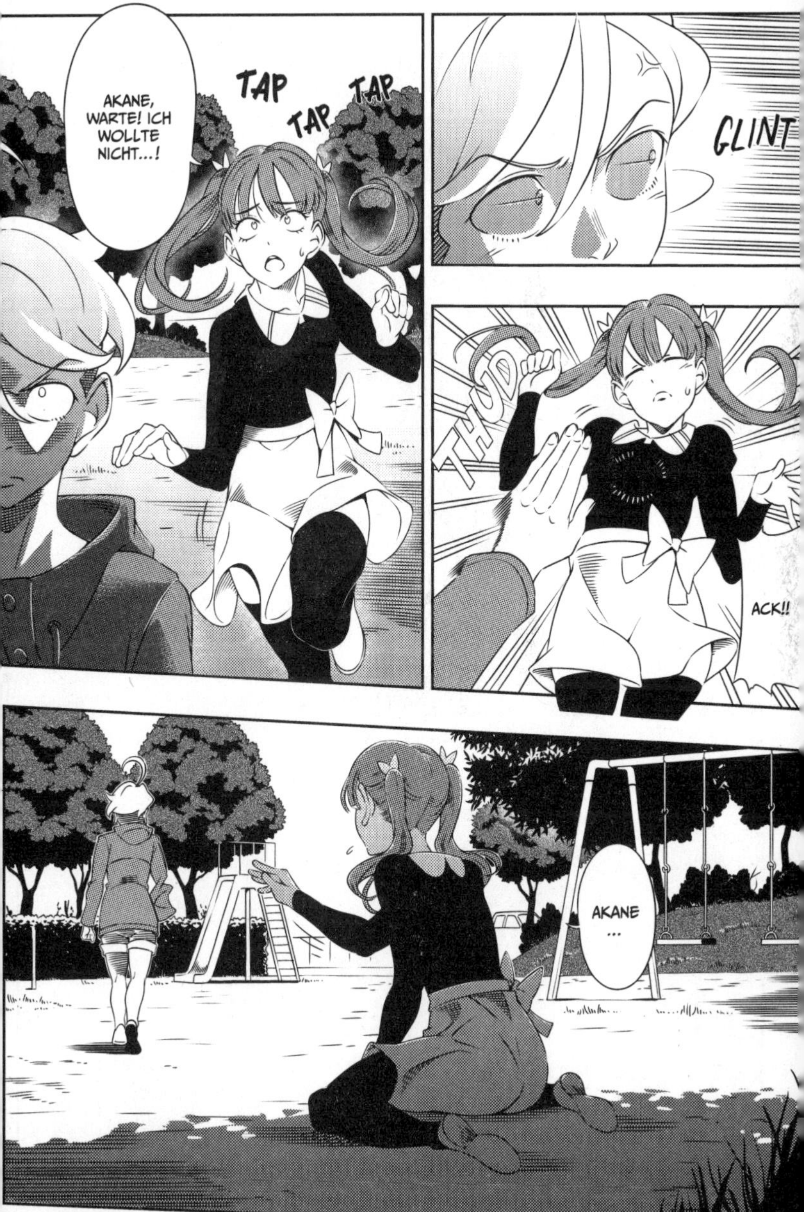

AKANE, WARTE! ICH WOLLTE NICHT...!
TAP
TAP
TAP
GLINT
THUD
ACK!!
AKANE ...

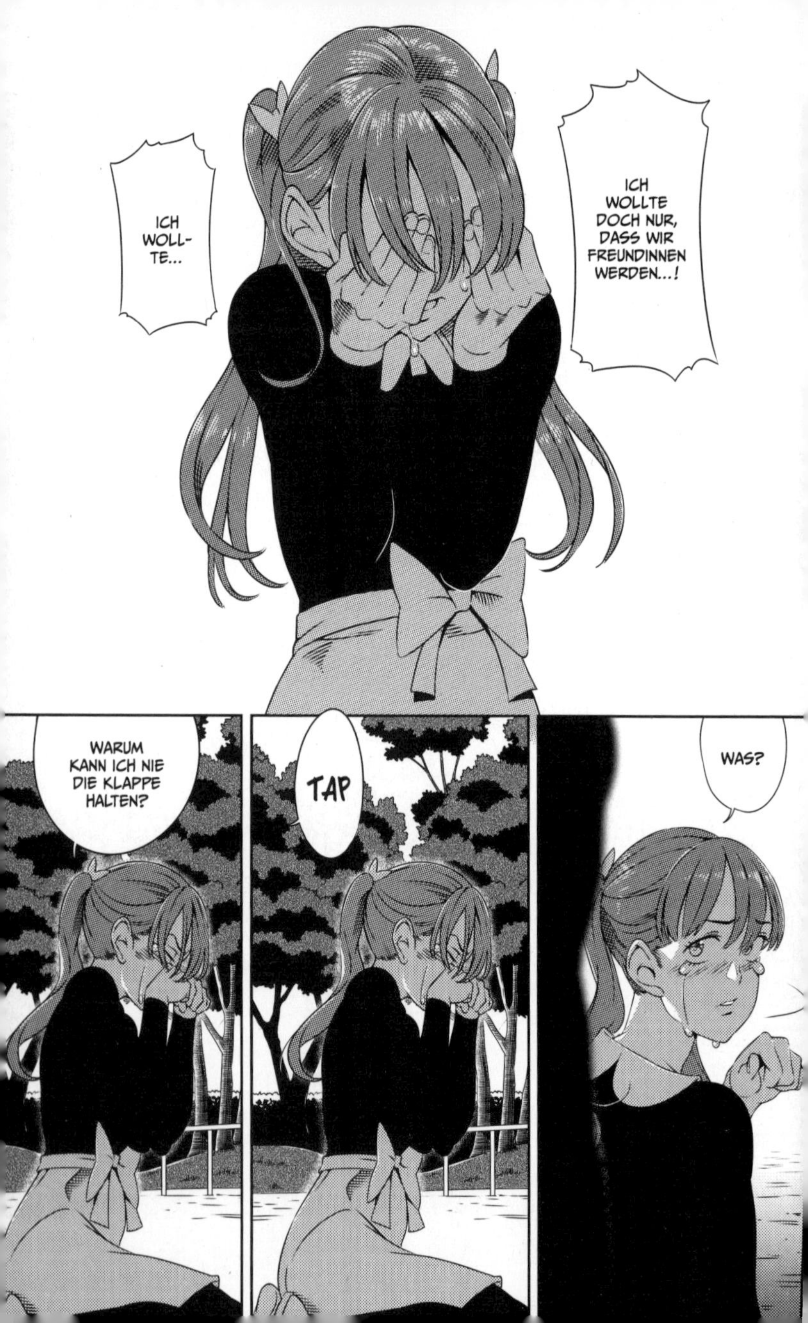
ICH WOLLTE DOCH NUR, DASS WIR FREUNDINNEN WERDEN...!
ICH WOLL-TE...
WAS?
TAP
WARUM KANN ICH NIE DIE KLAPPE HALTEN?

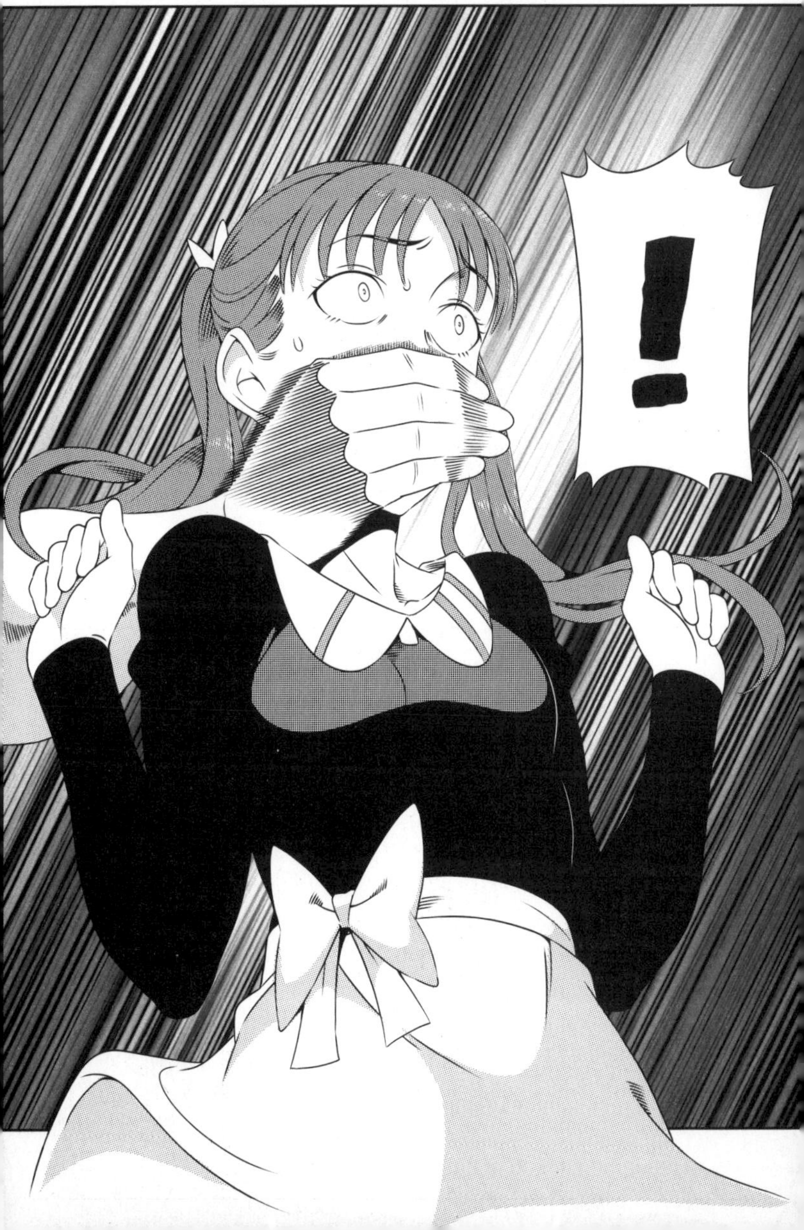

Kapitel 2: Ranju

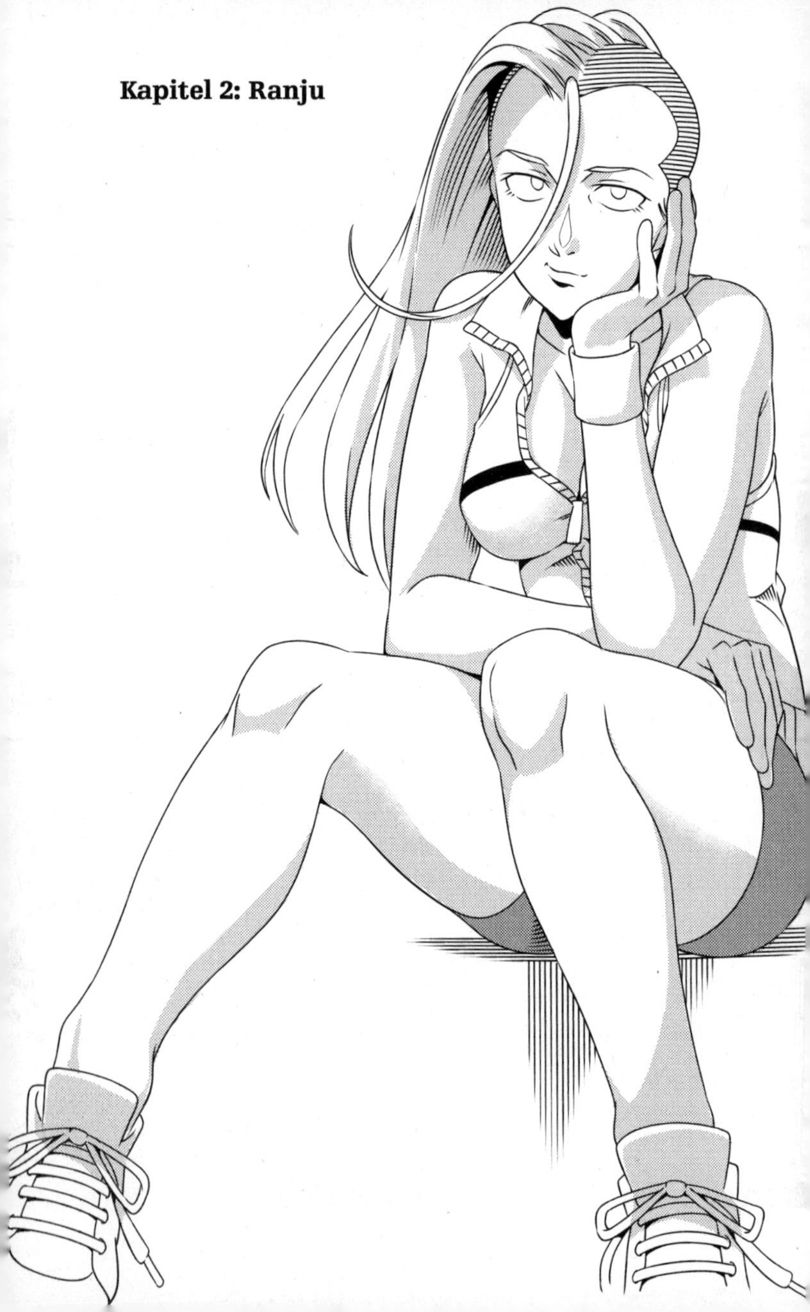

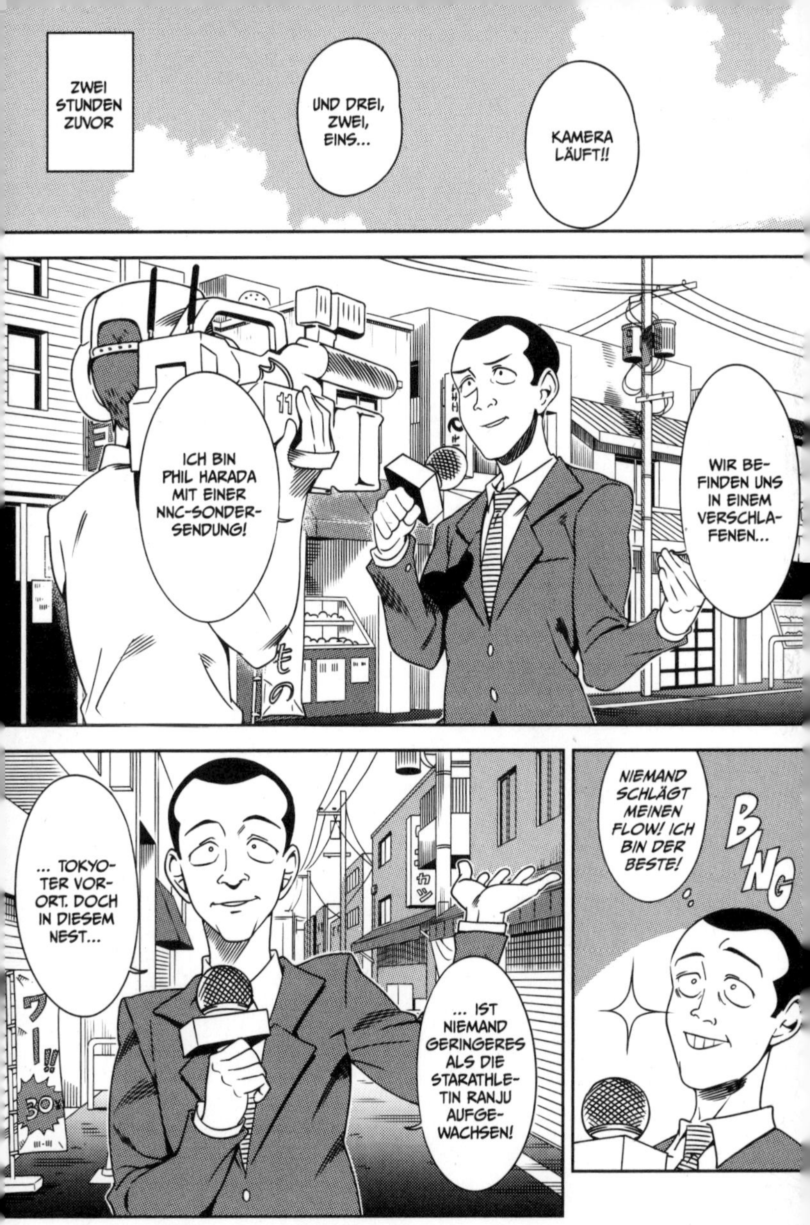
ZWEI STUNDEN ZUVOR
UND DREI, ZWEI, EINS...
KAMERA LÄUFT!!
ICH BIN PHIL HARADA MIT EINER NNC-SONDER-SENDUNG!
WIR BE-FINDEN UNS IN EINEM VERSCHLA-FENEN...
... TOKYO-TER VOR-ORT. DOCH IN DIESEM NEST...
... IST NIEMAND GERINGERES ALS DIE STARATHLE-TIN RANJU AUFGE-WACHSEN!
NIEMAND SCHLÄGT MEINEN FLOW! ICH BIN DER BESTE!
BING

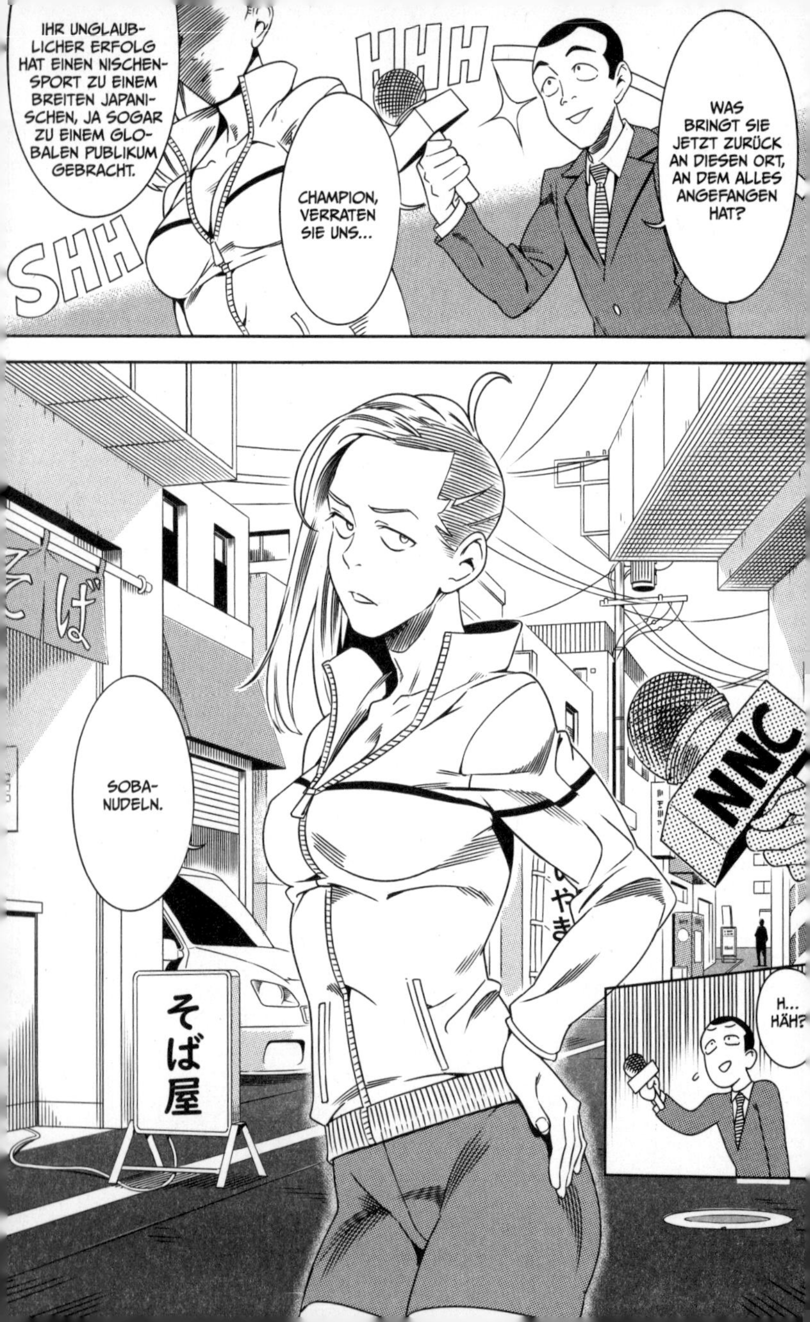

IHR UNGLAUBLICHER ERFOLG HAT EINEN NISCHENSPORT ZU EINEM BREITEN JAPANISCHEN, JA SOGAR ZU EINEM GLOBALEN PUBLIKUM GEBRACHT.
SHH
HHH
CHAMPION, VERRATEN SIE UNS...
WAS BRINGT SIE JETZT ZURÜCK AN DIESEN ORT, AN DEM ALLES ANGEFANGEN HAT?
そば
SOBA-NUDELN.
NNC
そば屋
H... HÄH?

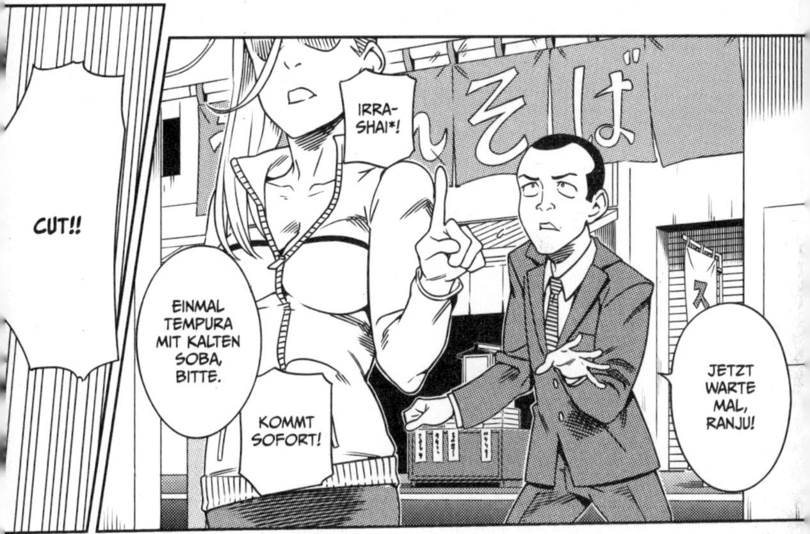

* HEREINSPAZIERT, WILLKOMMEN

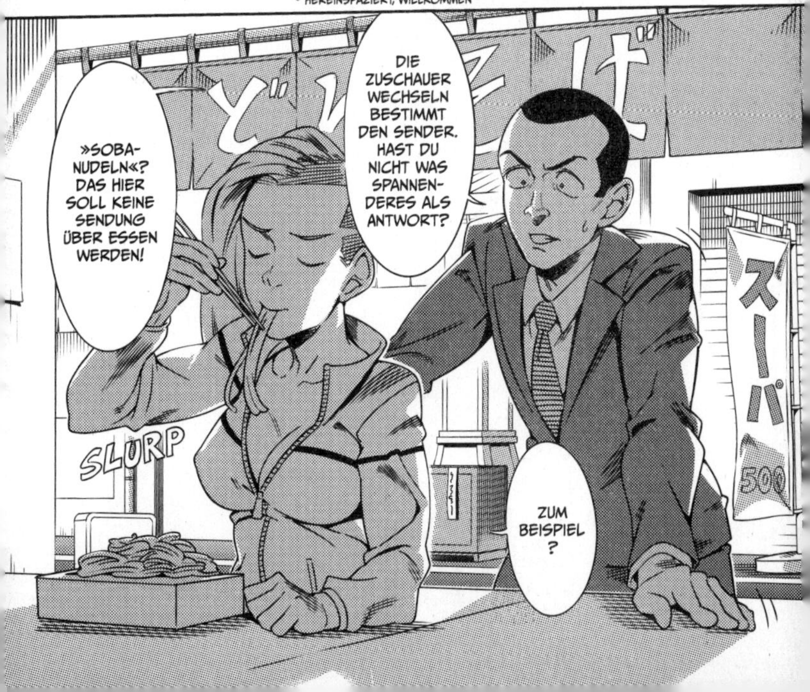

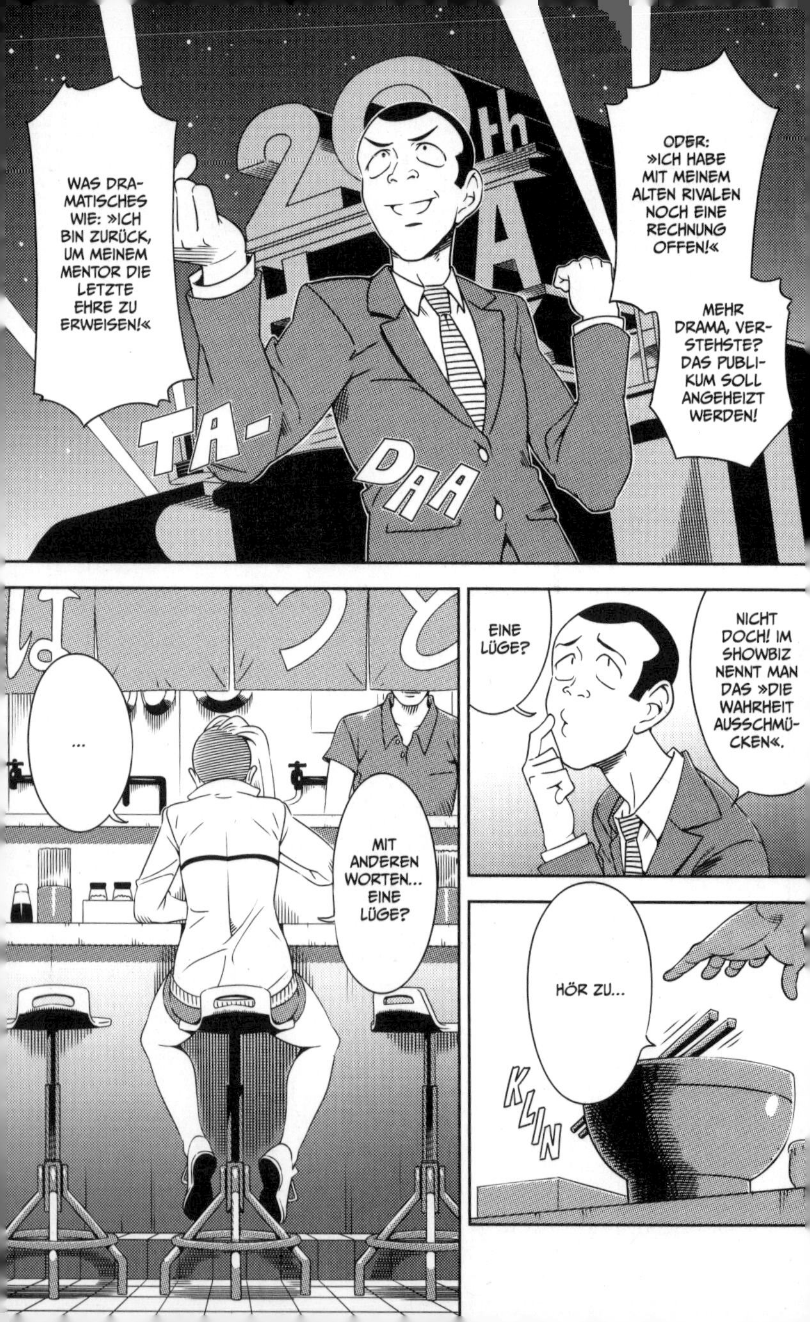
WAS DRAMATISCHES WIE: »ICH BIN ZURÜCK, UM MEINEM MENTOR DIE LETZTE EHRE ZU ERWEISEN!«
ODER: »ICH HABE MIT MEINEM ALTEN RIVALEN NOCH EINE RECHNUNG OFFEN!«
MEHR DRAMA, VERSTEHSTE? DAS PUBLIKUM SOLL ANGEHEIZT WERDEN!
TA-DAA
MIT ANDEREN WORTEN... EINE LÜGE?
...
EINE LÜGE?
NICHT DOCH! IM SHOWBIZ NENNT MAN DAS »DIE WAHRHEIT AUSSCHMÜCKEN«.
HÖR ZU...
KLIN

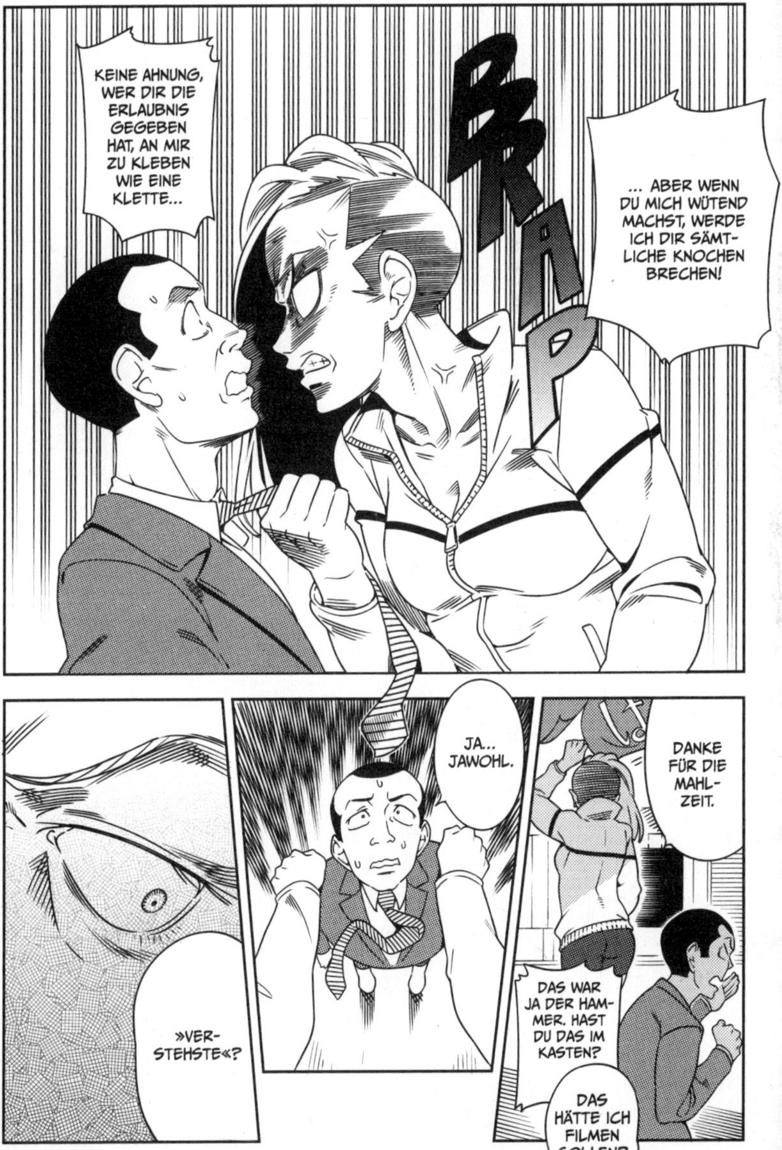
KEINE AHNUNG, WER DIR DIE ERLAUBNIS GEGEBEN HAT, AN MIR ZU KLEBEN WIE EINE KLETTE...
BRRAP
... ABER WENN DU MICH WÜTEND MACHST, WERDE ICH DIR SÄMTLICHE KNOCHEN BRECHEN!
»VERSTEHSTE«?
JA... JAWOHL.
DANKE FÜR DIE MAHLZEIT.
DAS WAR JA DER HAMMER. HAST DU DAS IM KASTEN?
DAS HÄTTE ICH FILMEN SOLLEN?

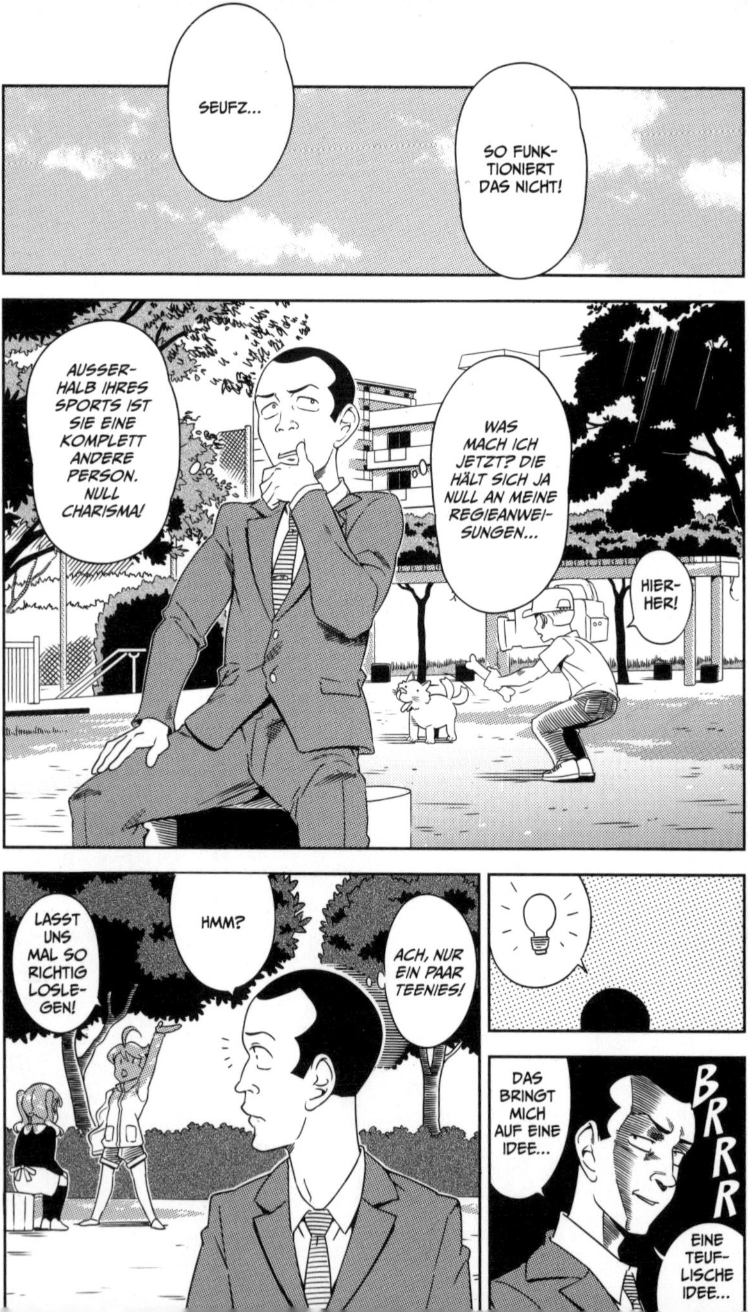
SEUFZ...
SO FUNKTIONIERT DAS NICHT!
AUSSERHALB IHRES SPORTS IST SIE EINE KOMPLETT ANDERE PERSON. NULL CHARISMA!
WAS MACH ICH JETZT? DIE HÄLT SICH JA NULL AN MEINE REGIEANWEISUNGEN...
HIERHER!
LASST UNS MAL SO RICHTIG LOSLEGEN!
HMM?
ACH, NUR EIN PAAR TEENIES!
DAS BRINGT MICH AUF EINE IDEE...
BRRR
EINE TEUFLISCHE IDEE...

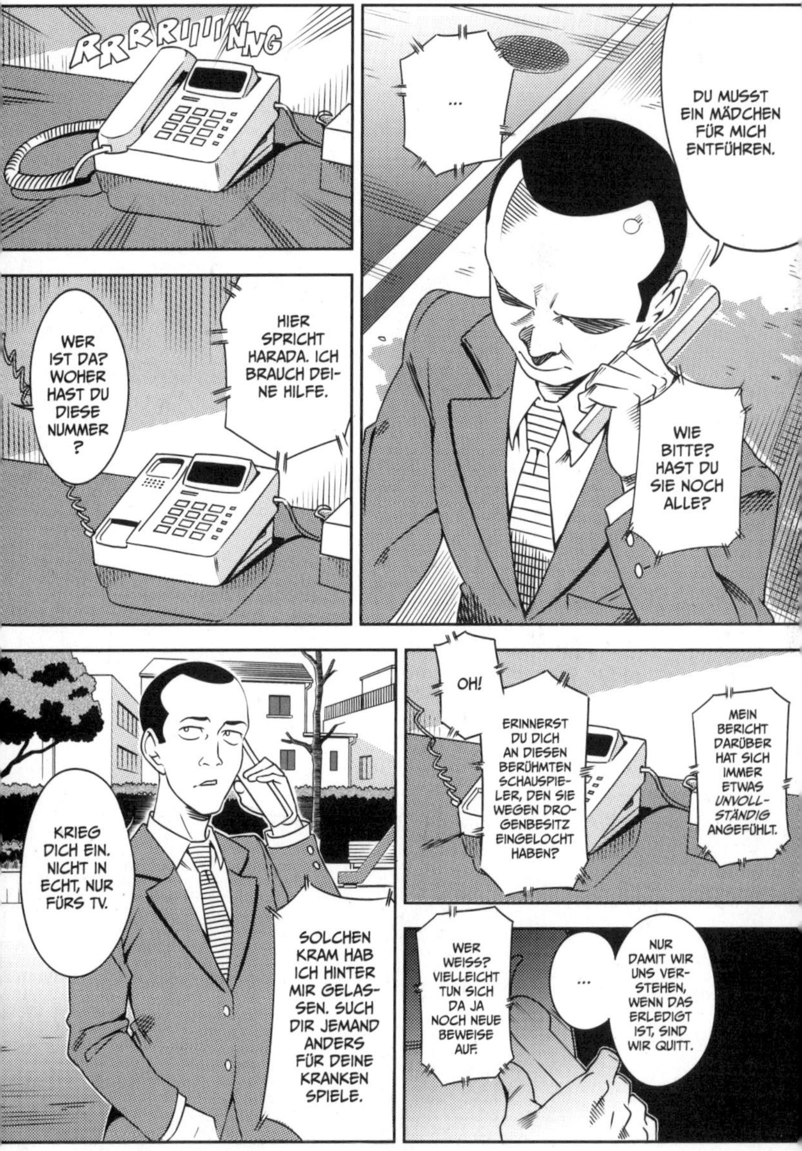
RRRRIIIINNG
...
DU MUSST EIN MÄDCHEN FÜR MICH ENTFÜHREN.
WER IST DA? WOHER HAST DU DIESE NUMMER?
HIER SPRICHT HARADA. ICH BRAUCH DEINE HILFE.
WIE BITTE? HAST DU SIE NOCH ALLE?
OH!
MEIN BERICHT DARÜBER HAT SICH IMMER ETWAS *UNVOLLSTÄNDIG* ANGEFÜHLT.
ERINNERST DU DICH AN DIESEN BERÜHMTEN SCHAUSPIELER, DEN SIE WEGEN DROGENBESITZ EINGELOCHT HABEN?
KRIEG DICH EIN. NICHT IN ECHT, NUR FÜRS TV.
SOLCHEN KRAM HAB ICH HINTER MIR GELASSEN. SUCH DIR JEMAND ANDERS FÜR DEINE KRANKEN SPIELE.
NUR DAMIT WIR UNS VERSTEHEN, WENN DAS ERLEDIGT IST, SIND WIR QUITT.
...
WER WEISS? VIELLEICHT TUN SICH DA JA NOCH NEUE BEWEISE AUF.

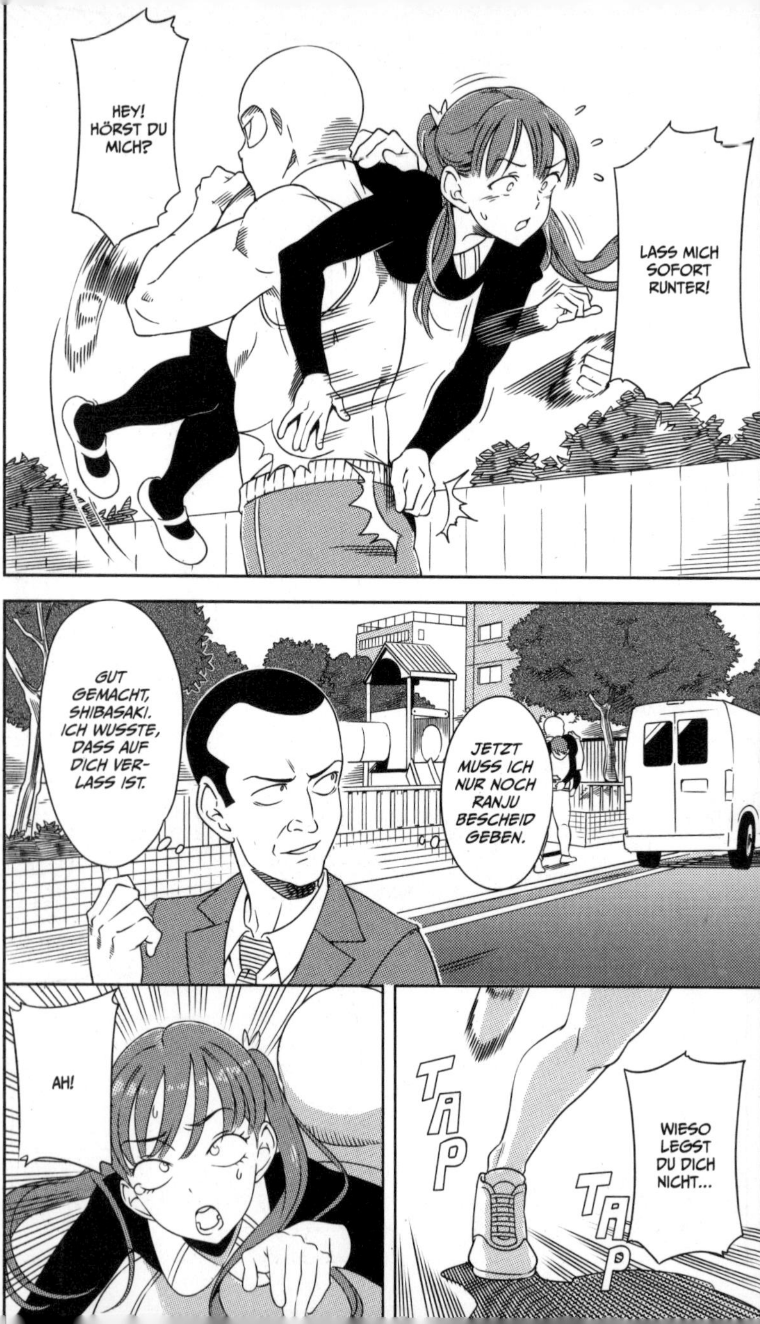
LASS MICH SOFORT RUNTER!
HEY! HÖRST DU MICH?
JETZT MUSS ICH NUR NOCH RANJU BESCHEID GEBEN.
GUT GEMACHT, SHIBASAKI. ICH WUSSTE, DASS AUF DICH VER-LASS IST.
WIESO LEGST DU DICH NICHT...
TAP TAP
AH!

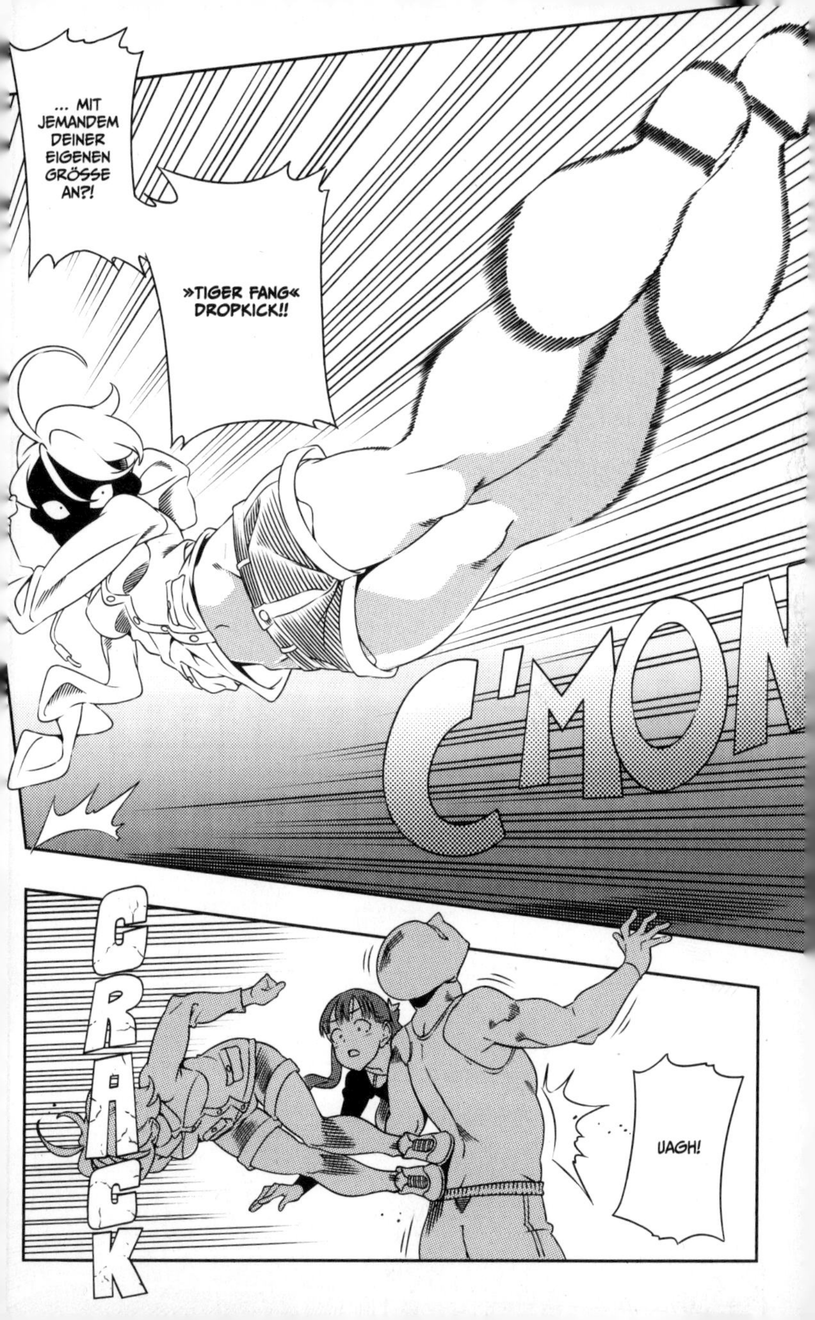
... MIT JEMANDEM DEINER EIGENEN GRÖSSE AN?!
»TIGER FANG« DROPKICK!!
C'MON
CRACK
UAGH!

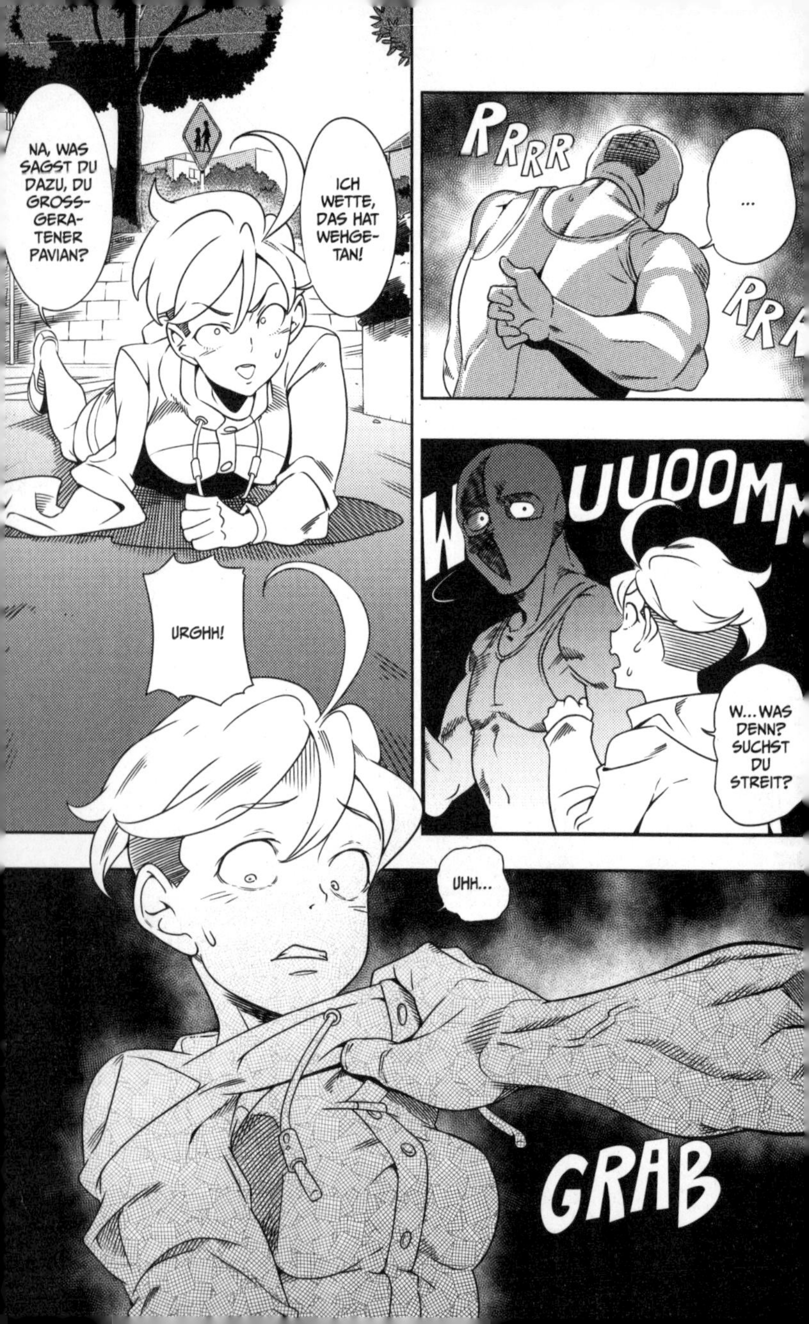
ICH WETTE, DAS HAT WEHGETAN!
NA, WAS SAGST DU DAZU, DU GROSSGERATENER PAVIAN?
RRRR
...
RRR
WUUOOMM
W...WAS DENN? SUCHST DU STREIT?
URGHH!
UHH...
GRAB

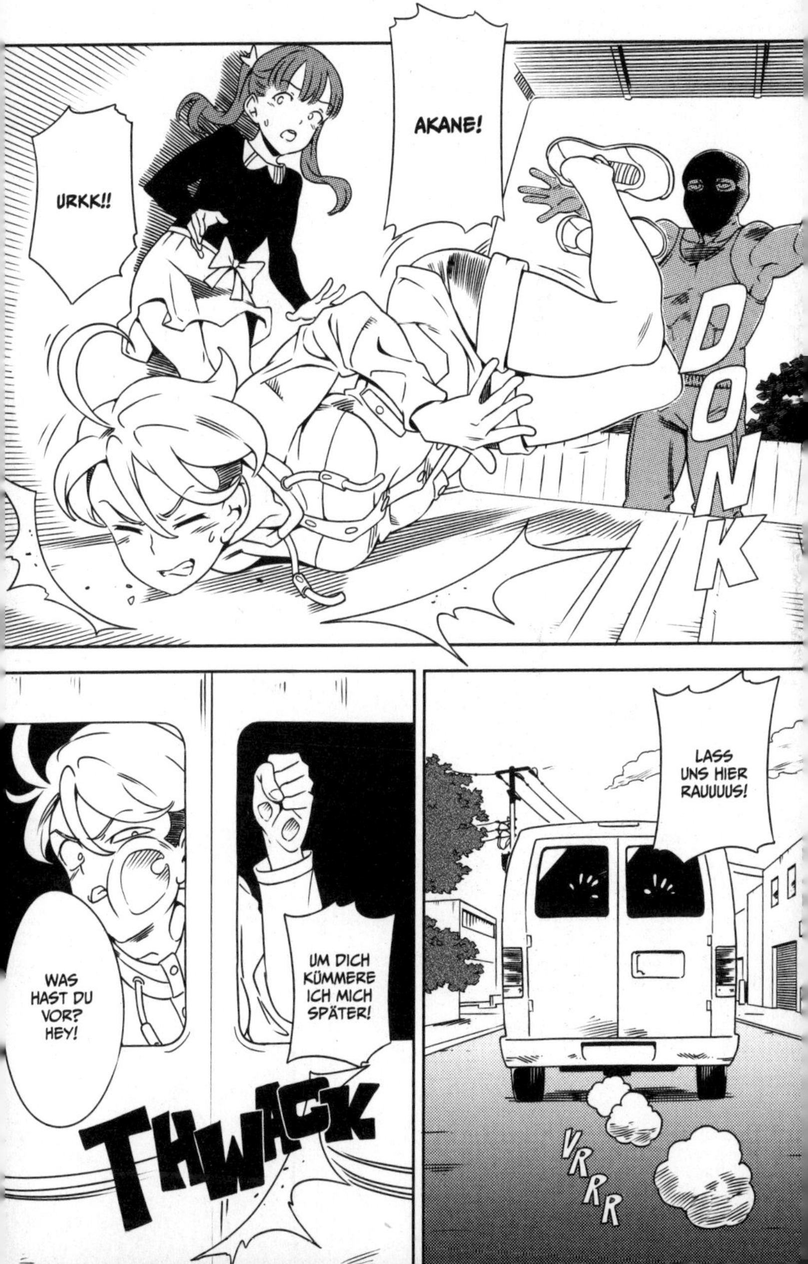
AKANE!
URKK!!
DONK
LASS UNS HIER RAUUUUS!
VRRR
UM DICH KÜMMERE ICH MICH SPÄTER!
WAS HAST DU VOR? HEY!
THWACK

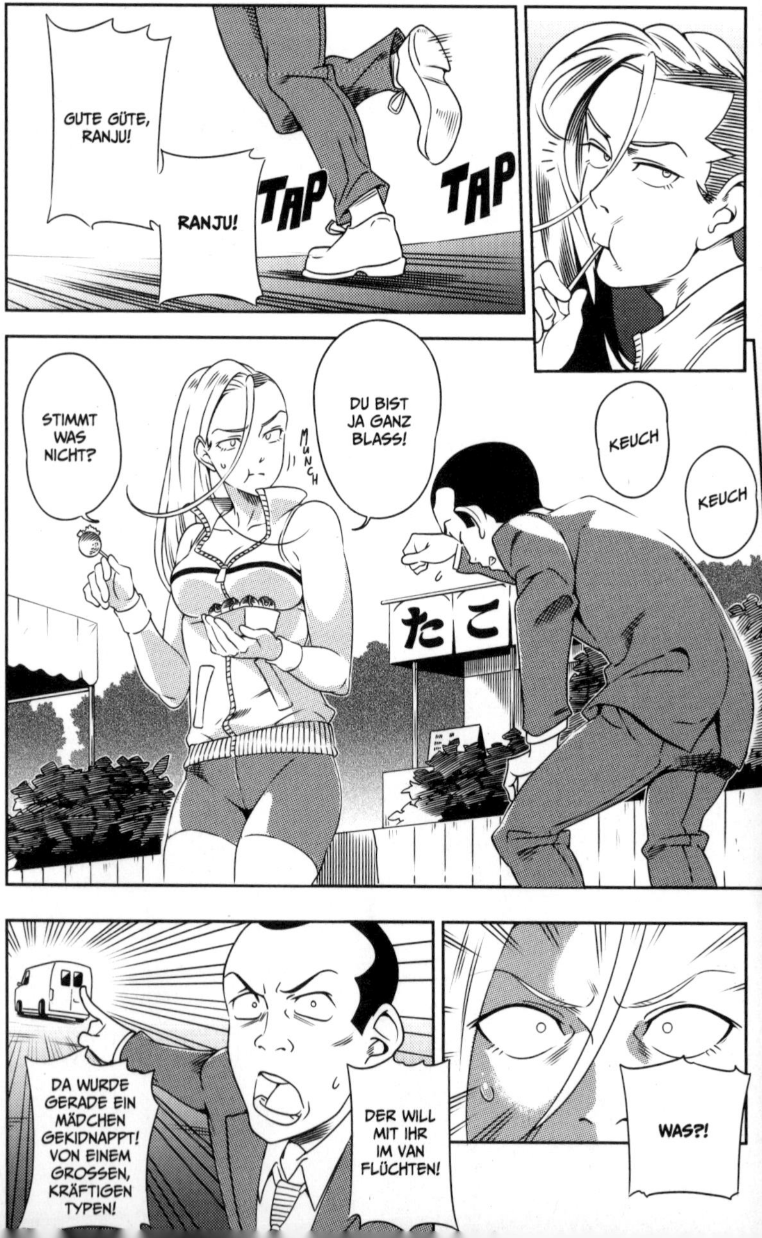
GUTE GÜTE, RANJU!
RANJU!
TAP
TAP
KEUCH
KEUCH
DU BIST JA GANZ BLASS!
MUNCH
STIMMT WAS NICHT?
たこ
WAS?!
DER WILL MIT IHR IM VAN FLÜCHTEN!
DA WURDE GERADE EIN MÄDCHEN GEKIDNAPPT! VON EINEM GROSSEN, KRÄFTIGEN TYPEN!

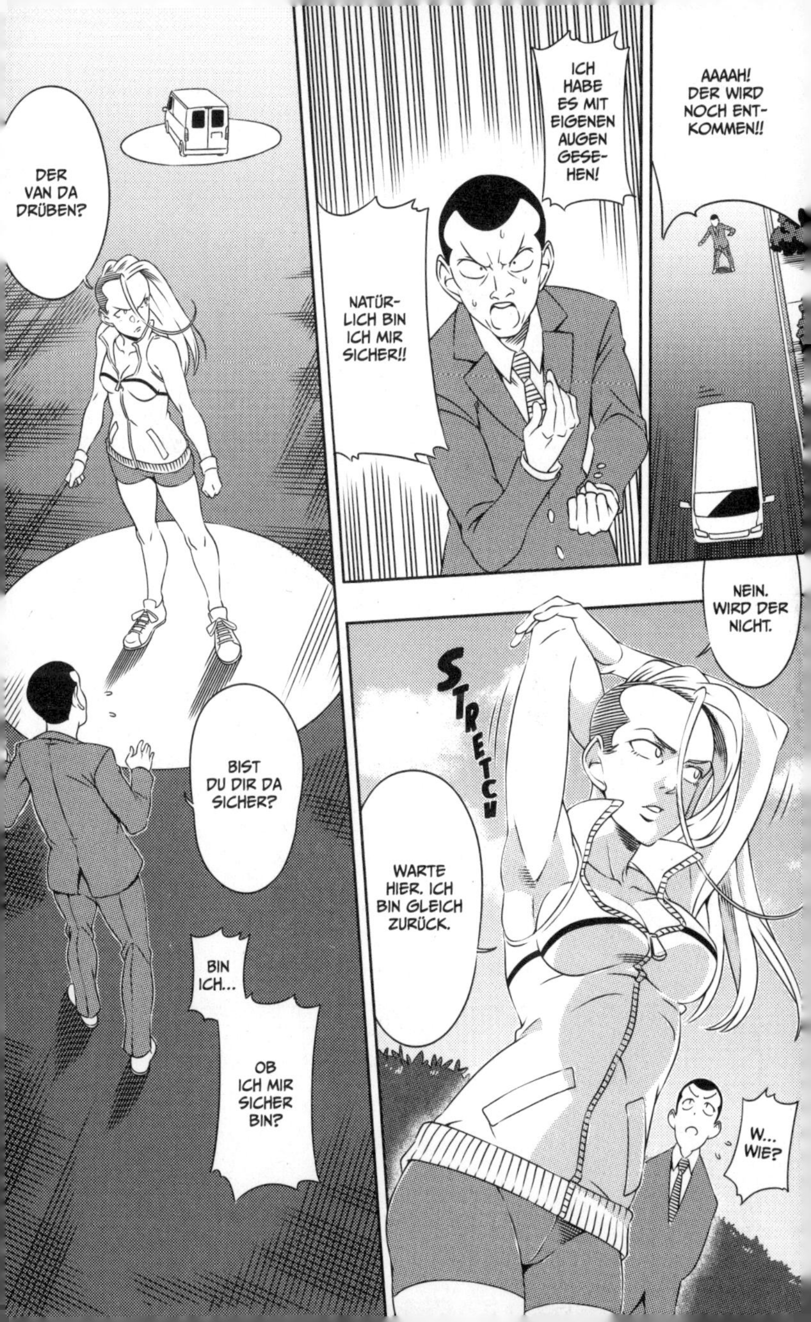
DER VAN DA DRÜBEN?
BIST DU DIR DA SICHER?
BIN ICH…
OB ICH MIR SICHER BIN?
NATÜRLICH BIN ICH MIR SICHER!!
ICH HABE ES MIT EIGENEN AUGEN GESEHEN!
AAAAH! DER WIRD NOCH ENTKOMMEN!!
NEIN. WIRD DER NICHT.
STRETCH
WARTE HIER. ICH BIN GLEICH ZURÜCK.
W… WIE?

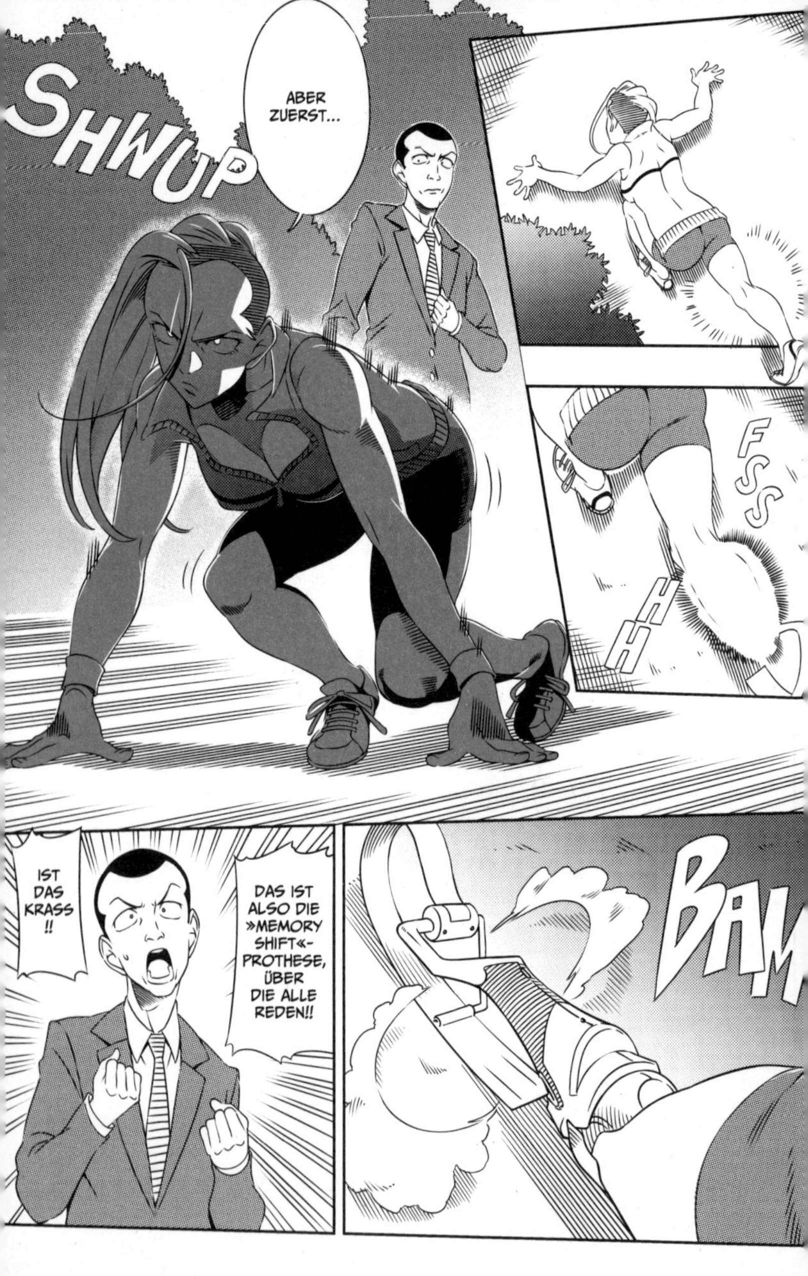
ABER ZUERST...
SHWUP
FSSHHH
BAM
DAS IST ALSO DIE »MEMORY SHIFT«-PROTHESE, ÜBER DIE ALLE REDEN!!
IST DAS KRASS!!

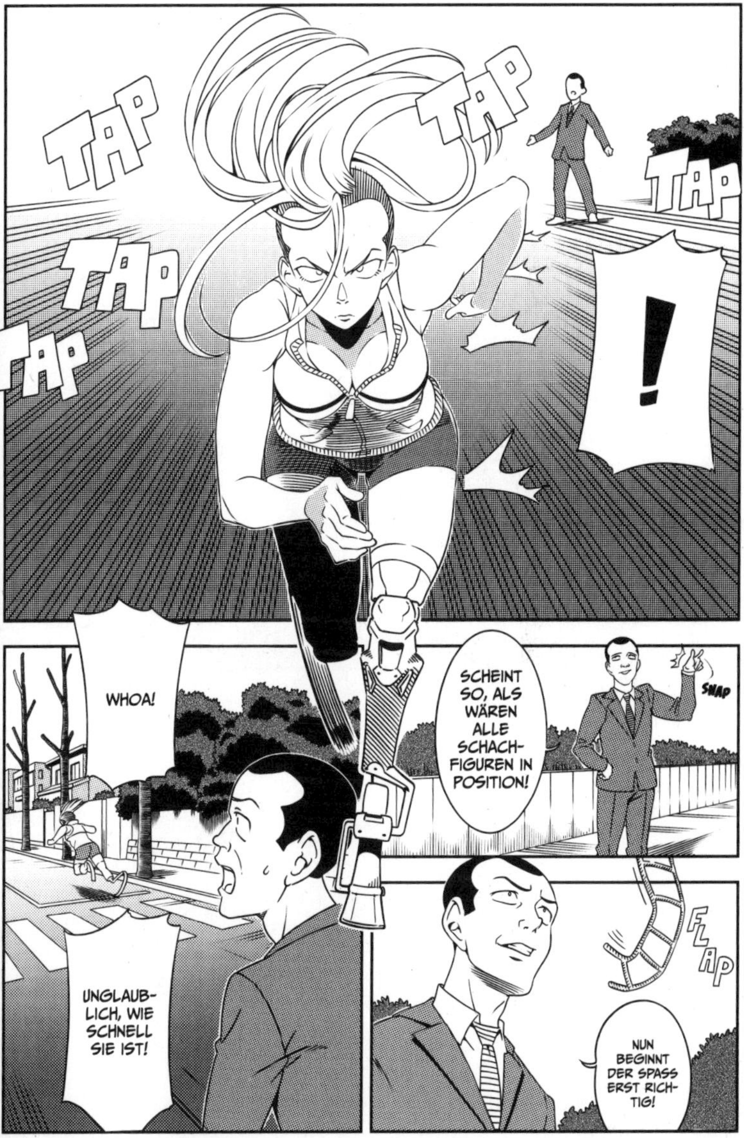
TAP
TAP
TAP
TAP
TAP
!
WHOA!
UNGLAUB-
LICH, WIE
SCHNELL
SIE IST!
SCHEINT
SO, ALS
WÄREN
ALLE
SCHACH-
FIGUREN IN
POSITION!
SNAP
FLAP
NUN
BEGINNT
DER SPASS
ERST RICH-
TIG!

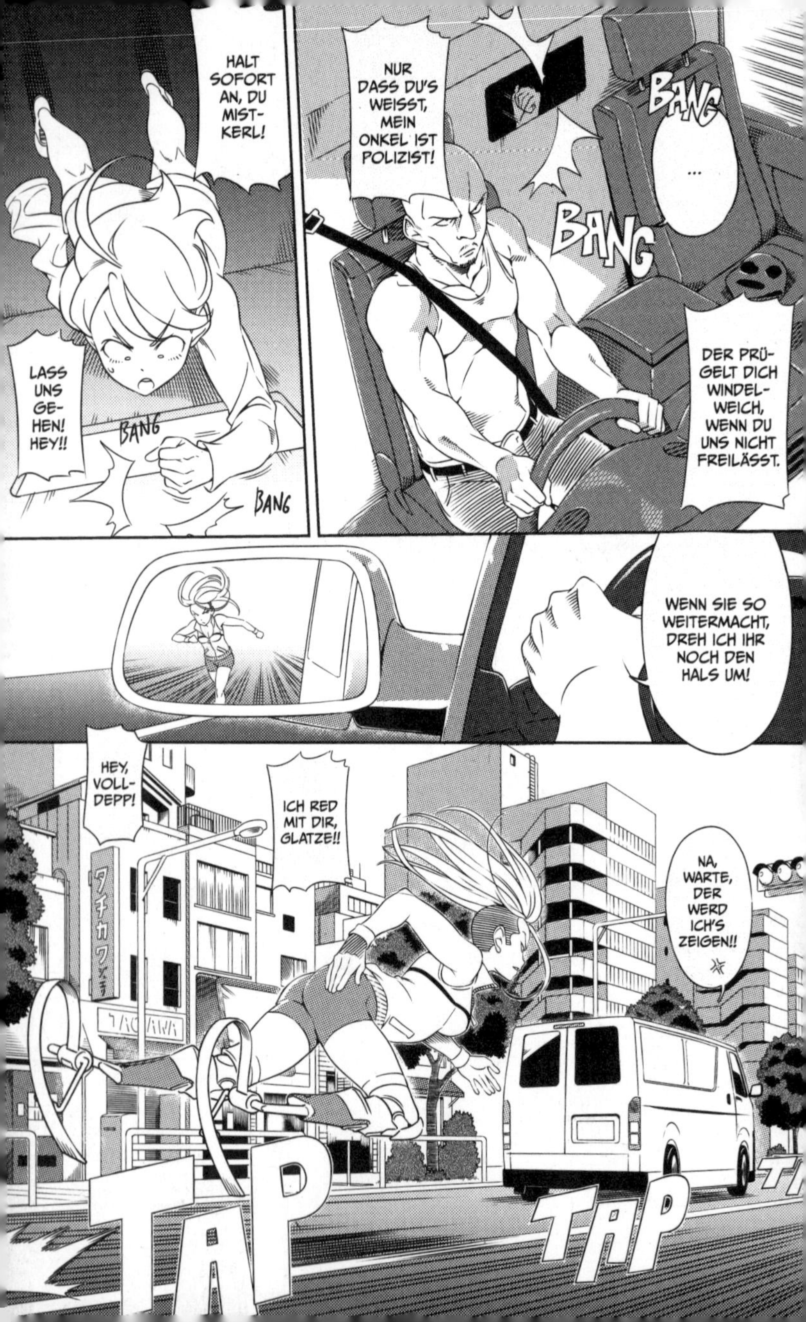

NUR DASS DU'S WEISST, MEIN ONKEL IST POLIZIST!
BANG
...
BANG
DER PRÜGELT DICH WINDELWEICH, WENN DU UNS NICHT FREILÄSST.
HALT SOFORT AN, DU MISTKERL!
LASS UNS GEHEN! HEY!!
BANG
BANG
WENN SIE SO WEITERMACHT, DREH ICH IHR NOCH DEN HALS UM!
NA, WARTE, DER WERD ICH'S ZEIGEN!!
ICH RED MIT DIR, GLATZE!!
HEY, VOLLDEPP!
タチカワ
TAP
TAP

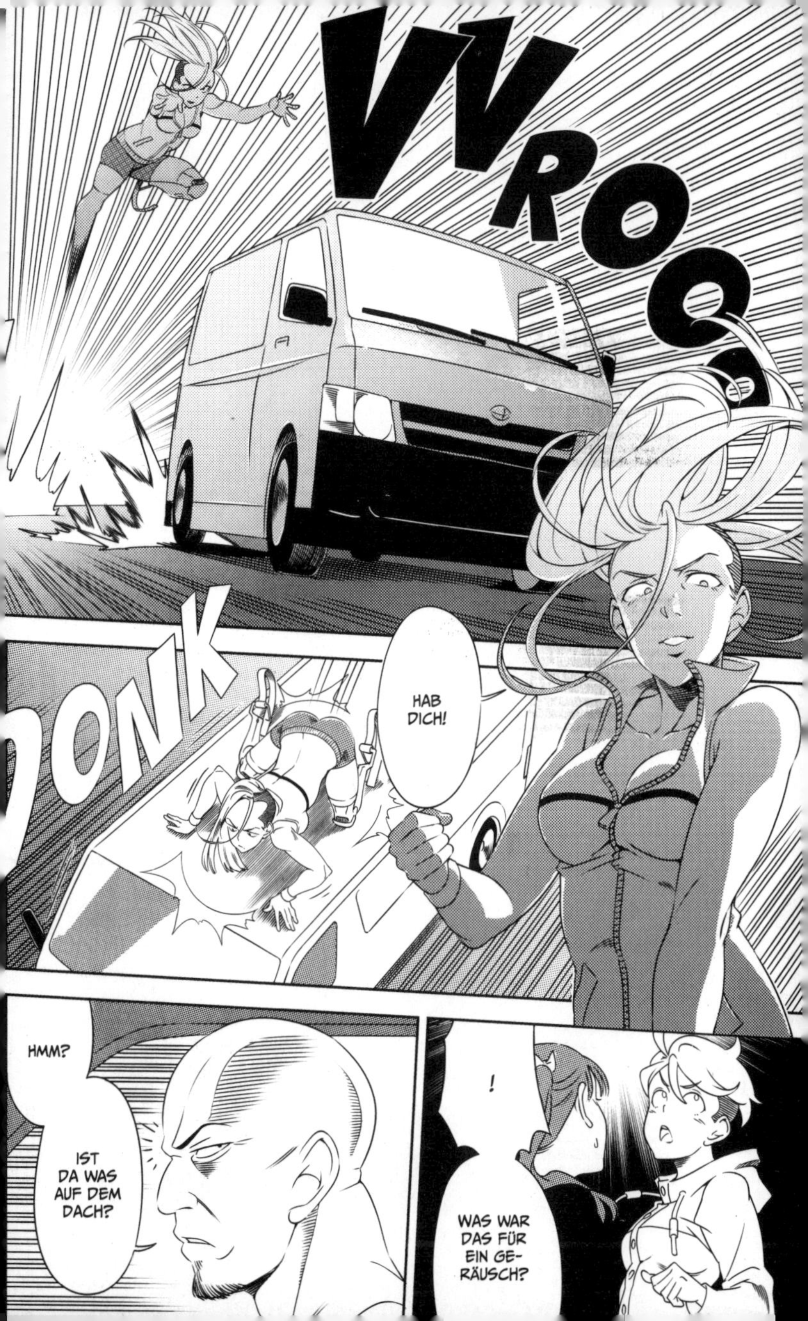
VVROOO
HAB DICH!
ONK
!
WAS WAR DAS FÜR EIN GE-RÄUSCH?
HMM?
IST DA WAS AUF DEM DACH?

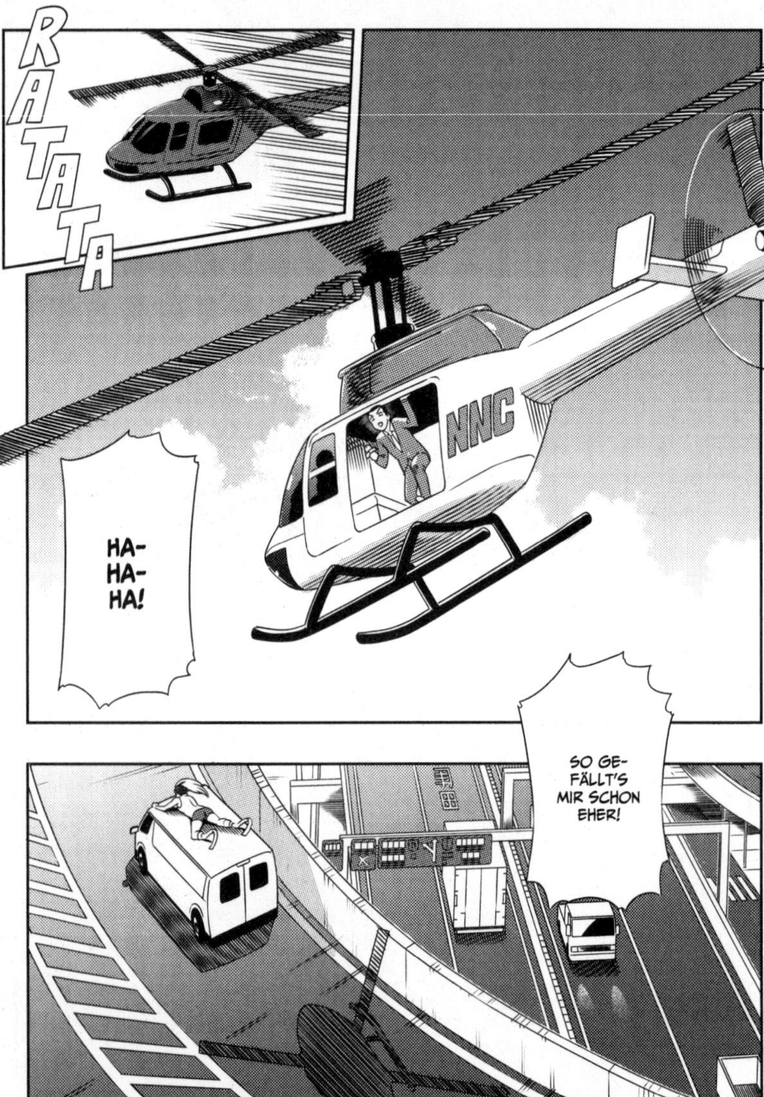
RATATATA
HA-HA-HA!
SO GEFÄLLT'S MIR SCHON EHER!

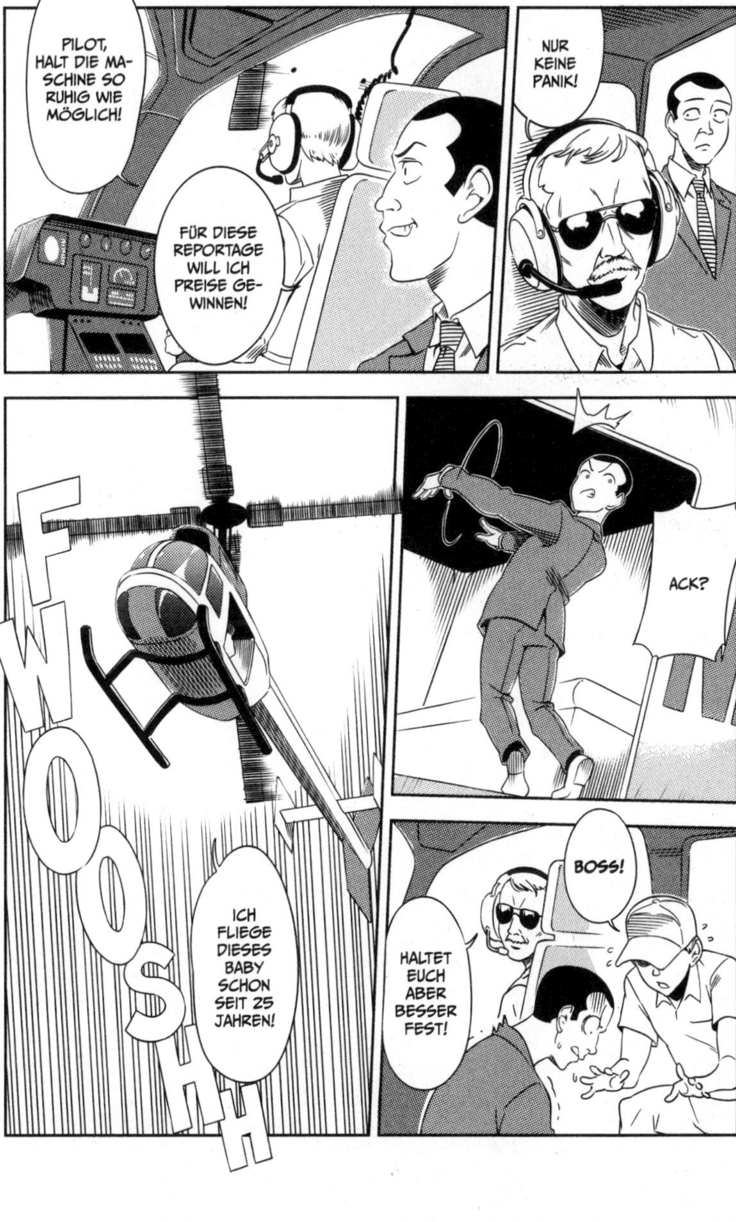
PILOT, HALT DIE MA-SCHINE SO RUHIG WIE MÖGLICH!
FÜR DIESE REPORTAGE WILL ICH PREISE GE-WINNEN!
NUR KEINE PANIK!
ACK?
FWOOOSHHH
ICH FLIEGE DIESES BABY SCHON SEIT 25 JAHREN!
BOSS!
HALTET EUCH ABER BESSER FEST!

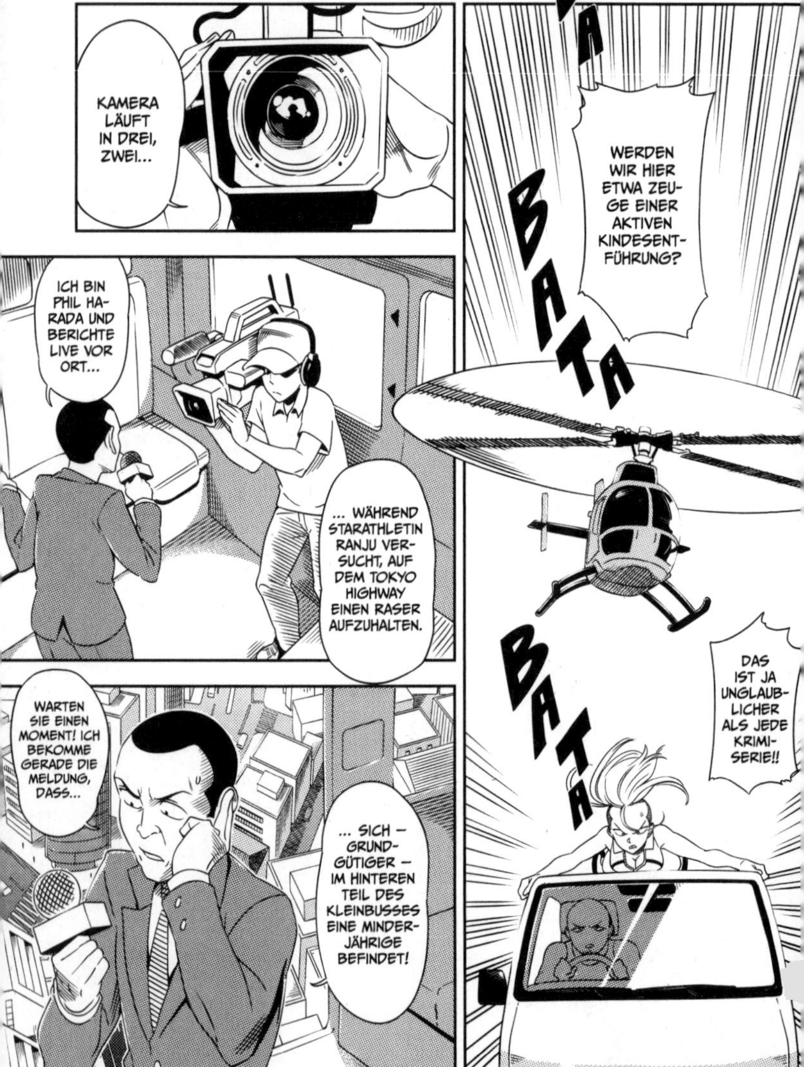
KAMERA LÄUFT IN DREI, ZWEI...
ICH BIN PHIL HARADA UND BERICHTE LIVE VOR ORT...
... WÄHREND STARATHLETIN RANJU VERSUCHT, AUF DEM TOKYO HIGHWAY EINEN RASER AUFZUHALTEN.
WARTEN SIE EINEN MOMENT! ICH BEKOMME GERADE DIE MELDUNG, DASS...
... SICH – GRUNDGÜTIGER – IM HINTEREN TEIL DES KLEINBUSSES EINE MINDERJÄHRIGE BEFINDET!
BA
BATATA
WERDEN WIR HIER ETWA ZEUGE EINER AKTIVEN KINDESENTFÜHRUNG?
BATATA
DAS IST JA UNGLAUBLICHER ALS JEDE KRIMISERIE!!

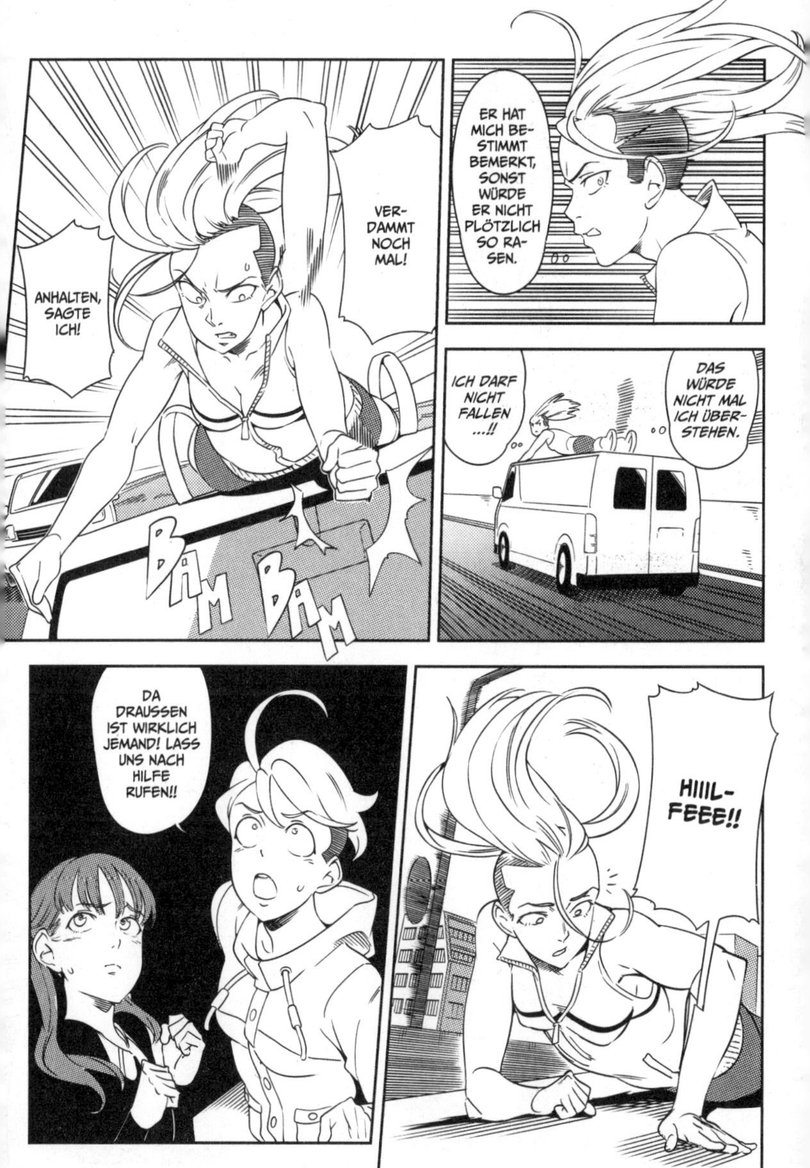
ER HAT MICH BESTIMMT BEMERKT, SONST WÜRDE ER NICHT PLÖTZLICH SO RASEN.
DAS WÜRDE NICHT MAL ICH ÜBERSTEHEN.
ICH DARF NICHT FALLEN ...!!
VERDAMMT NOCH MAL!
ANHALTEN, SAGTE ICH!
BAM BAM
HIIIL-FEEE!!
DA DRAUSSEN IST WIRKLICH JEMAND! LASS UNS NACH HILFE RUFEN!!

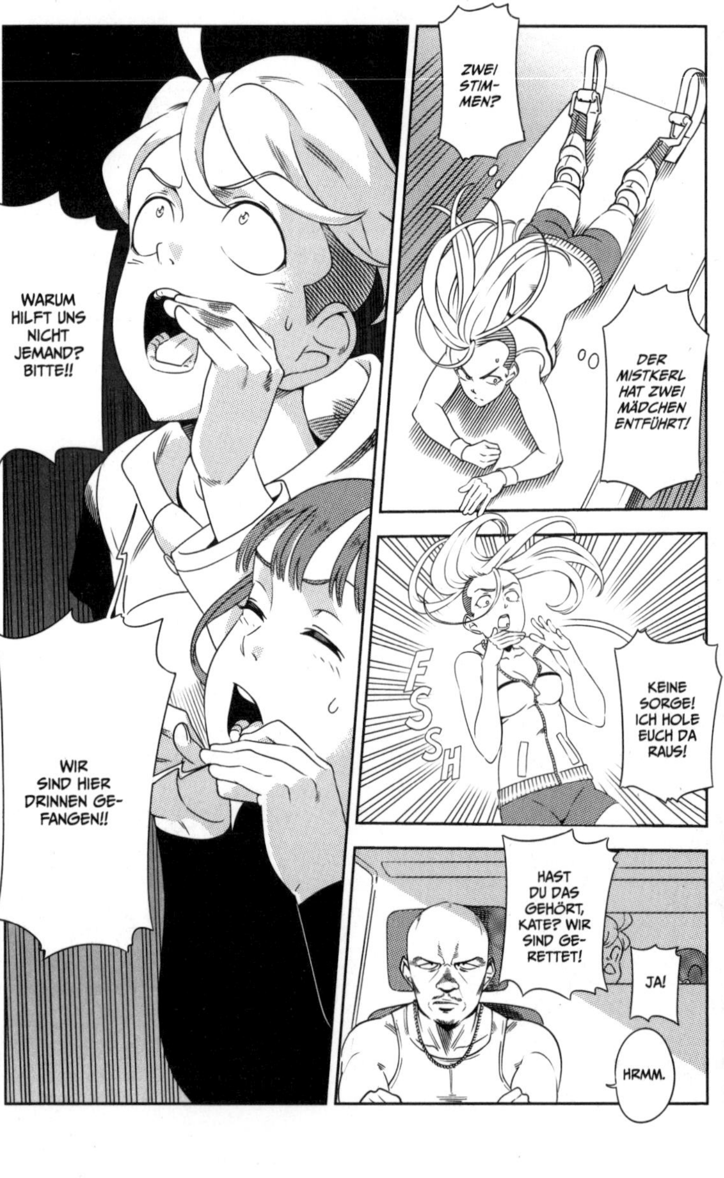
ZWEI STIM-MEN?
DER MISTKERL HAT ZWEI MÄDCHEN ENTFÜHRT!
WARUM HILFT UNS NICHT JEMAND? BITTE!!
KEINE SORGE! ICH HOLE EUCH DA RAUS!
FSSSH
WIR SIND HIER DRINNEN GE-FANGEN!!
HAST DU DAS GEHÖRT, KATE? WIR SIND GE-RETTET!
JA!
HRMM.

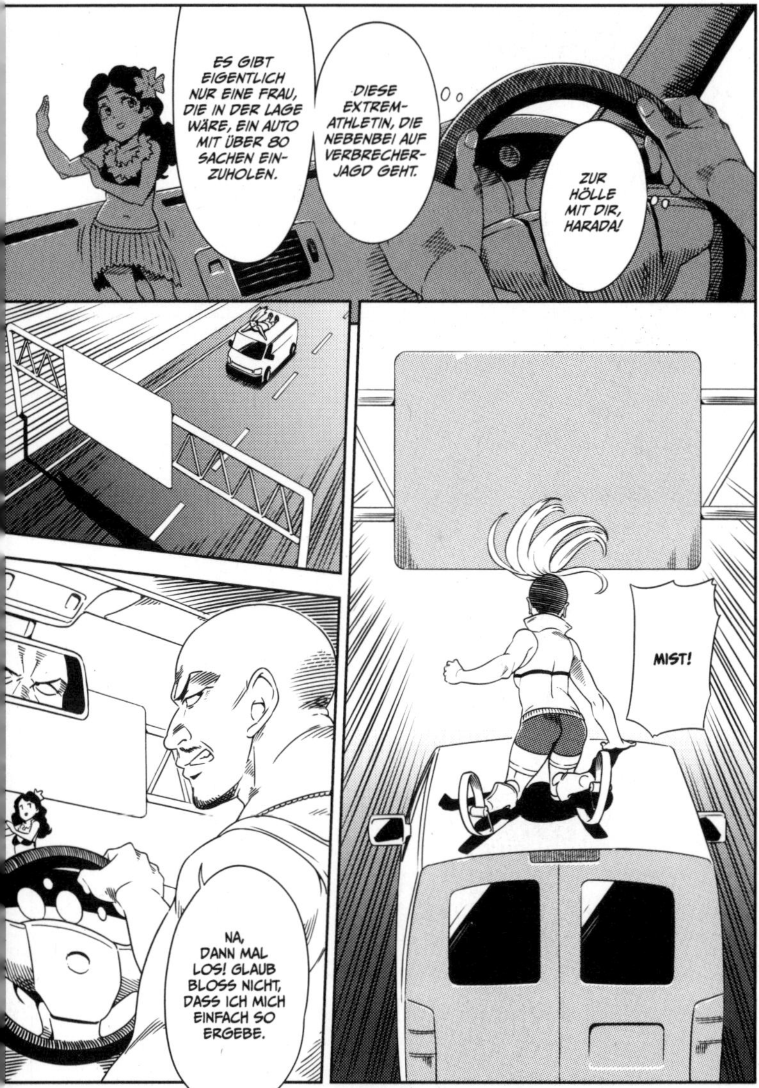
ZUR HÖLLE MIT DIR, HARADA!
DIESE EXTREM-ATHLETIN, DIE NEBENBEI AUF VERBRECHER-JAGD GEHT.
ES GIBT EIGENTLICH NUR EINE FRAU, DIE IN DER LAGE WÄRE, EIN AUTO MIT ÜBER 80 SACHEN EIN-ZUHOLEN.
MIST!
NA, DANN MAL LOS! GLAUB BLOSS NICHT, DASS ICH MICH EINFACH SO ERGEBE.

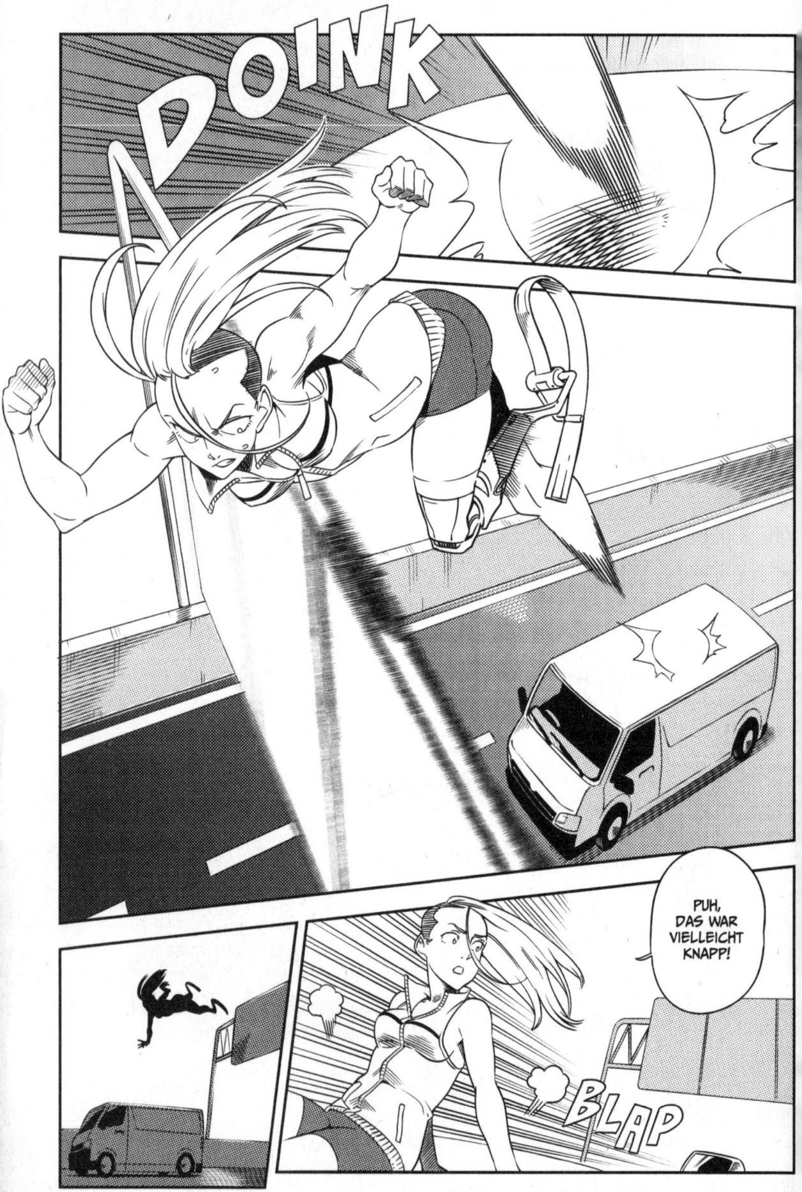
DOINK
PUH, DAS WAR VIELLEICHT KNAPP!
BLAP

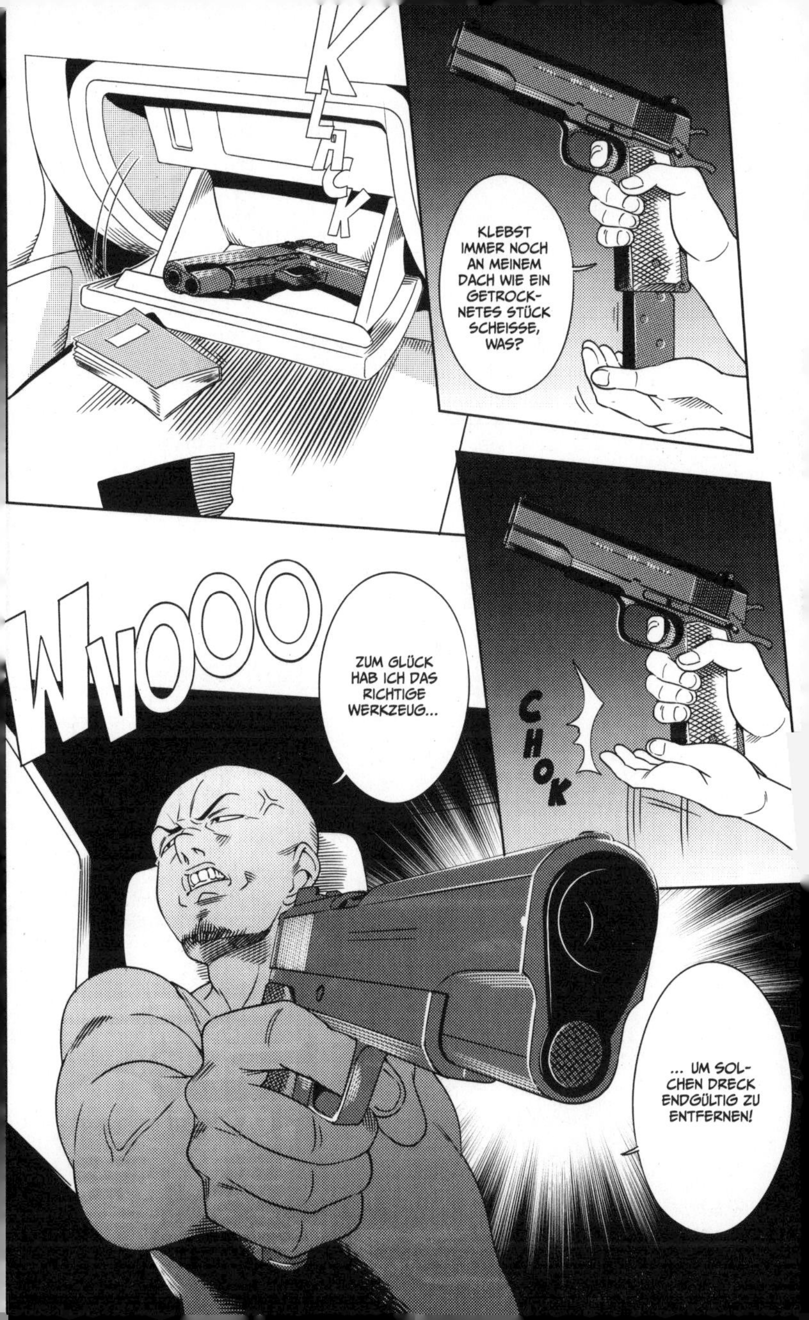
KLEBST IMMER NOCH AN MEINEM DACH WIE EIN GETROCK-NETES STÜCK SCHEISSE, WAS?
KLACK
CHOK
WVOOO
ZUM GLÜCK HAB ICH DAS RICHTIGE WERKZEUG...
... UM SOL-CHEN DRECK ENDGÜLTIG ZU ENTFERNEN!

Kapitel 3: Harada

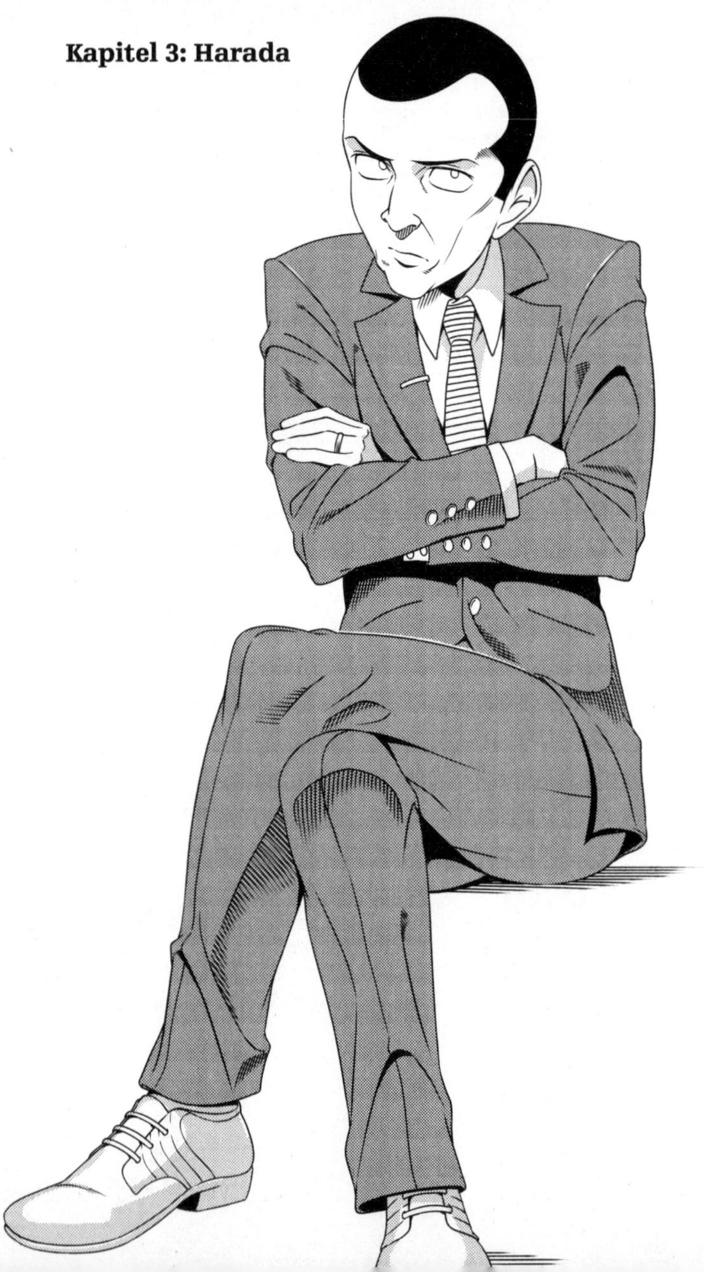

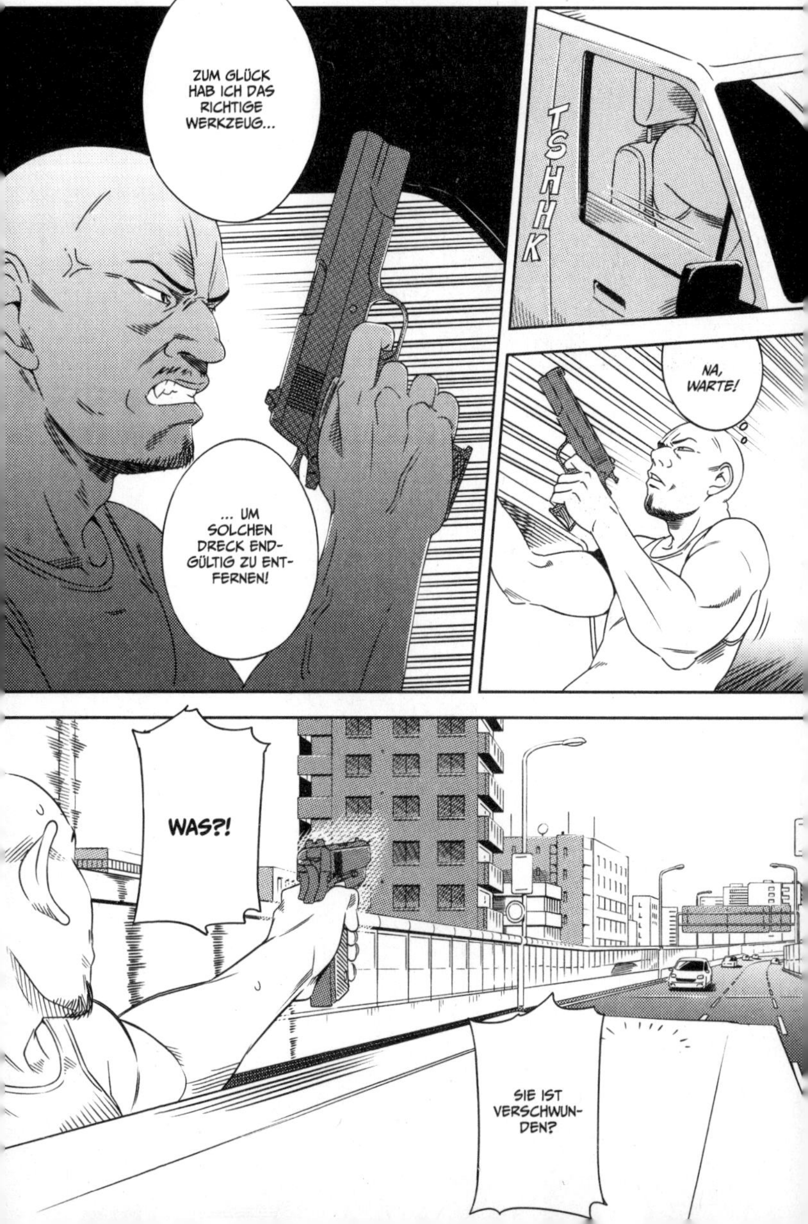
ZUM GLÜCK HAB ICH DAS RICHTIGE WERKZEUG...
... UM SOLCHEN DRECK ENDGÜLTIG ZU ENTFERNEN!
TSHHHK
NA, WARTE!
WAS?!
SIE IST VERSCHWUNDEN?

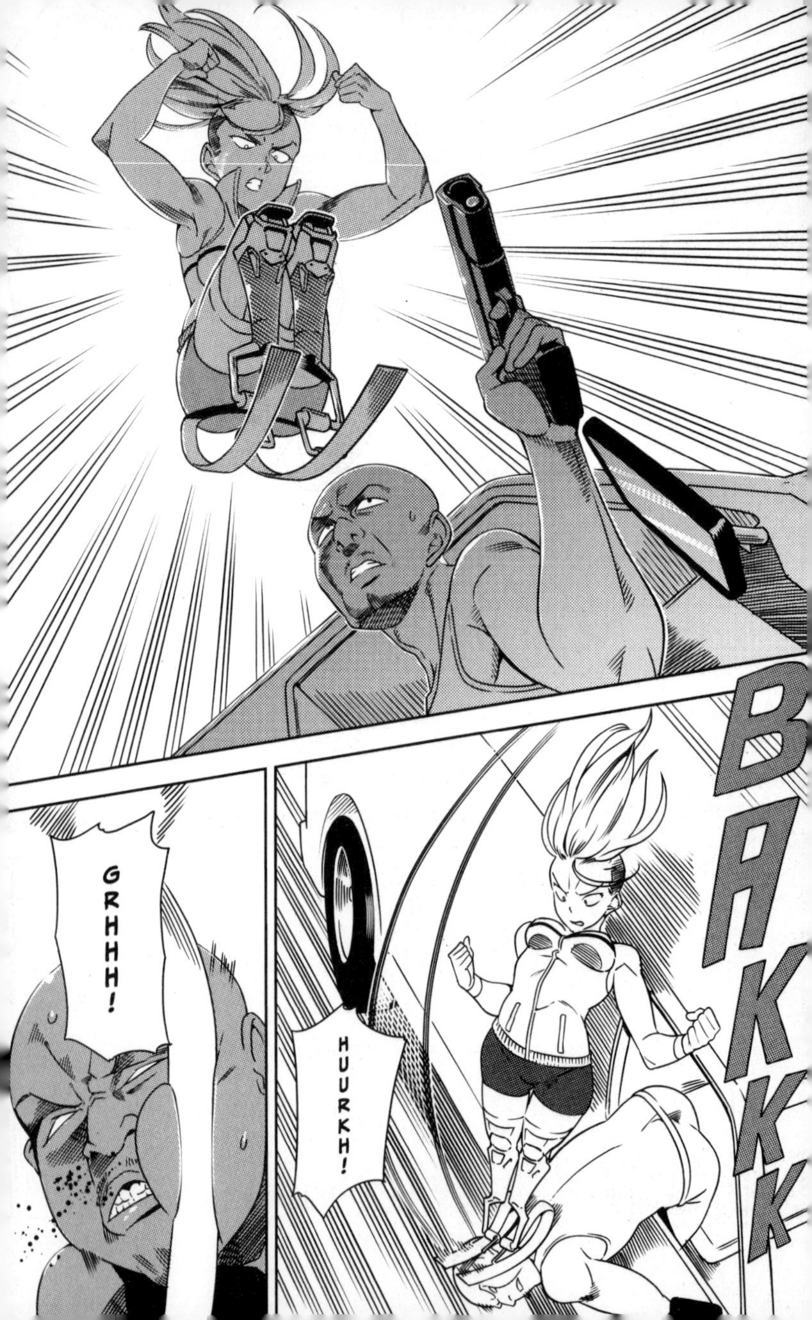
BAKKK
GRHHH!
HUURKH!

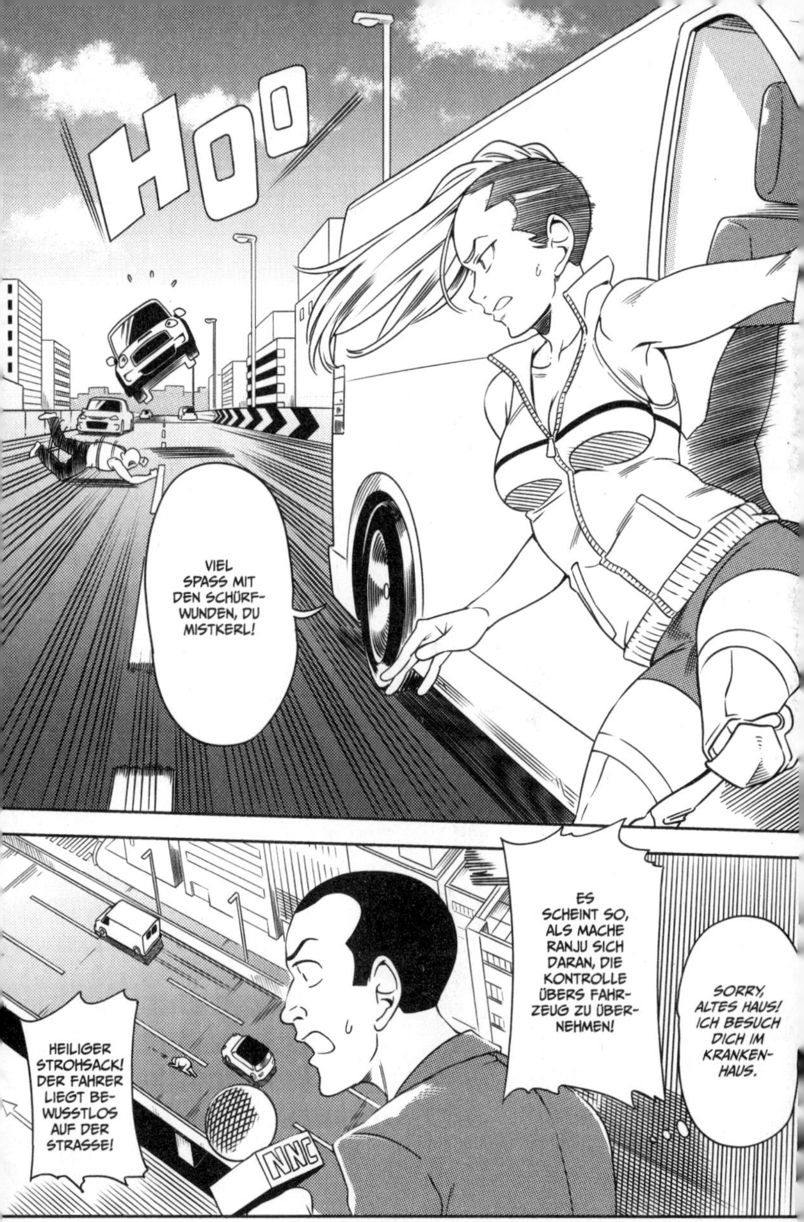
HOO
VIEL SPASS MIT DEN SCHÜRF-WUNDEN, DU MISTKERL!
SORRY, ALTES HAUS! ICH BESUCH DICH IM KRANKEN-HAUS.
ES SCHEINT SO, ALS MACHE RANJU SICH DARAN, DIE KONTROLLE ÜBERS FAHR-ZEUG ZU ÜBER-NEHMEN!
HEILIGER STROHSACK! DER FAHRER LIEGT BE-WUSSTLOS AUF DER STRASSE!
NNC

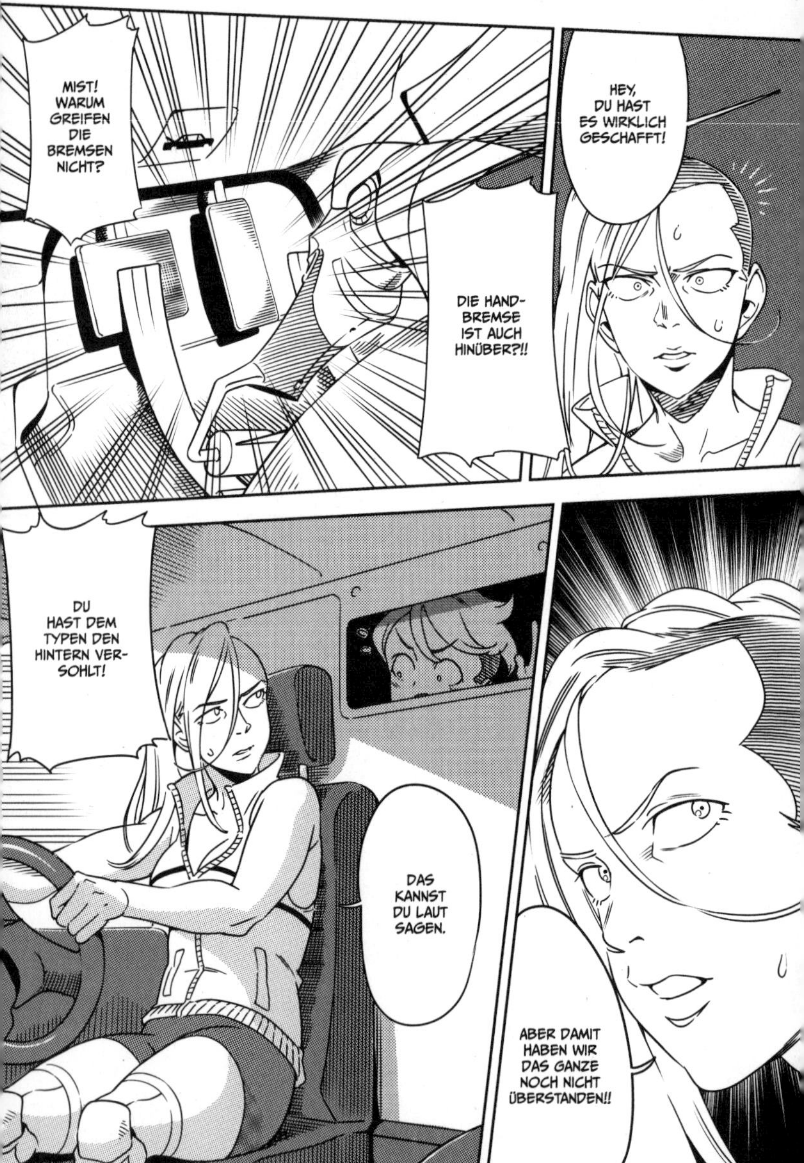

MIST! WARUM GREIFEN DIE BREMSEN NICHT?
DIE HAND-BREMSE IST AUCH HINÜBER?!!
HEY, DU HAST ES WIRKLICH GESCHAFFT!
DU HAST DEM TYPEN DEN HINTERN VER-SOHLT!
DAS KANNST DU LAUT SAGEN.
ABER DAMIT HABEN WIR DAS GANZE NOCH NICHT ÜBERSTANDEN!!

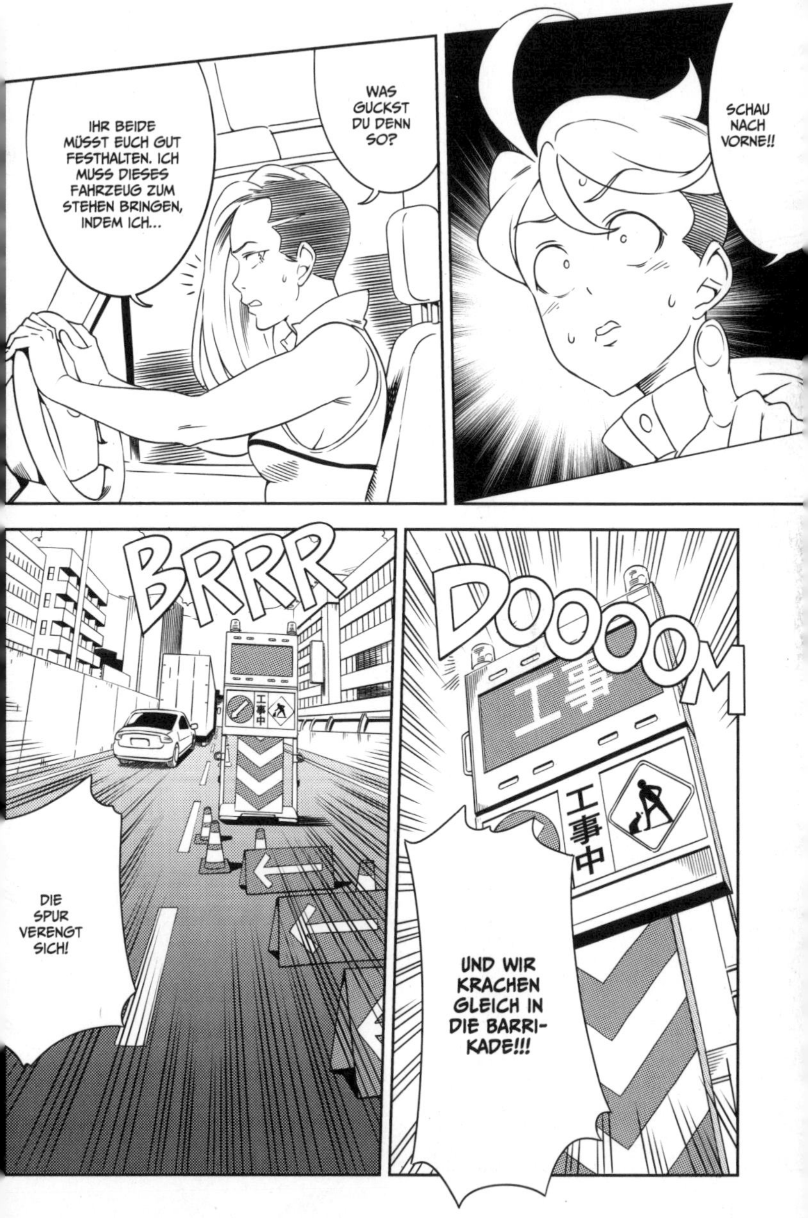
IHR BEIDE MÜSST EUCH GUT FESTHALTEN. ICH MUSS DIESES FAHRZEUG ZUM STEHEN BRINGEN, INDEM ICH...
WAS GUCKST DU DENN SO?
SCHAU NACH VORNE!!
BRRR
DIE SPUR VERENGT SICH!
工事中
DOOOOOM
工事
工事中
UND WIR KRACHEN GLEICH IN DIE BARRI-KADE!!!

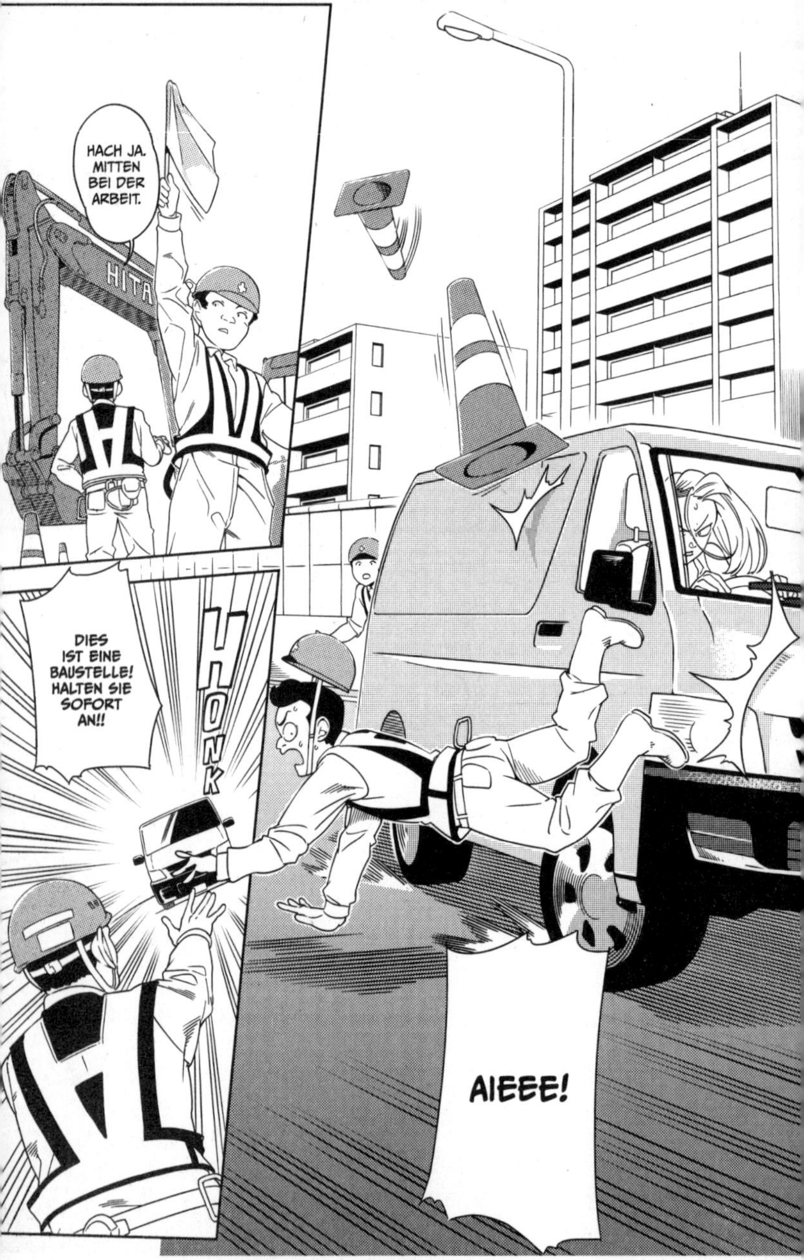
HACH JA. MITTEN BEI DER ARBEIT.
HITA
DIES IST EINE BAUSTELLE! HALTEN SIE SOFORT AN!!
HHONK
AIEEE!

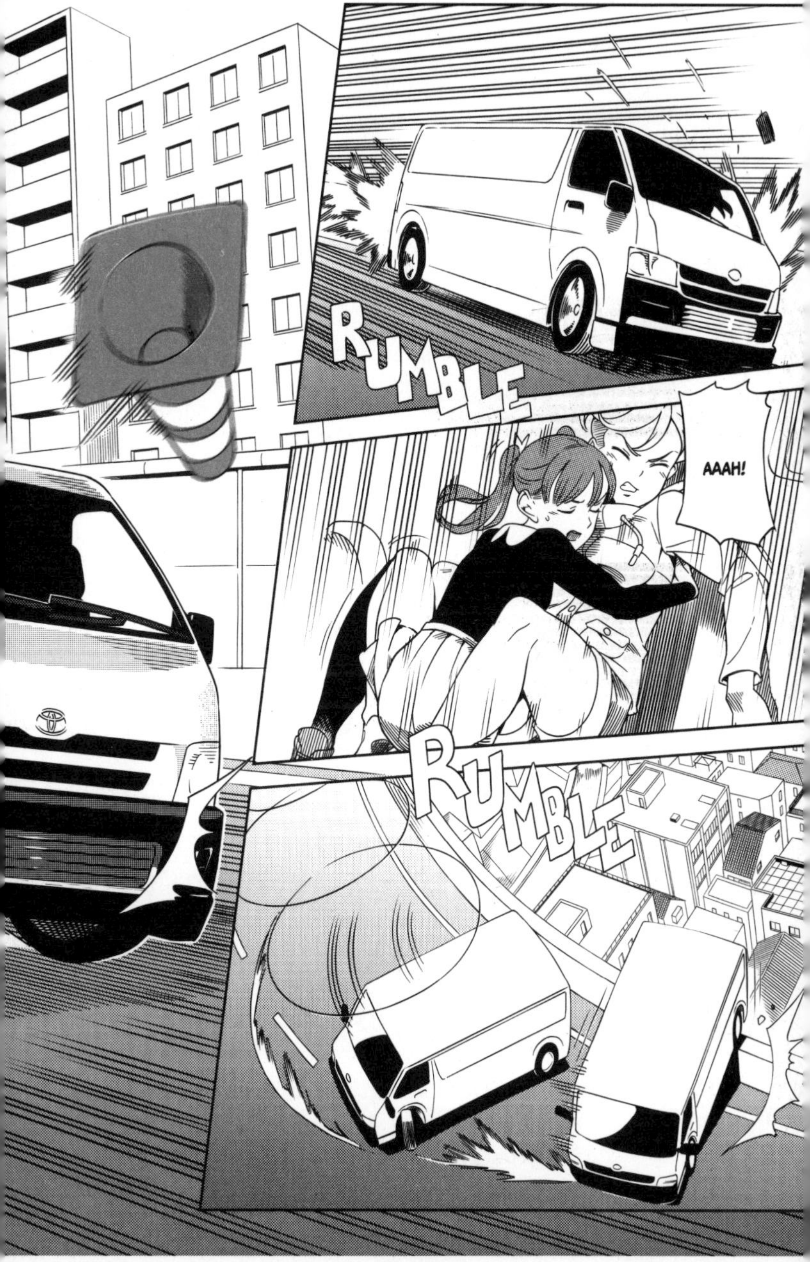
RUMBLE
AAAH!
RUMBLE

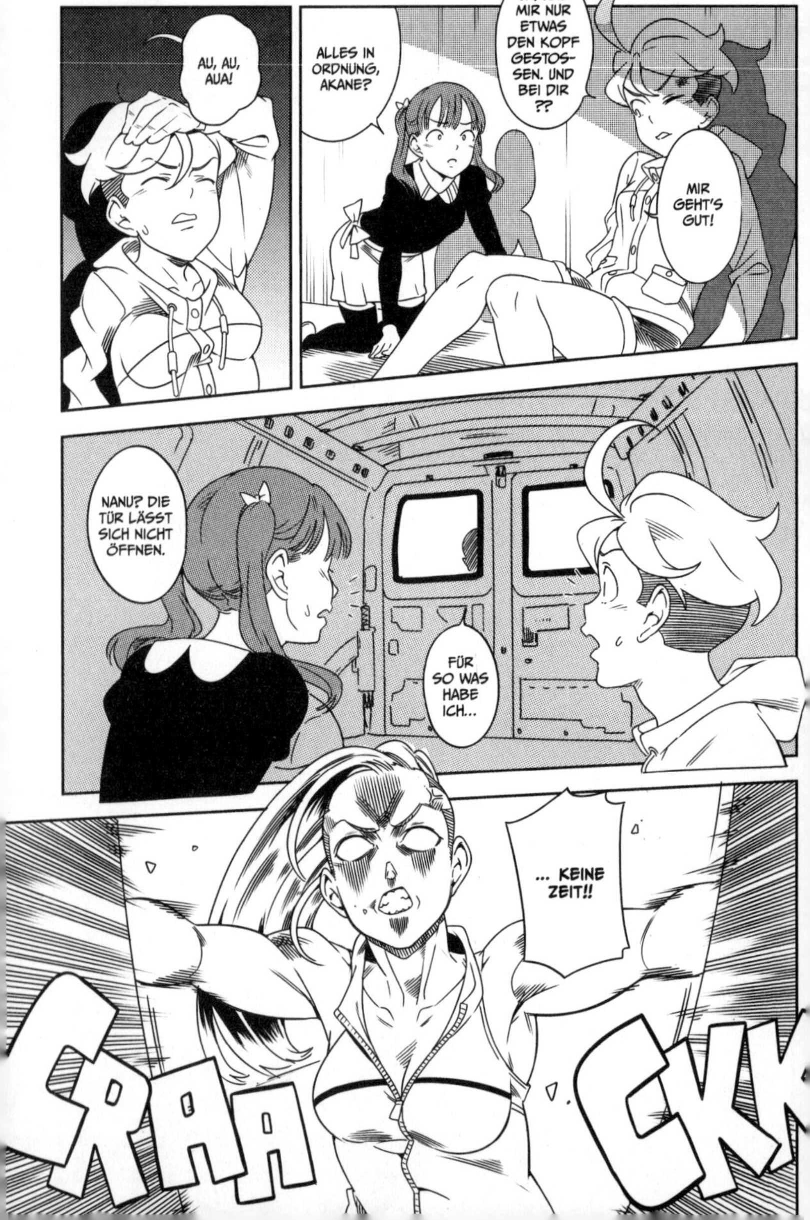
AU, AU, AUA!
ALLES IN ORDNUNG, AKANE?
JA, HAB MIR NUR ETWAS DEN KOPF GESTOS-SEN. UND BEI DIR ??
MIR GEHT'S GUT!
NANU? DIE TÜR LÄSST SICH NICHT ÖFFNEN.
FÜR SO WAS HABE ICH...
... KEINE ZEIT!!
CRAACKK

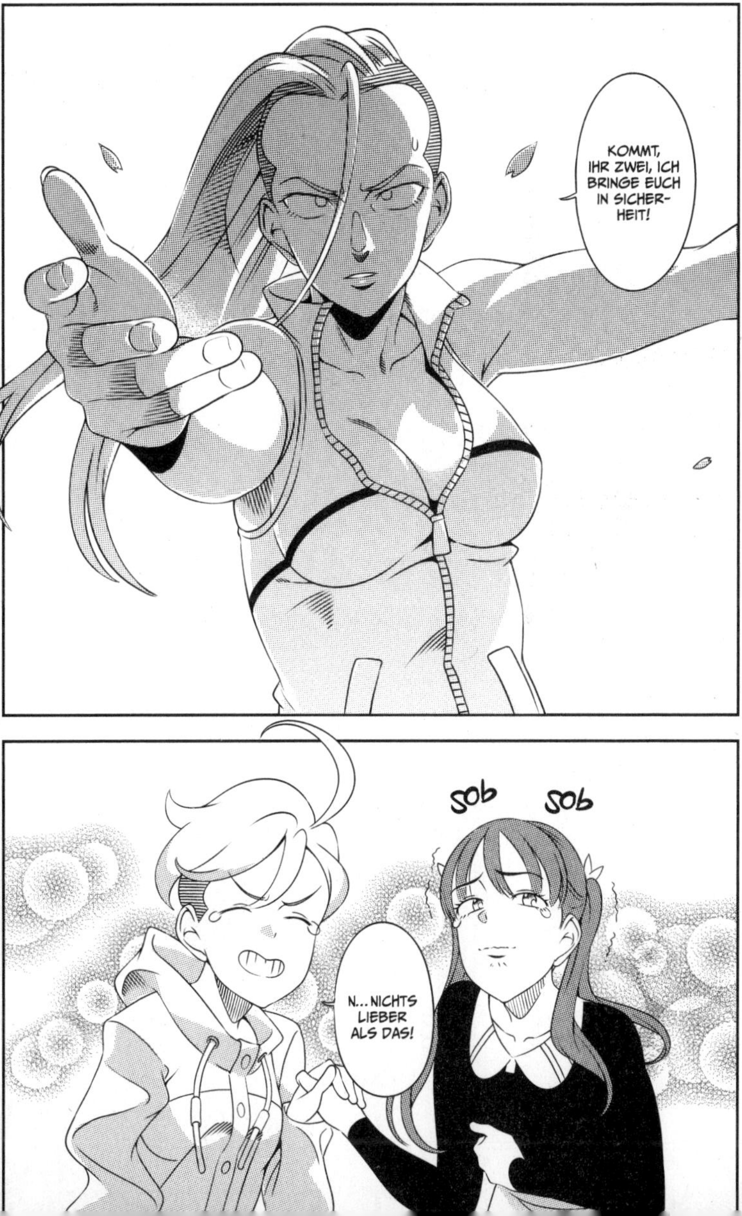
KOMMT, IHR ZWEI, ICH BRINGE EUCH IN SICHER-HEIT!
SOB SOB
N... NICHTS LIEBER ALS DAS!

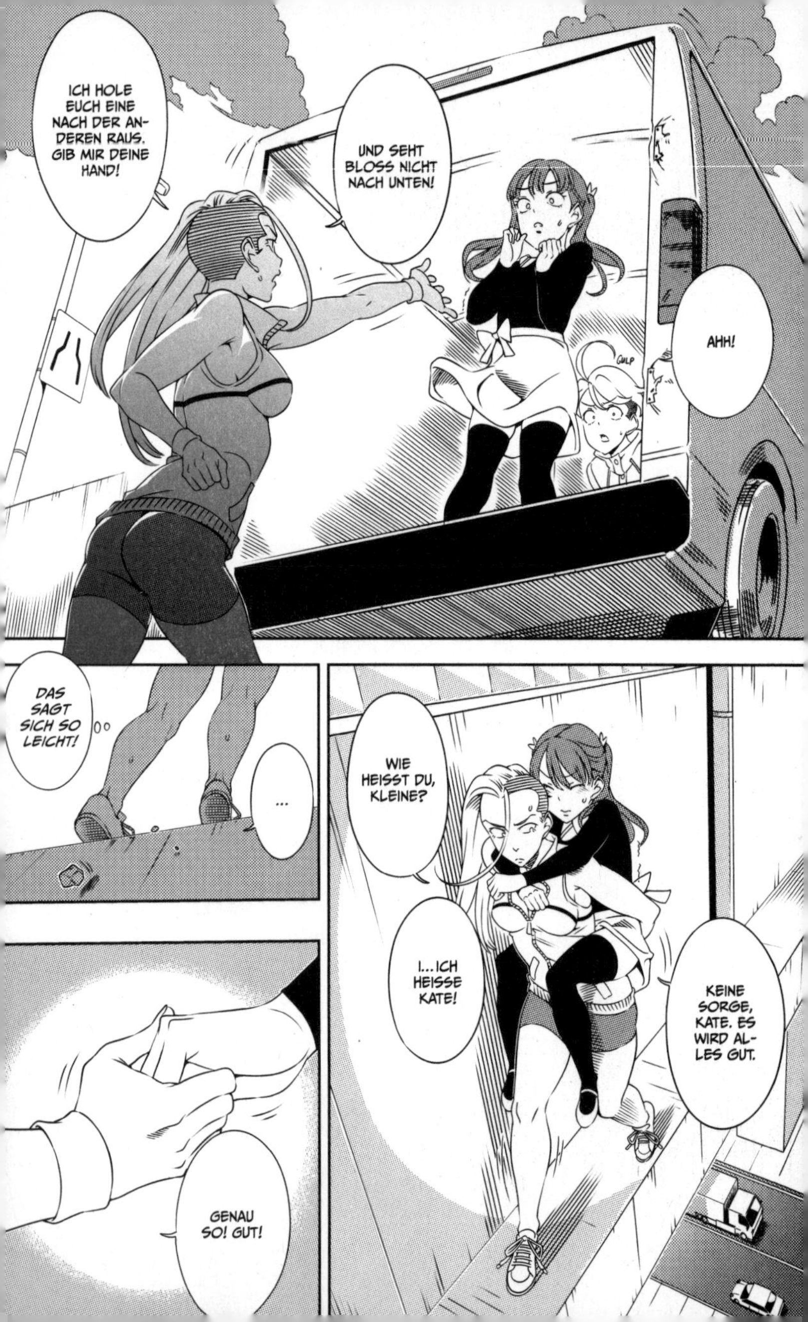
ICH HOLE EUCH EINE NACH DER ANDEREN RAUS. GIB MIR DEINE HAND!
UND SEHT BLOSS NICHT NACH UNTEN!
AHH!
GULP
DAS SAGT SICH SO LEICHT!
...
GENAU SO! GUT!
WIE HEISST DU, KLEINE?
I...ICH HEISSE KATE!
KEINE SORGE, KATE. ES WIRD ALLES GUT.

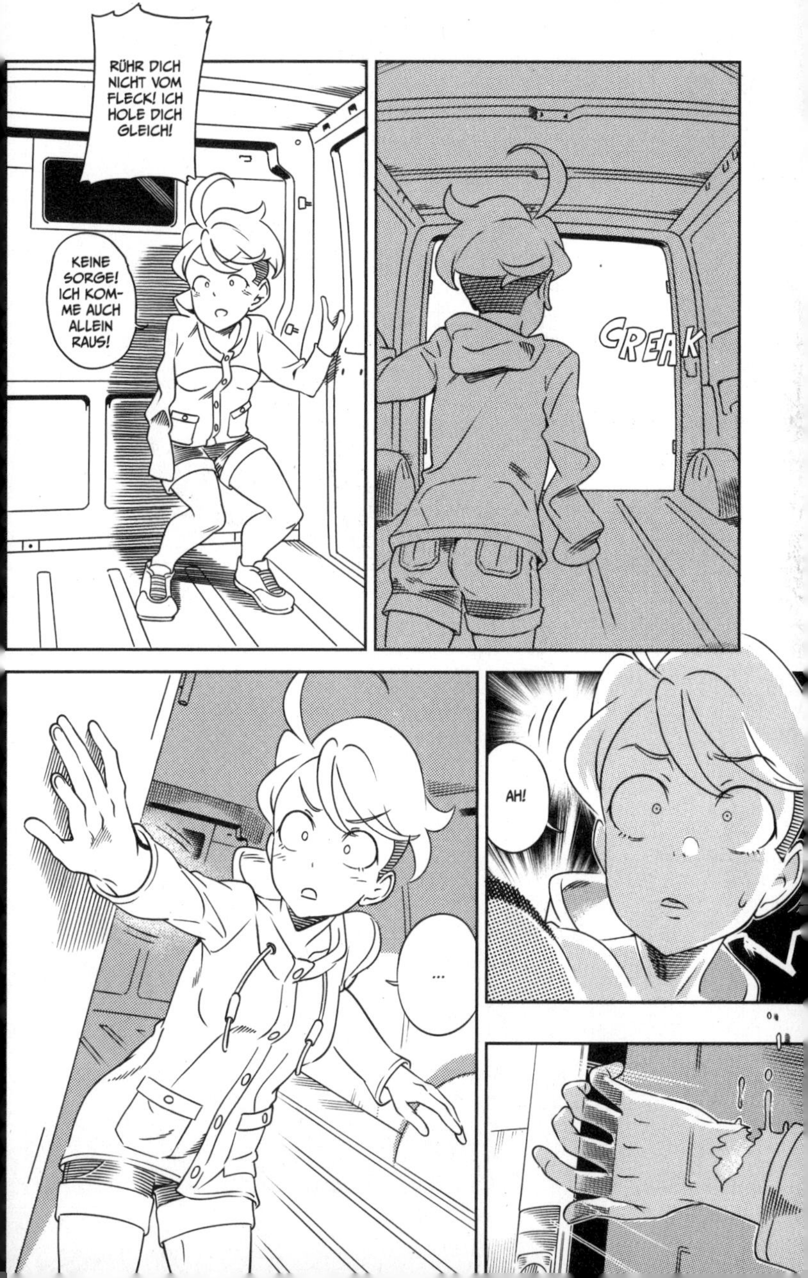
RÜHR DICH NICHT VOM FLECK! ICH HOLE DICH GLEICH!
KEINE SORGE! ICH KOMME AUCH ALLEIN RAUS!
CREAK
AH!
...

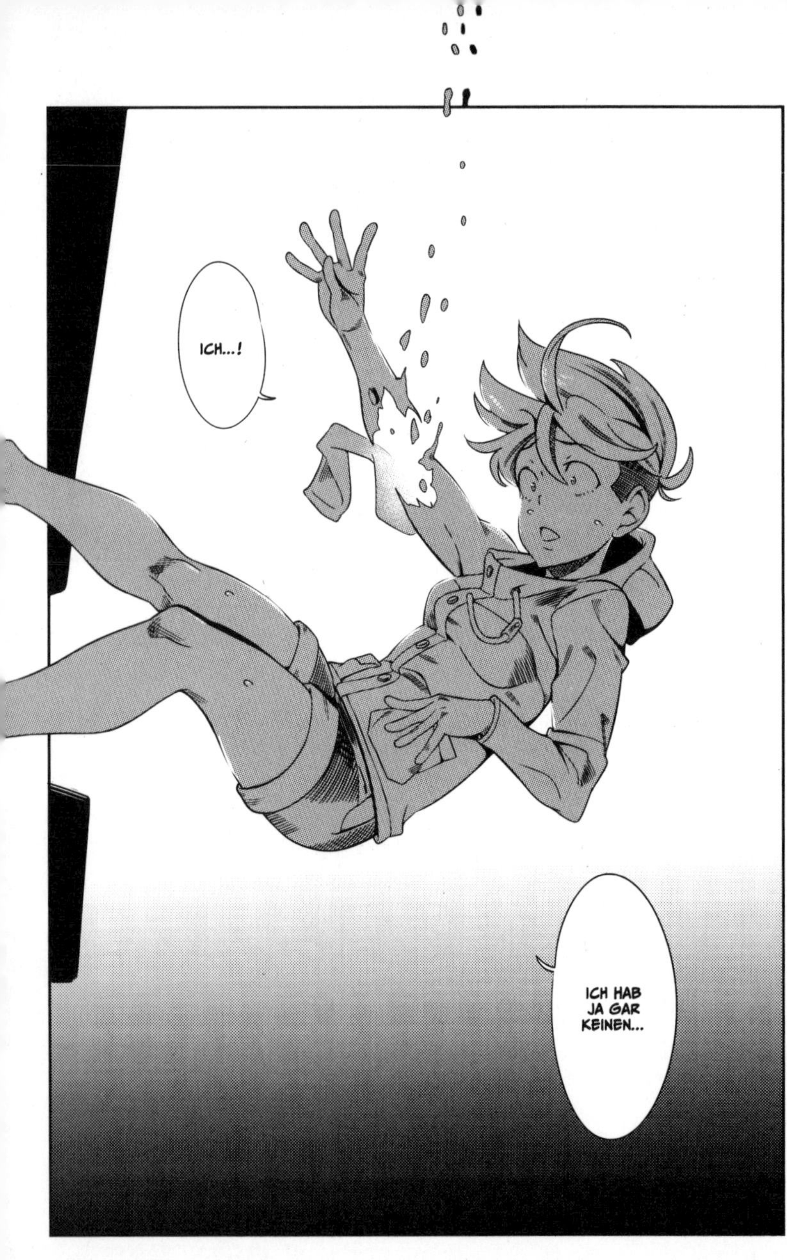
ICH...!
ICH HAB JA GAR KEINEN...

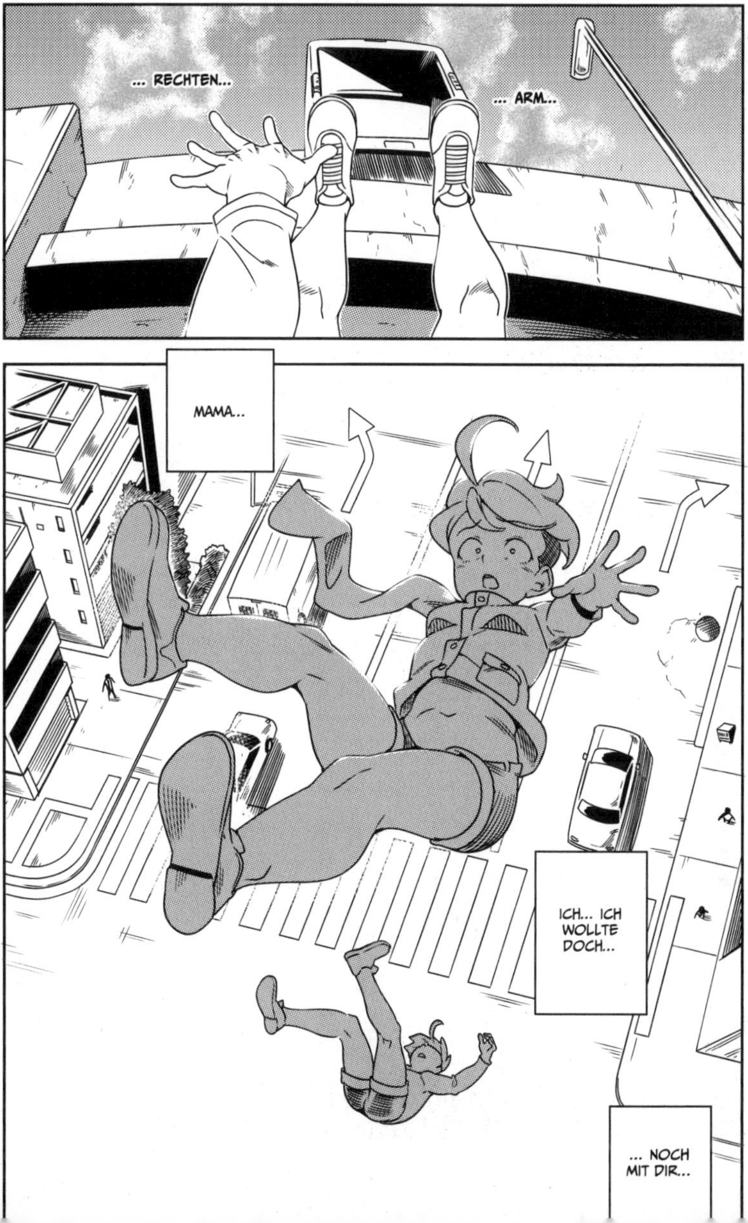
... RECHTEN...
... ARM...
MAMA...
ICH... ICH WOLLTE DOCH...
... NOCH MIT DIR...

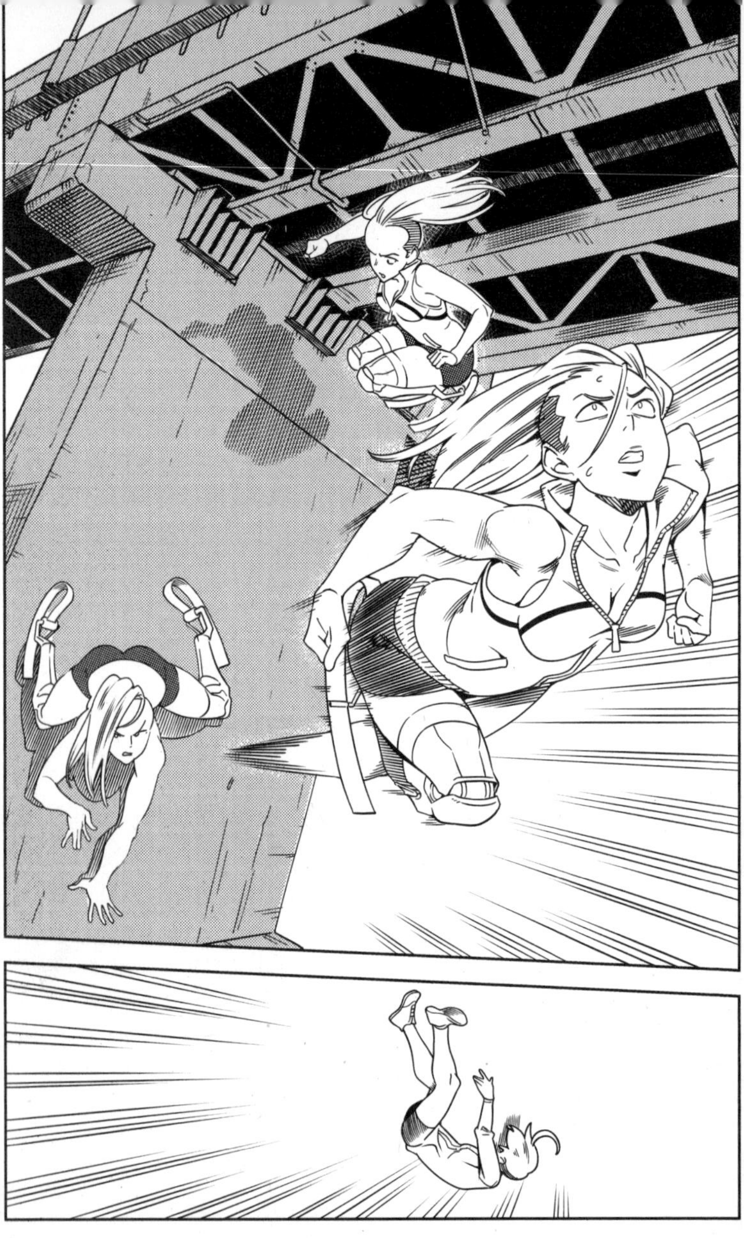

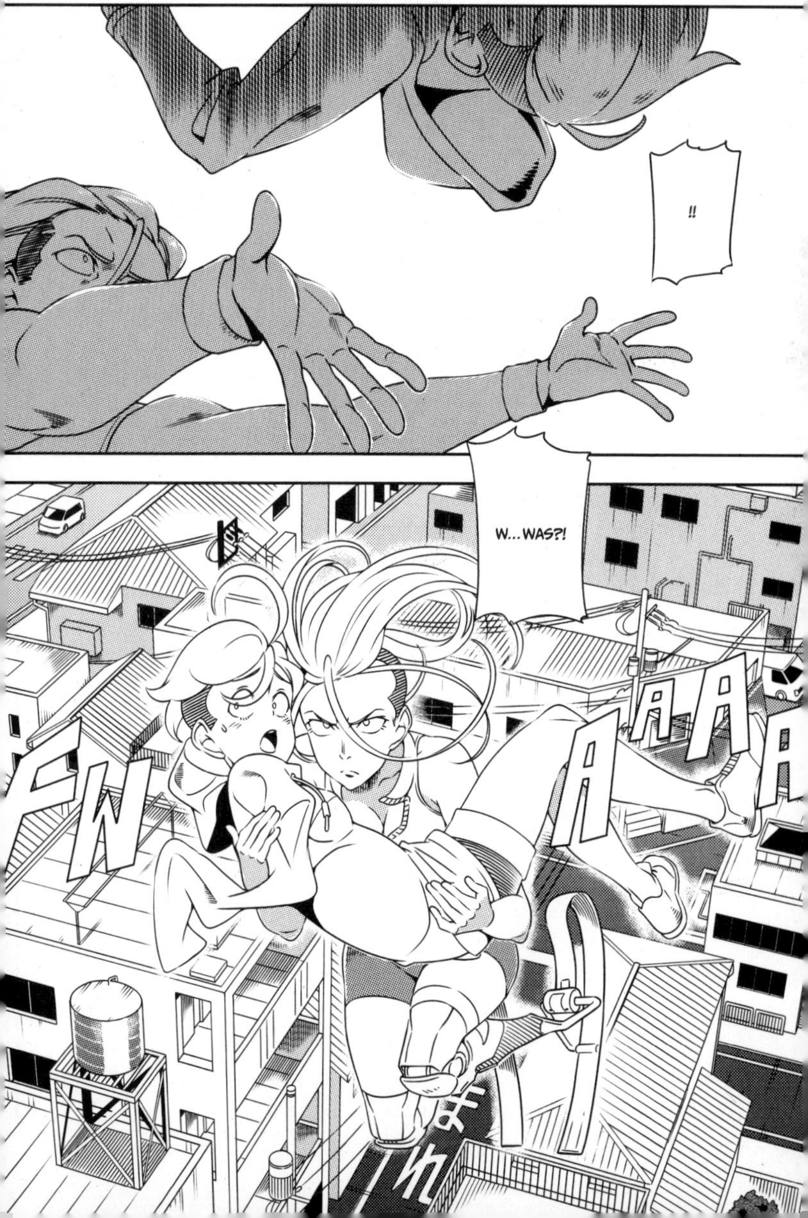
!!
W...WAS?!
FW

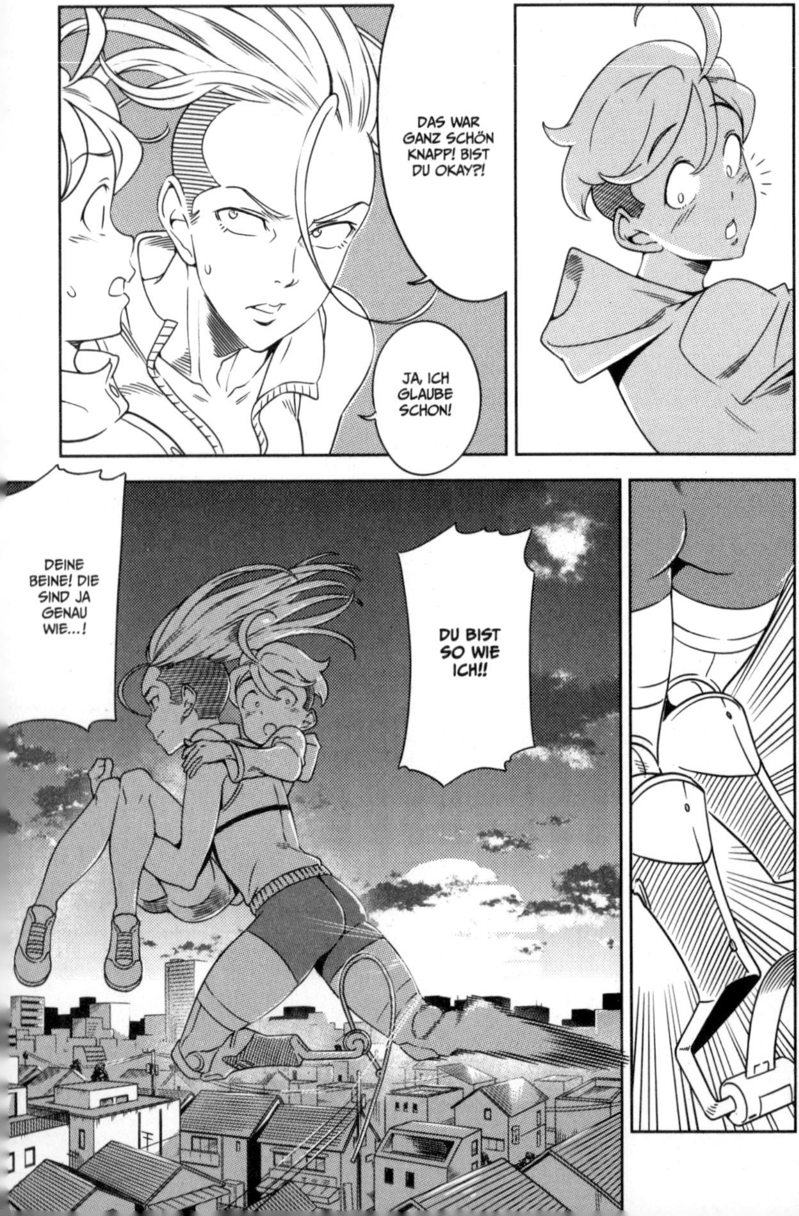
DAS WAR GANZ SCHÖN KNAPP! BIST DU OKAY?!
JA, ICH GLAUBE SCHON!
DEINE BEINE! DIE SIND JA GENAU WIE...!
DU BIST SO WIE ICH!!

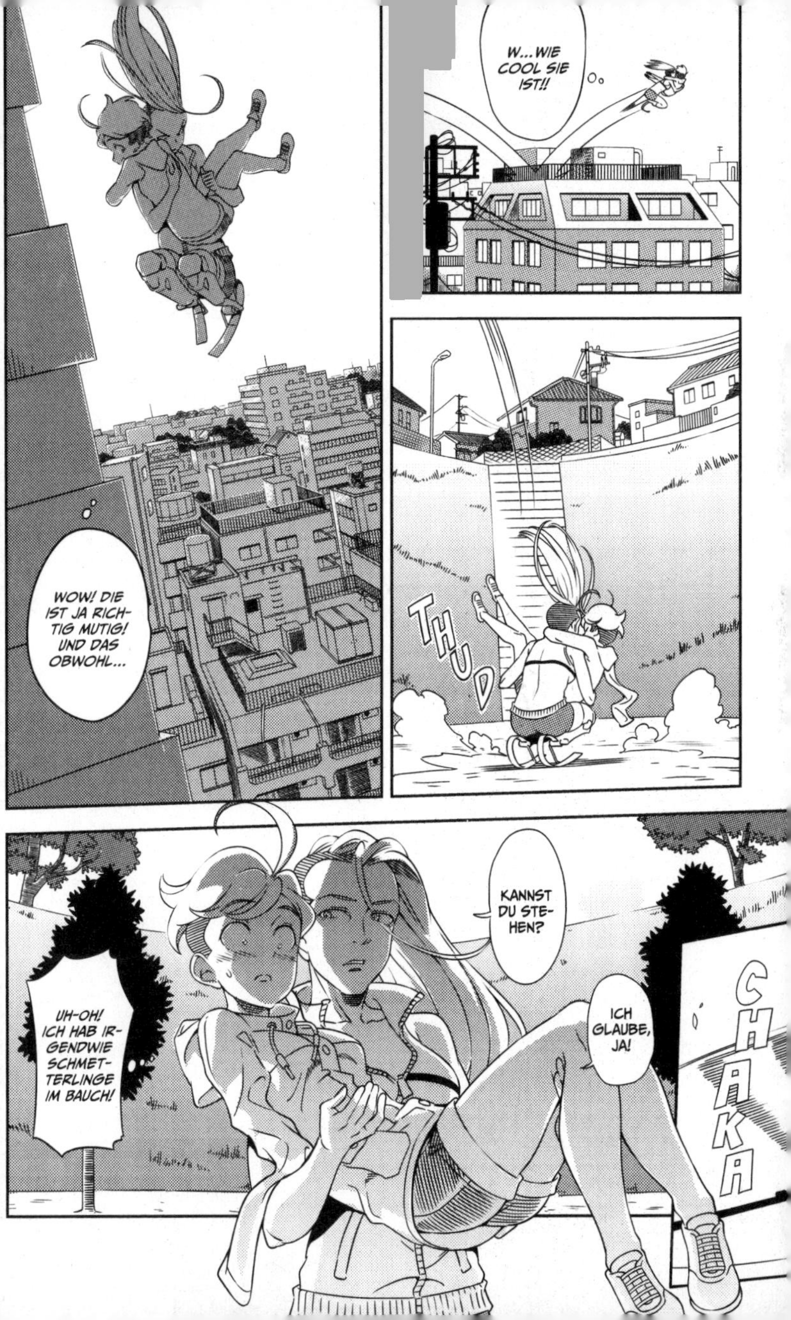
WOW! DIE IST JA RICHTIG MUTIG! UND DAS OBWOHL...
W...WIE COOL SIE IST!!
THUD
KANNST DU STEHEN?
UH-OH! ICH HAB IRGENDWIE SCHMETTERLINGE IM BAUCH!
ICH GLAUBE, JA!
CHAKA

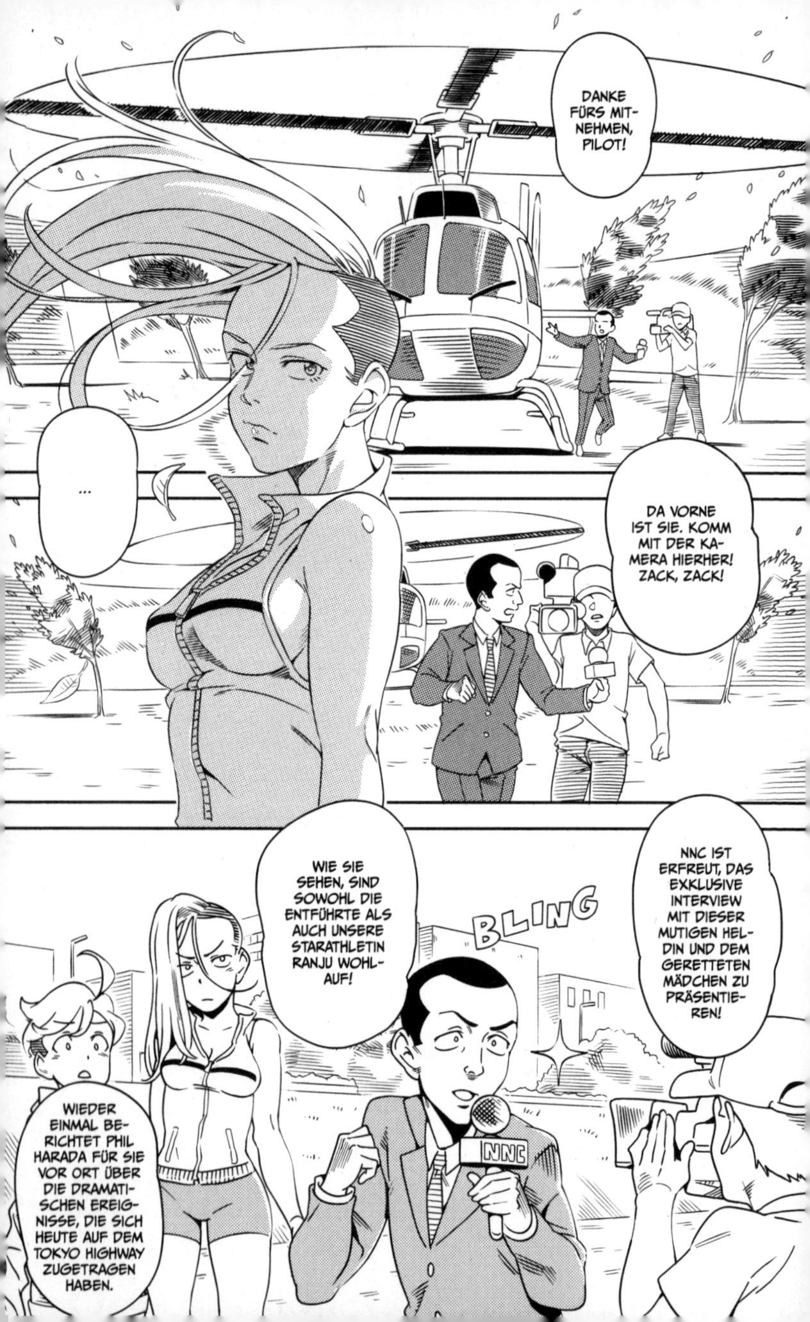
DANKE FÜRS MIT-NEHMEN, PILOT!
...
DA VORNE IST SIE. KOMM MIT DER KA-MERA HIERHER! ZACK, ZACK!
NNC IST ERFREUT, DAS EXKLUSIVE INTERVIEW MIT DIESER MUTIGEN HEL-DIN UND DEM GERETTETEN MÄDCHEN ZU PRÄSENTIE-REN!
BLING
WIE SIE SEHEN, SIND SOWOHL DIE ENTFÜHRTE ALS AUCH UNSERE STARATHLETIN RANJU WOHL-AUF!
NNC
WIEDER EINMAL BE-RICHTET PHIL HARADA FÜR SIE VOR ORT ÜBER DIE DRAMATI-SCHEN EREIG-NISSE, DIE SICH HEUTE AUF DEM TOKYO HIGHWAY ZUGETRAGEN HABEN.

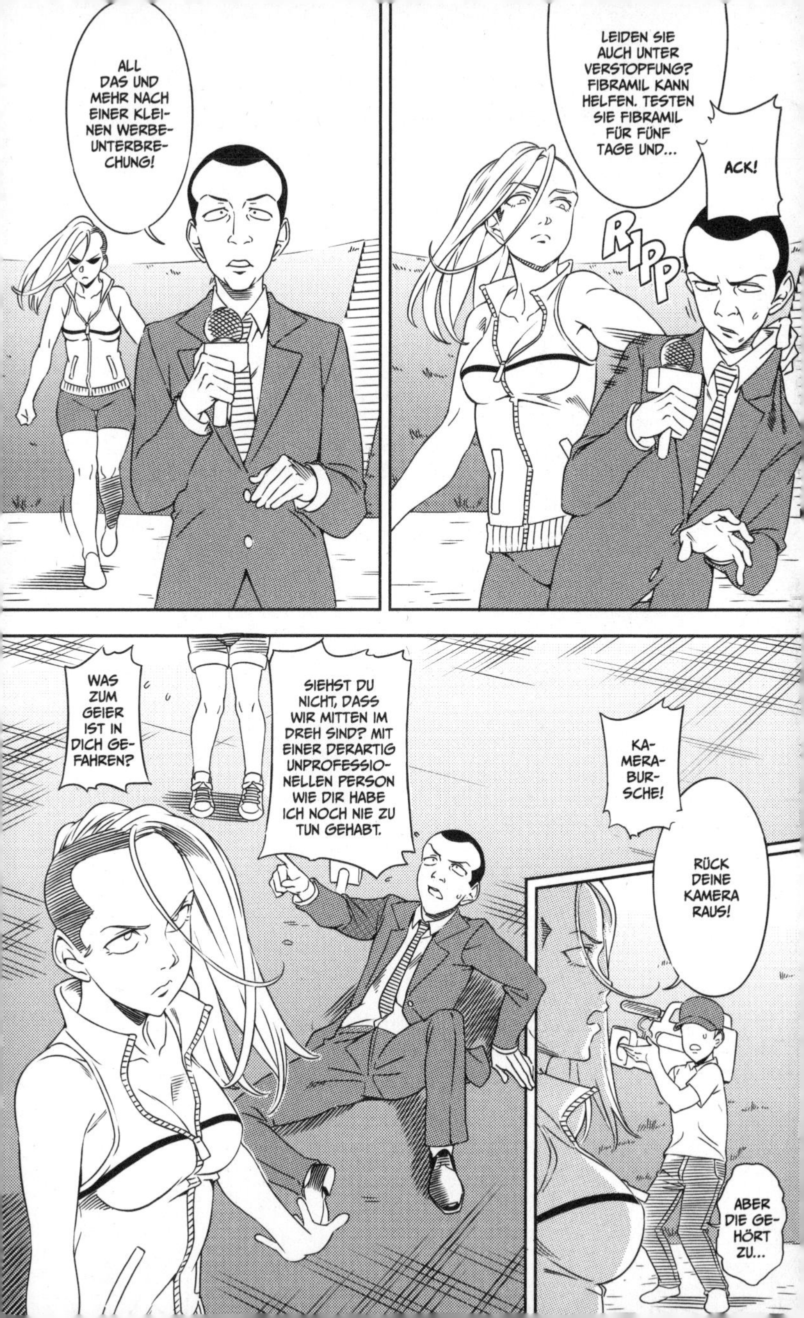
ALL DAS UND MEHR NACH EINER KLEINEN WERBEUNTERBRECHUNG!
LEIDEN SIE AUCH UNTER VERSTOPFUNG? FIBRAMIL KANN HELFEN. TESTEN SIE FIBRAMIL FÜR FÜNF TAGE UND...
ACK!
RIPP
WAS ZUM GEIER IST IN DICH GEFAHREN?
SIEHST DU NICHT, DASS WIR MITTEN IM DREH SIND? MIT EINER DERARTIG UNPROFESSIONELLEN PERSON WIE DIR HABE ICH NOCH NIE ZU TUN GEHABT.
KAMERABURSCHE!
RÜCK DEINE KAMERA RAUS!
ABER DIE GEHÖRT ZU...

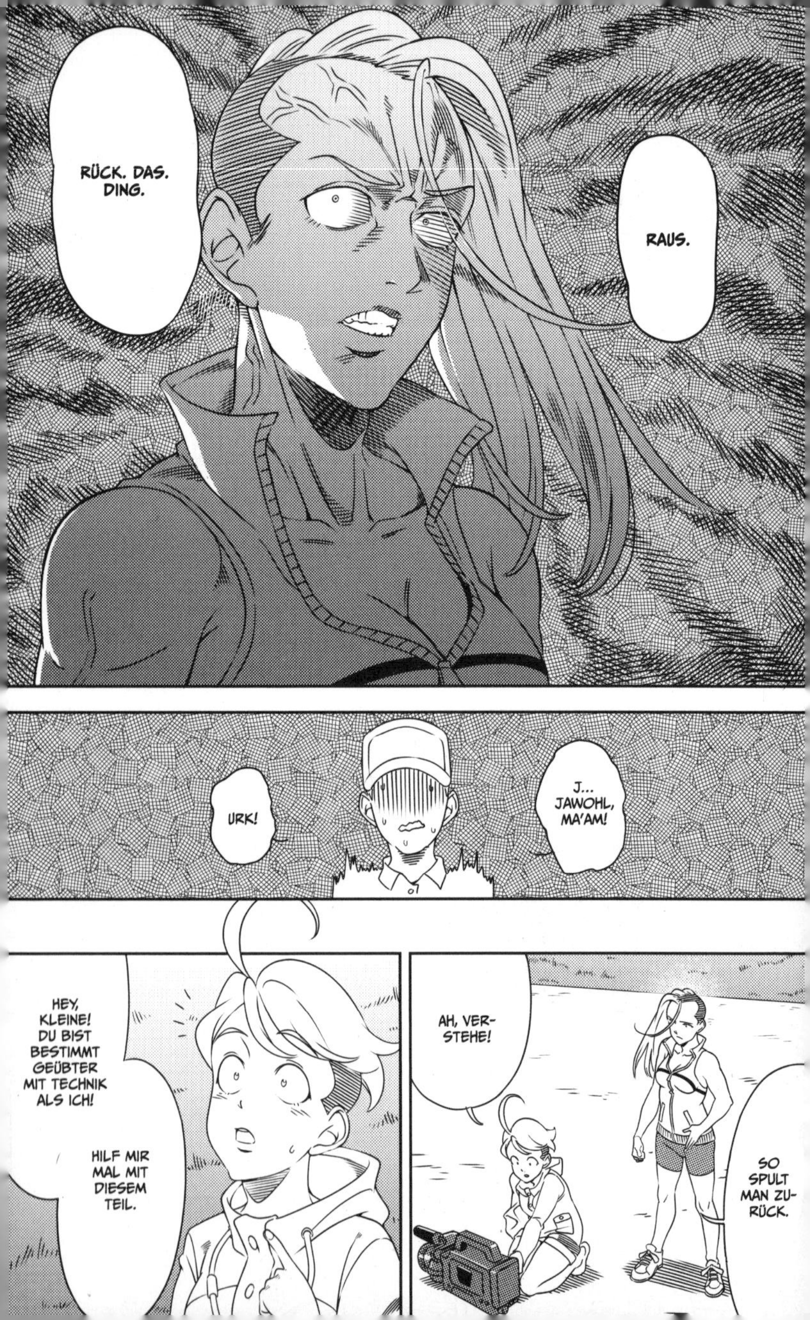
RÜCK. DAS. DING.
RAUS.
URK!
J... JAWOHL, MA'AM!
HEY, KLEINE! DU BIST BESTIMMT GEÜBTER MIT TECHNIK ALS ICH!
HILF MIR MAL MIT DIESEM TEIL.
SO SPULT MAN ZURÜCK.
AH, VER-STEHE!

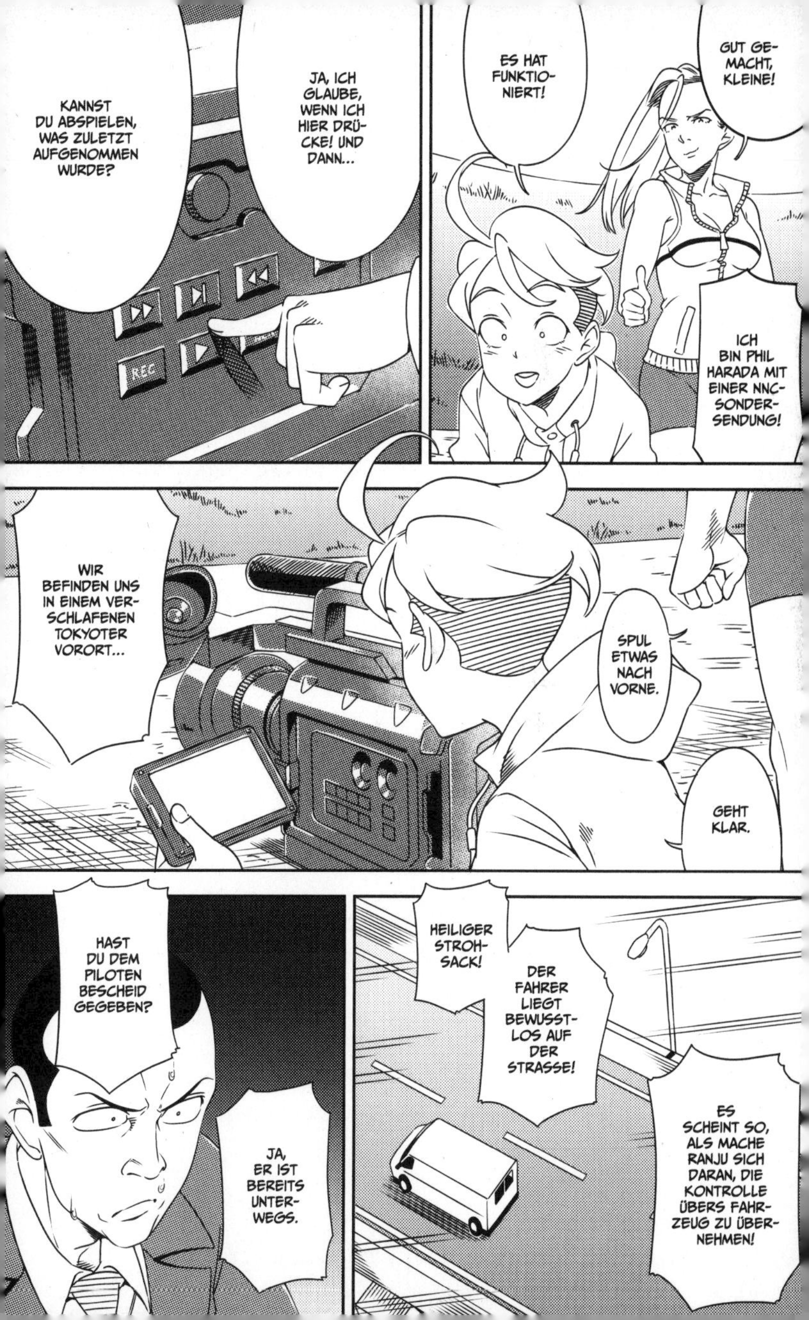
KANNST DU ABSPIELEN, WAS ZULETZT AUFGENOMMEN WURDE?
JA, ICH GLAUBE, WENN ICH HIER DRÜCKE! UND DANN...
ES HAT FUNKTIONIERT!
GUT GEMACHT, KLEINE!
ICH BIN PHIL HARADA MIT EINER NNC-SONDERSENDUNG!
WIR BEFINDEN UNS IN EINEM VERSCHLAFENEN TOKYOTER VORORT...
SPUL ETWAS NACH VORNE.
GEHT KLAR.
HAST DU DEM PILOTEN BESCHEID GEGEBEN?
JA, ER IST BEREITS UNTERWEGS.
HEILIGER STROHSACK!
DER FAHRER LIEGT BEWUSSTLOS AUF DER STRASSE!
ES SCHEINT SO, ALS MACHE RANJU SICH DARAN, DIE KONTROLLE ÜBERS FAHRZEUG ZU ÜBERNEHMEN!

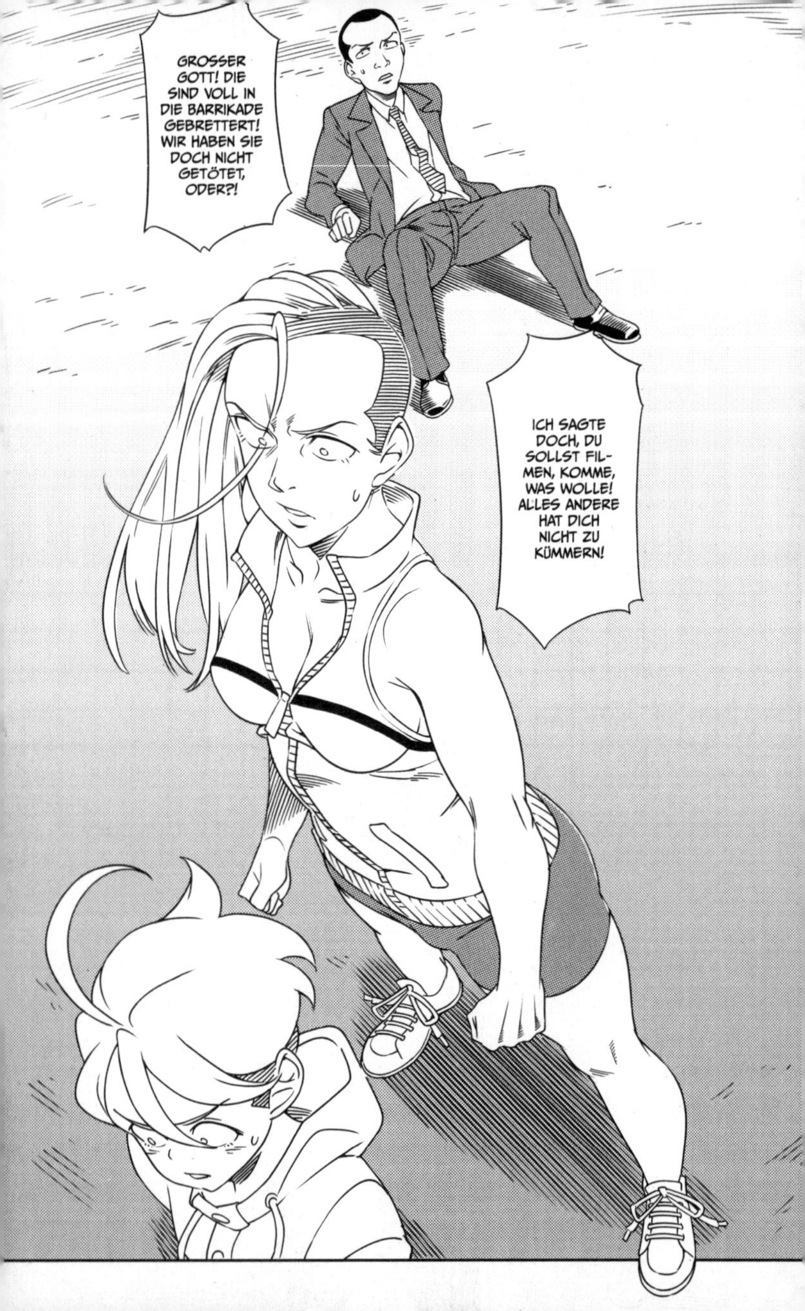
GROSSER GOTT! DIE SIND VOLL IN DIE BARRIKADE GEBRETTERT! WIR HABEN SIE DOCH NICHT GETÖTET, ODER?!
ICH SAGTE DOCH, DU SOLLST FILMEN, KOMME, WAS WOLLE! ALLES ANDERE HAT DICH NICHT ZU KÜMMERN!

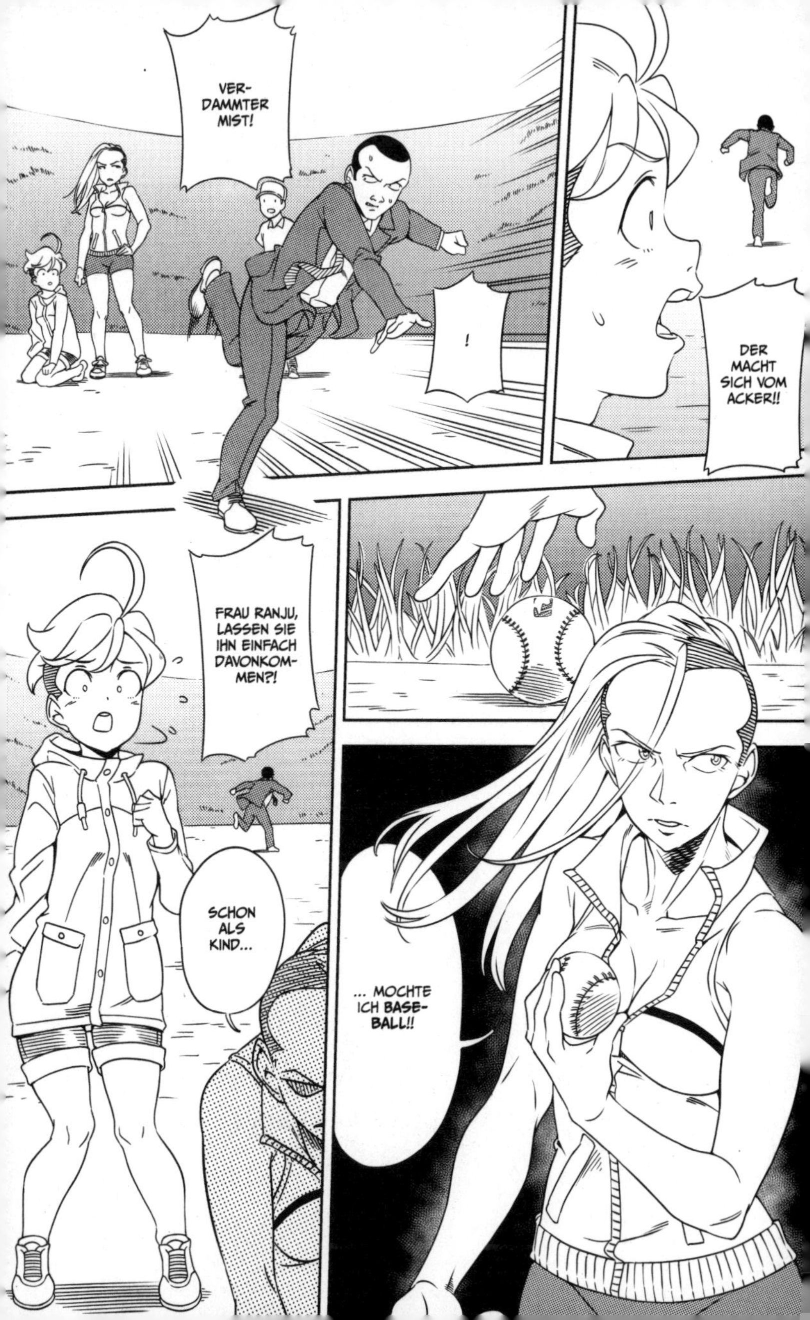
VER-
DAMMTER
MIST!
!
DER
MACHT
SICH VOM
ACKER!!
FRAU RANJU,
LASSEN SIE
IHN EINFACH
DAVONKOM-
MEN?!
SCHON
ALS
KIND...
... MOCHTE
ICH BASE-
BALL!!

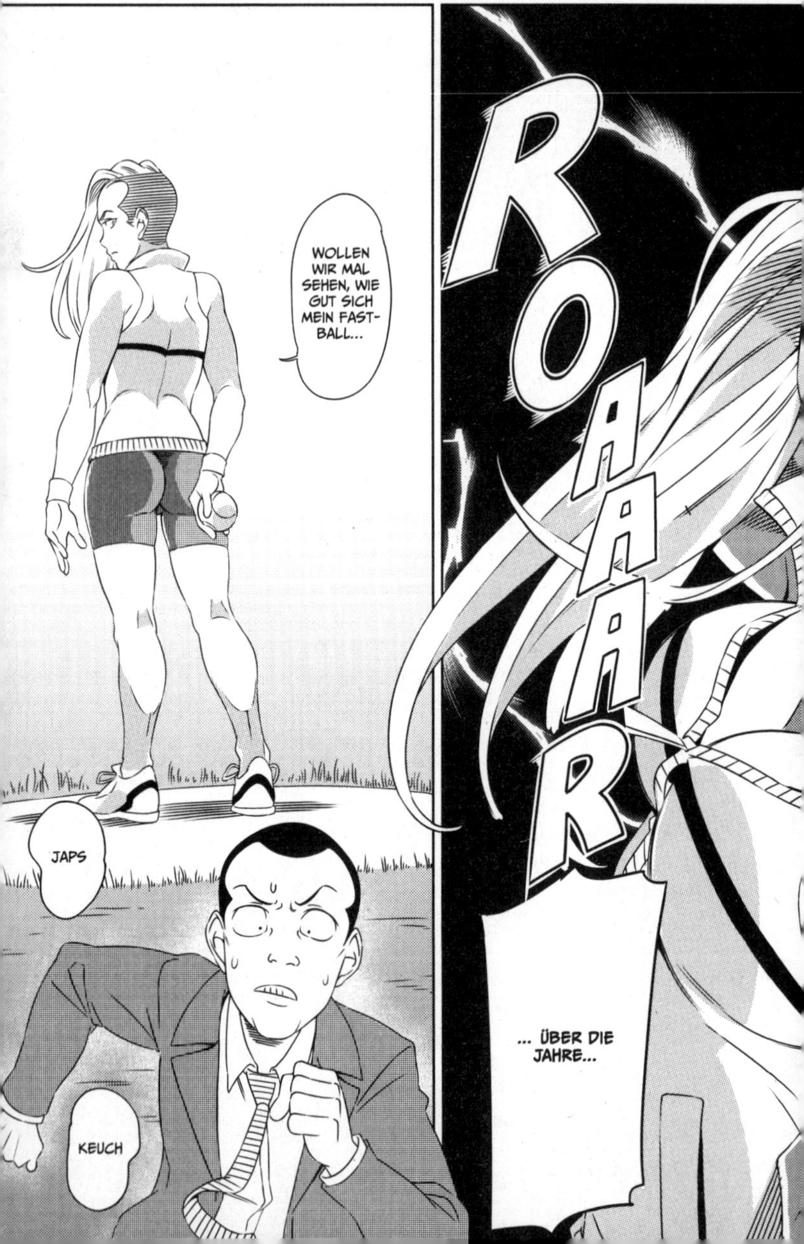
ROAAAAR
... ÜBER DIE JAHRE...
WOLLEN WIR MAL SEHEN, WIE GUT SICH MEIN FAST-BALL...
JAPS
KEUCH

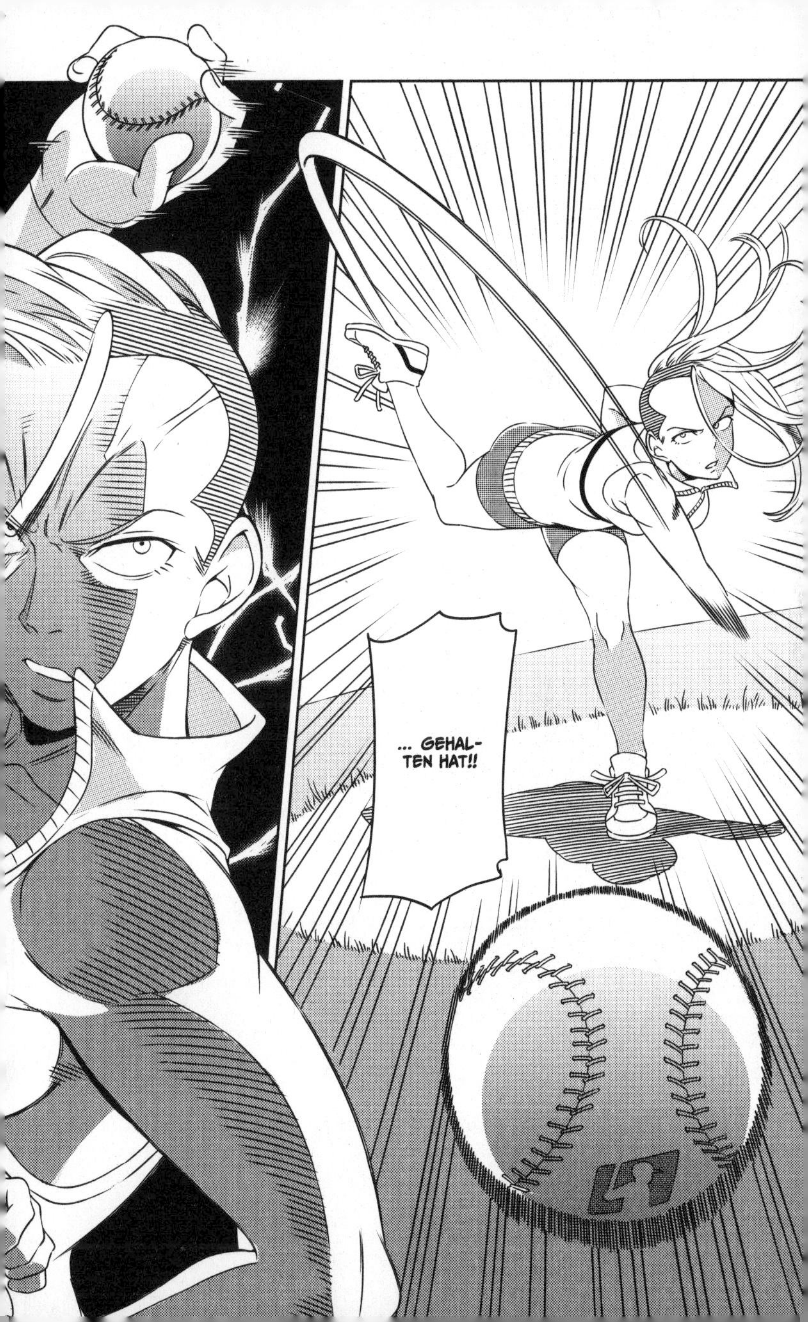
... GEHAL-
TEN HAT!!

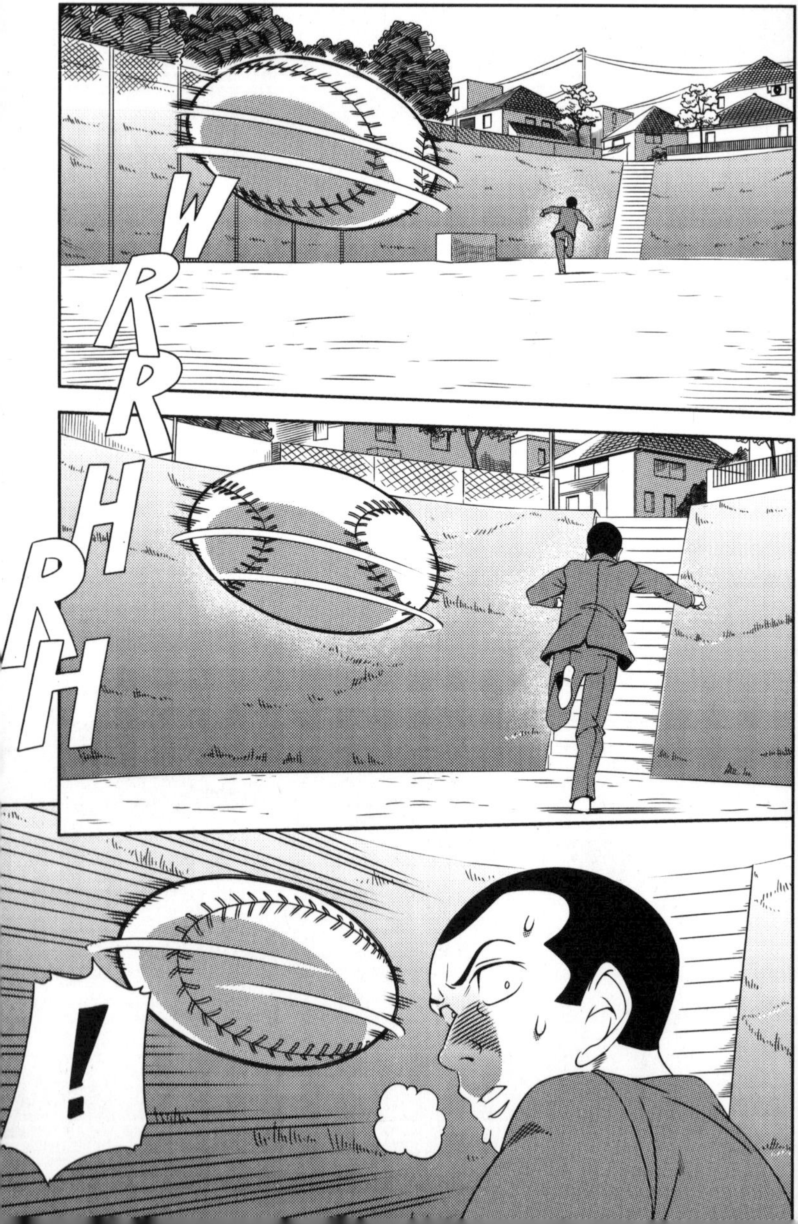
WRRRHRH
!

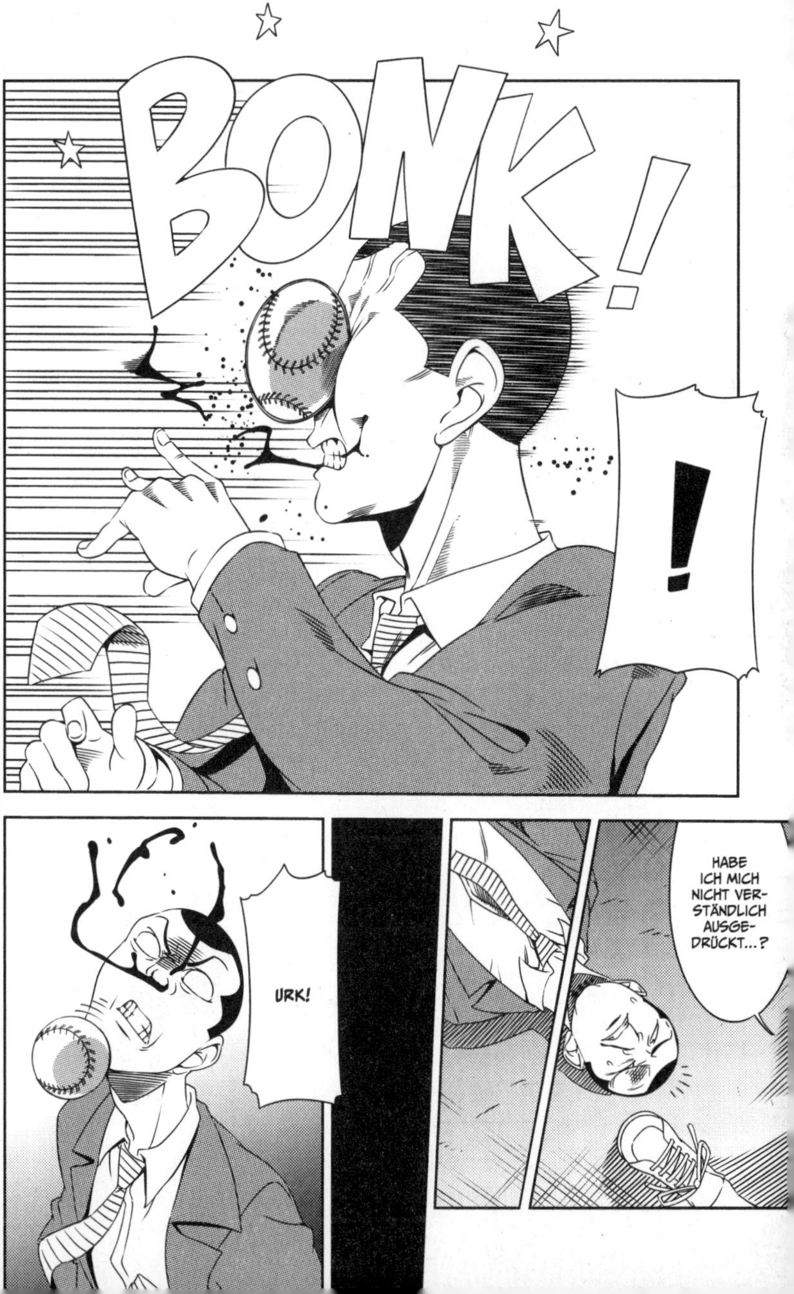
BONK!
!
HABE ICH MICH NICHT VER-STÄNDLICH AUSGE-DRÜCKT...?
URK!

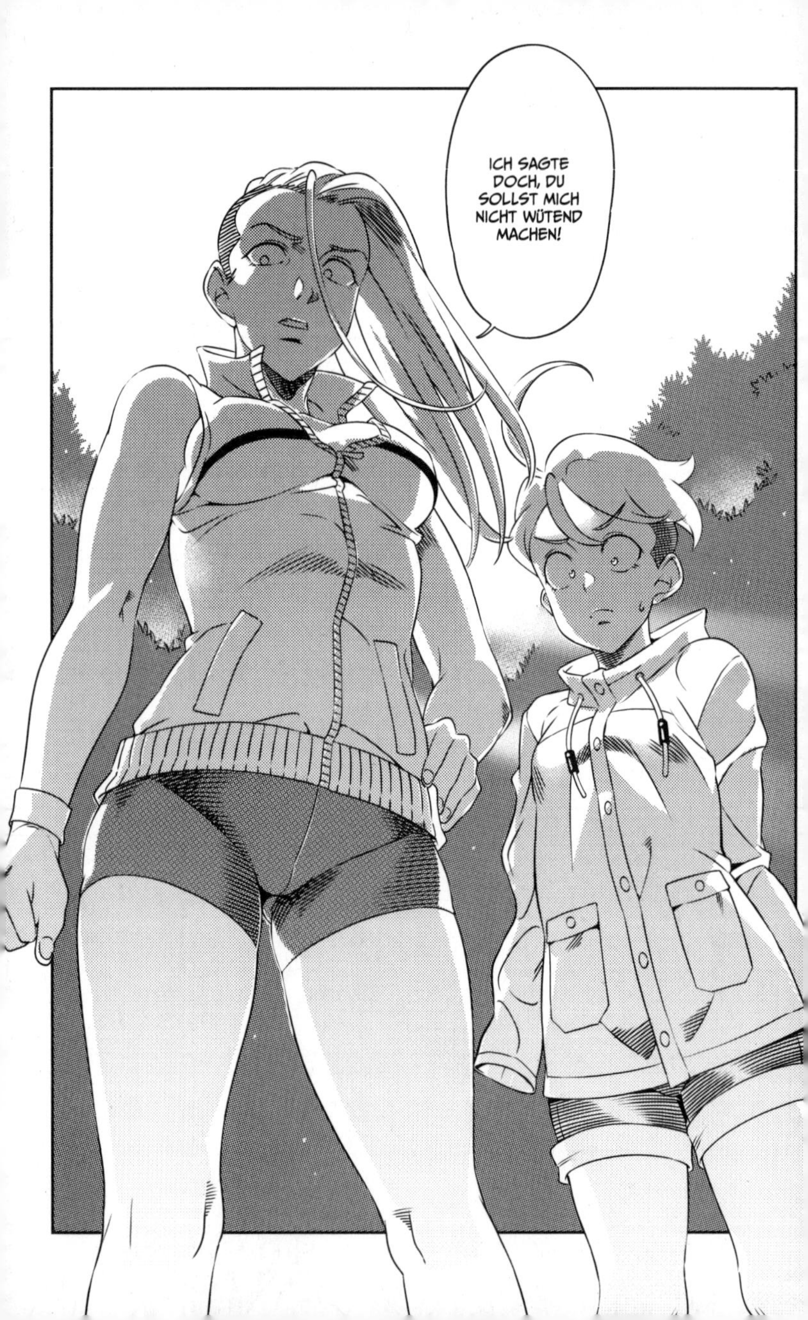
ICH SAGTE DOCH, DU SOLLST MICH NICHT WÜTEND MACHEN!

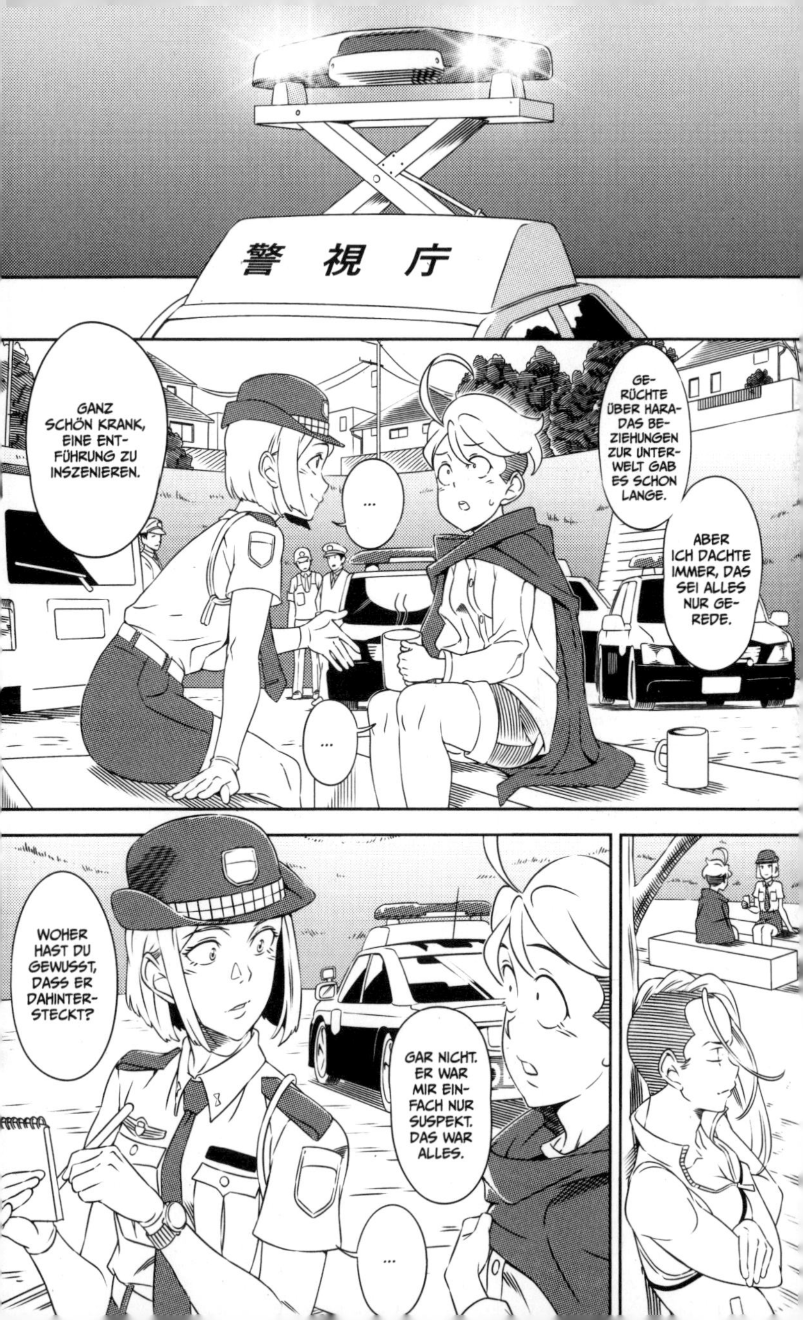
警視庁
GERÜCHTE ÜBER HARADAS BEZIEHUNGEN ZUR UNTERWELT GAB ES SCHON LANGE.
ABER ICH DACHTE IMMER, DAS SEI ALLES NUR GEREDE.
GANZ SCHÖN KRANK, EINE ENTFÜHRUNG ZU INSZENIEREN.
...
...
WOHER HAST DU GEWUSST, DASS ER DAHINTERSTECKT?
GAR NICHT. ER WAR MIR EINFACH NUR SUSPEKT. DAS WAR ALLES.
...

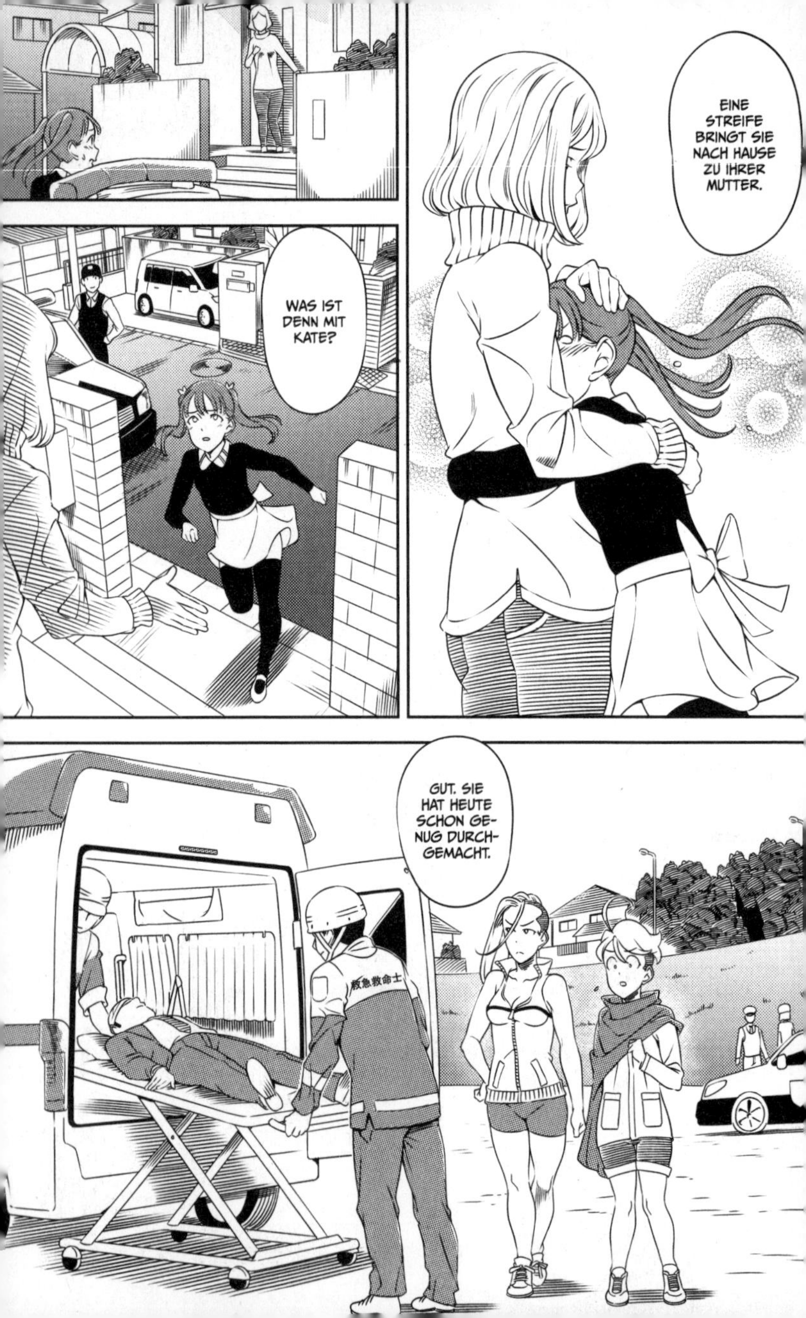
EINE STREIFE BRINGT SIE NACH HAUSE ZU IHRER MUTTER.
WAS IST DENN MIT KATE?
GUT. SIE HAT HEUTE SCHON GENUG DURCHGEMACHT.
救急救命士

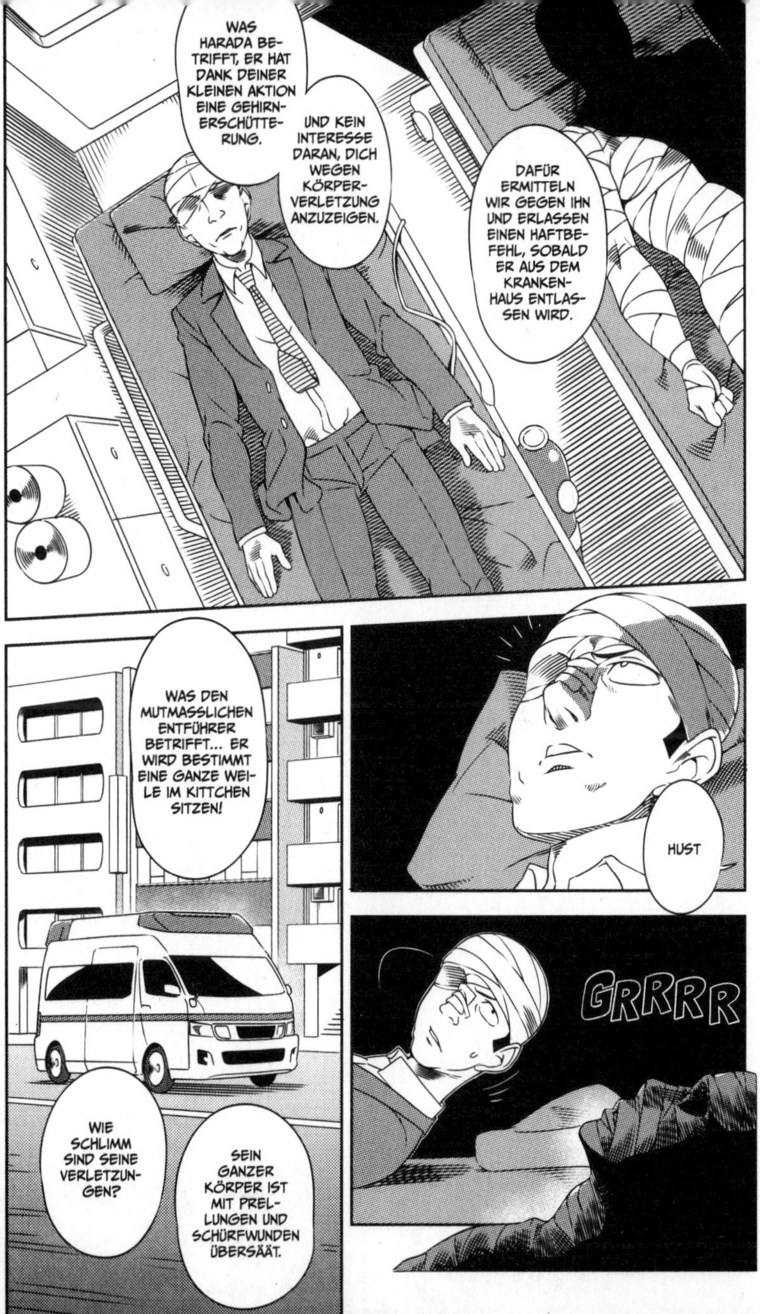
WAS HARADA BETRIFFT, ER HAT DANK DEINER KLEINEN AKTION EINE GEHIRNERSCHÜTTERUNG.
UND KEIN INTERESSE DARAN, DICH WEGEN KÖRPERVERLETZUNG ANZUZEIGEN.
DAFÜR ERMITTELN WIR GEGEN IHN UND ERLASSEN EINEN HAFTBEFEHL, SOBALD ER AUS DEM KRANKENHAUS ENTLASSEN WIRD.
WAS DEN MUTMASSLICHEN ENTFÜHRER BETRIFFT... ER WIRD BESTIMMT EINE GANZE WEILE IM KITTCHEN SITZEN!
HUST
GRRRR
WIE SCHLIMM SIND SEINE VERLETZUNGEN?
SEIN GANZER KÖRPER IST MIT PRELLUNGEN UND SCHÜRFWUNDEN ÜBERSÄÄT.

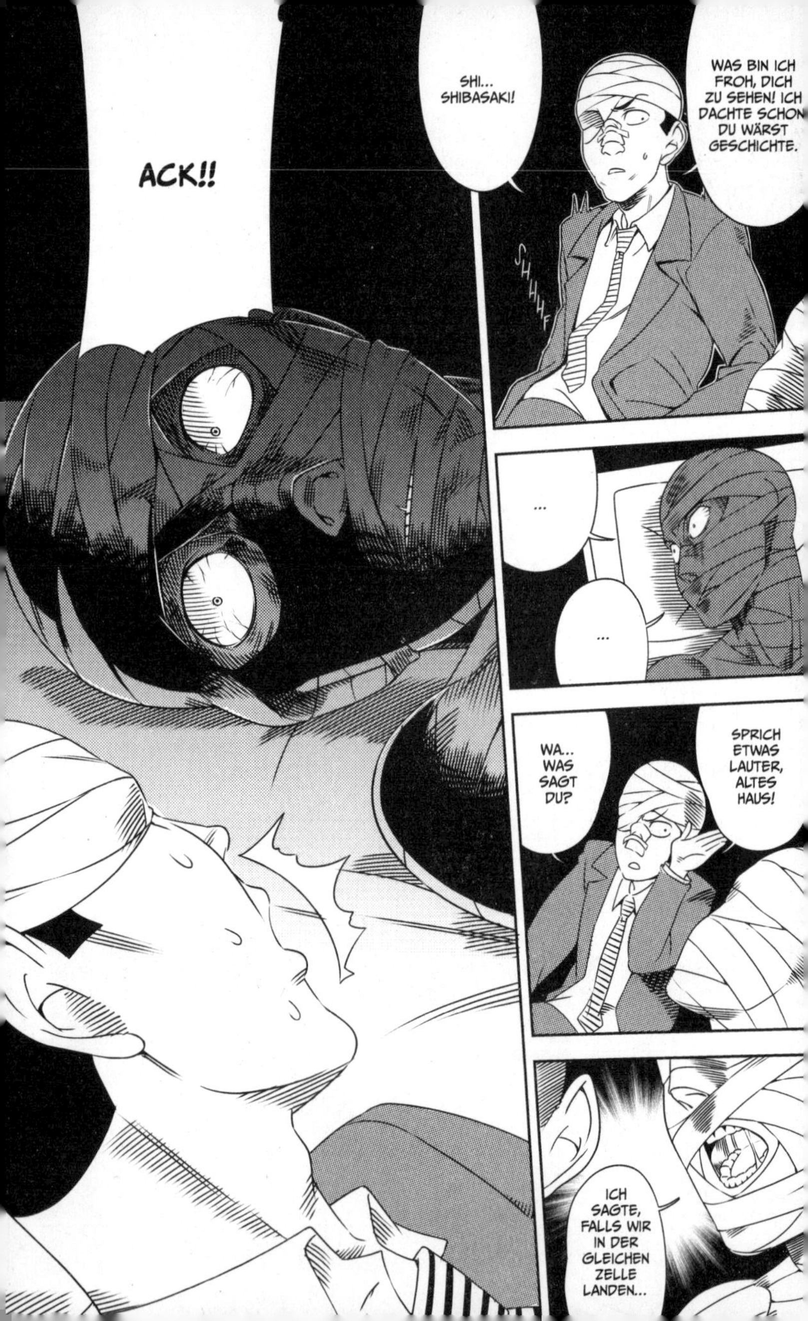
WAS BIN ICH FROH, DICH ZU SEHEN! ICH DACHTE SCHON DU WÄRST GESCHICHTE.
SHI... SHIBASAKI!
SHHHF
...
...
SPRICH ETWAS LAUTER, ALTES HAUS!
WA... WAS SAGT DU?
ICH SAGTE, FALLS WIR IN DER GLEICHEN ZELLE LANDEN...
ACK!!

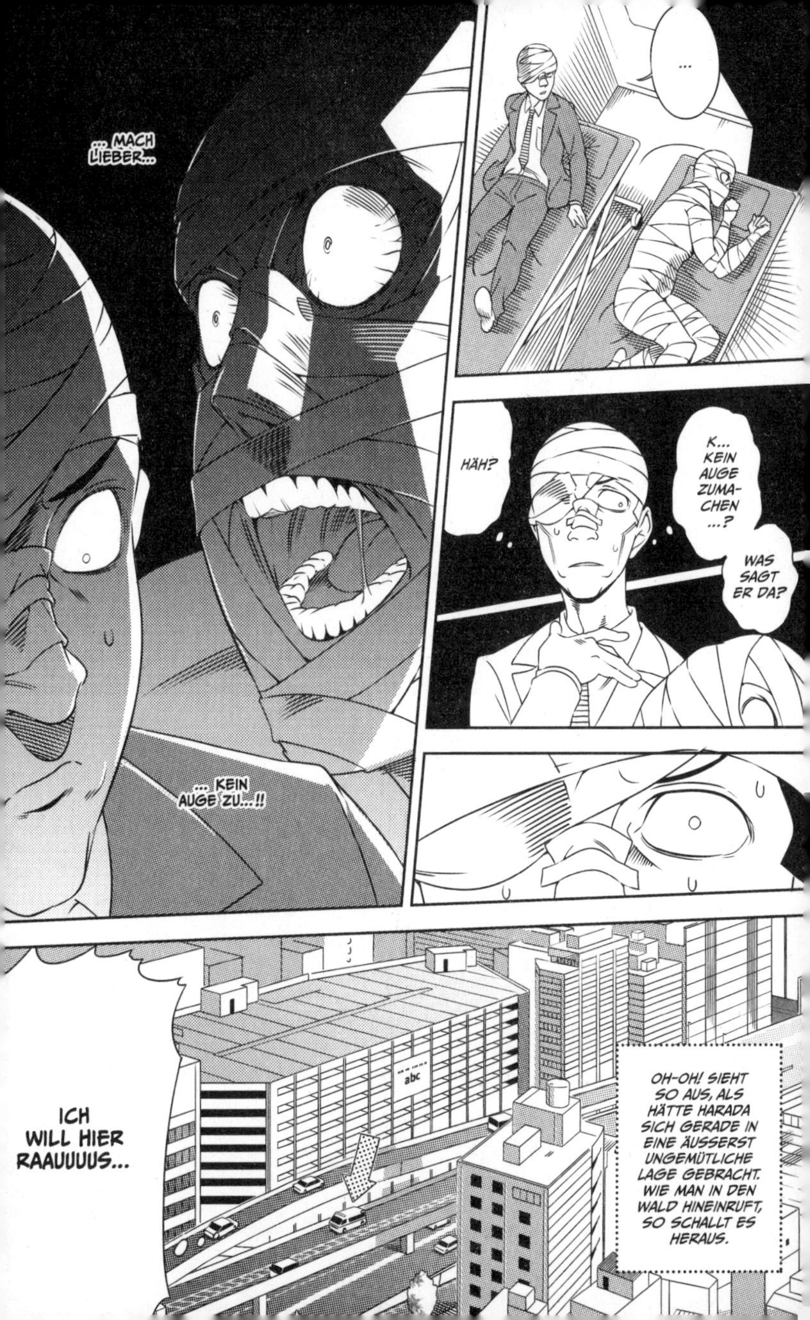
...
... MACH LIEBER...
... KEIN AUGE ZU...!!
HÄH?
K... KEIN AUGE ZUMA-CHEN ...?
WAS SAGT ER DA?
abc
OH-OH! SIEHT SO AUS, ALS HÄTTE HARADA SICH GERADE IN EINE ÄUSSERST UNGEMÜTLICHE LAGE GEBRACHT. WIE MAN IN DEN WALD HINEINRUFT, SO SCHALLT ES HERAUS.
ICH WILL HIER RAAUUUUS...

Kapitel 4: Naturgewalt

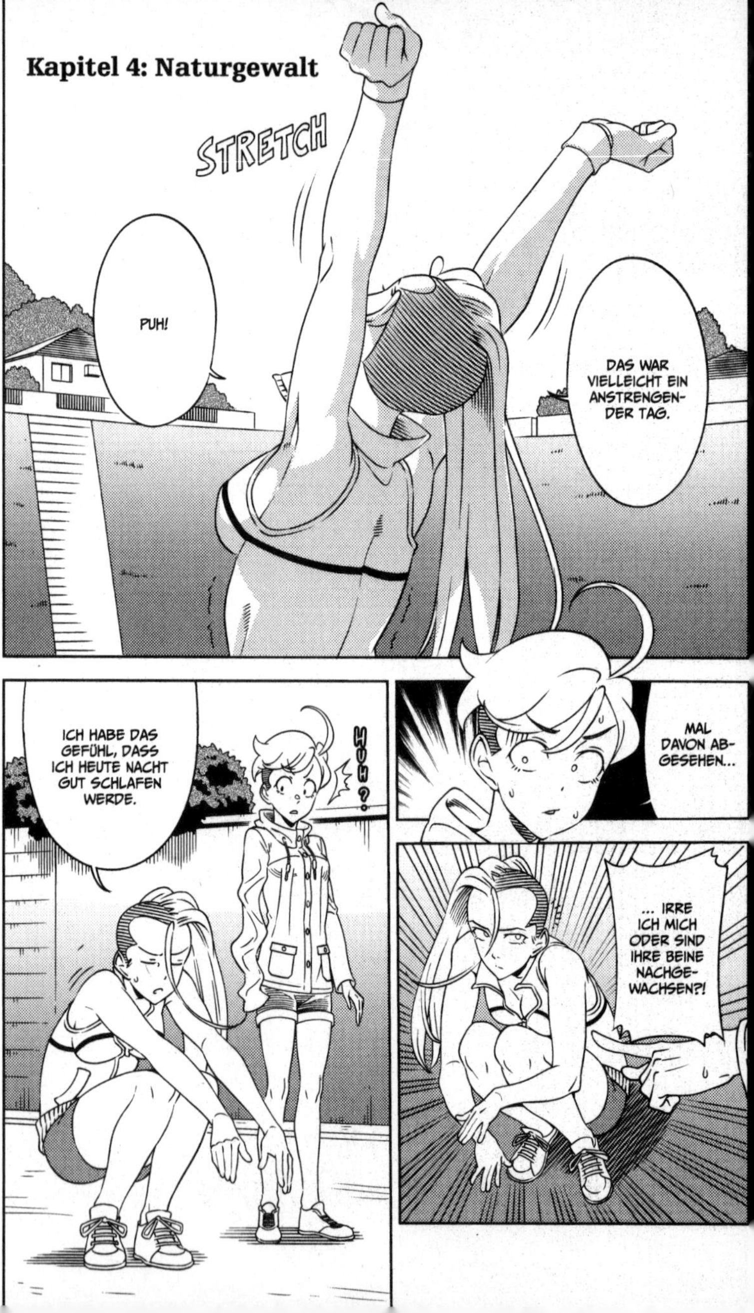

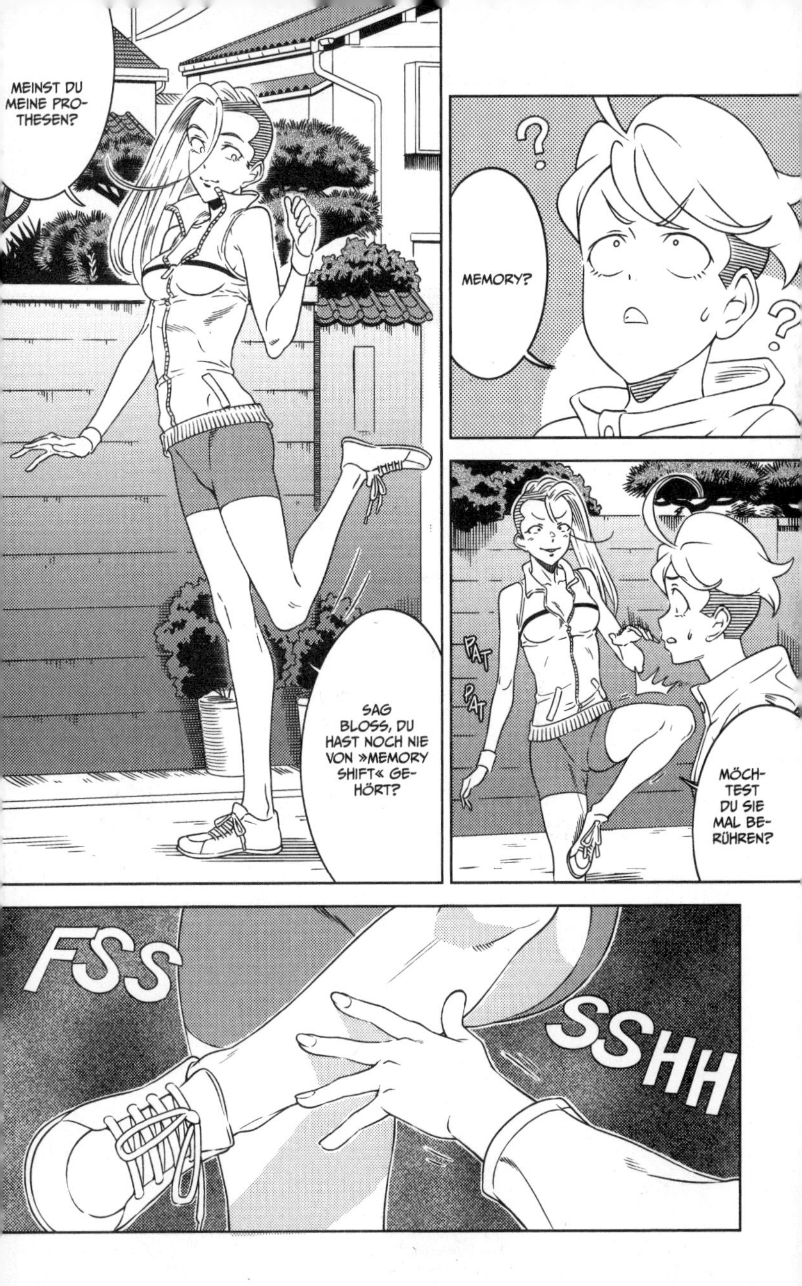
MEMORY?
MEINST DU MEINE PROTHESEN?
MÖCHTEST DU SIE MAL BERÜHREN?
PAT PAT
SAG BLOSS, DU HAST NOCH NIE VON »MEMORY SHIFT« GEHÖRT?
FSS
SSHH

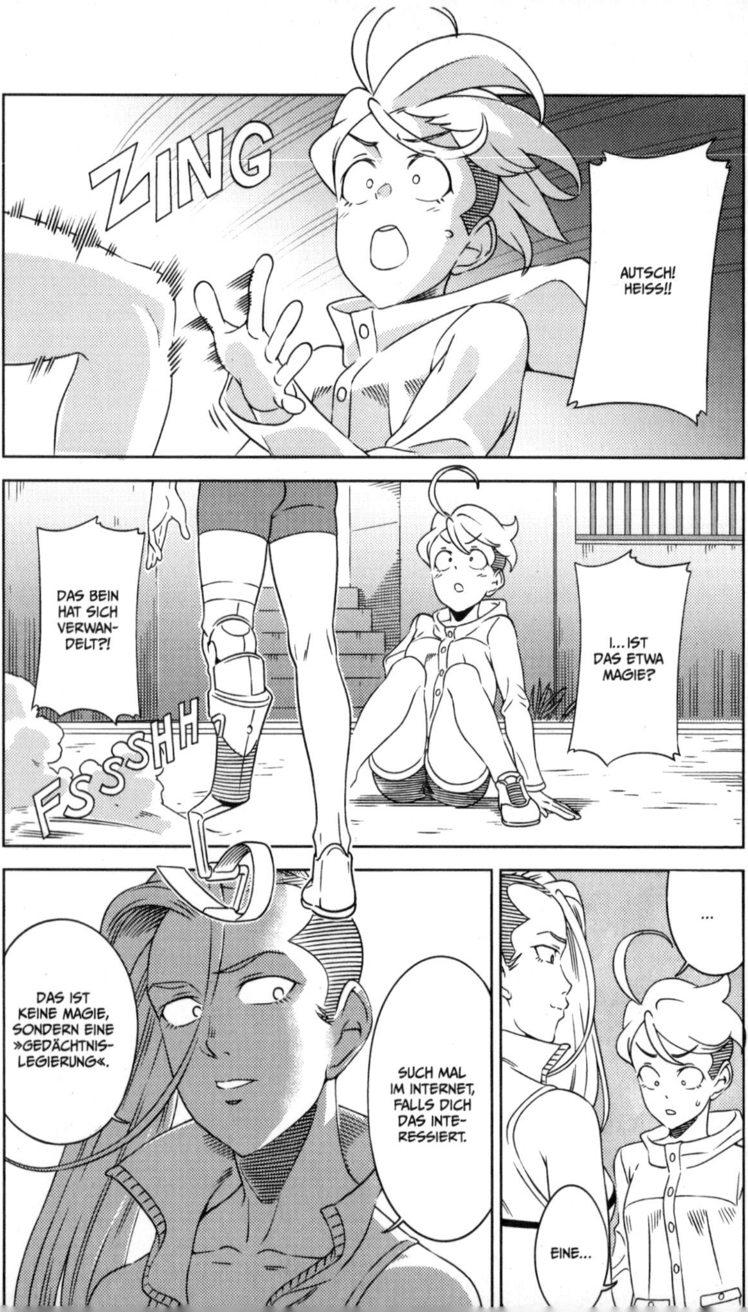
ZING
AUTSCH! HEISS!!
FSSSHH
I... IST DAS ETWA MAGIE?
DAS BEIN HAT SICH VERWAN-DELT?!
DAS IST KEINE MAGIE, SONDERN EINE »GEDÄCHTNIS-LEGIERUNG«.
EINE...
SUCH MAL IM INTERNET, FALLS DICH DAS INTE-RESSIERT.
...

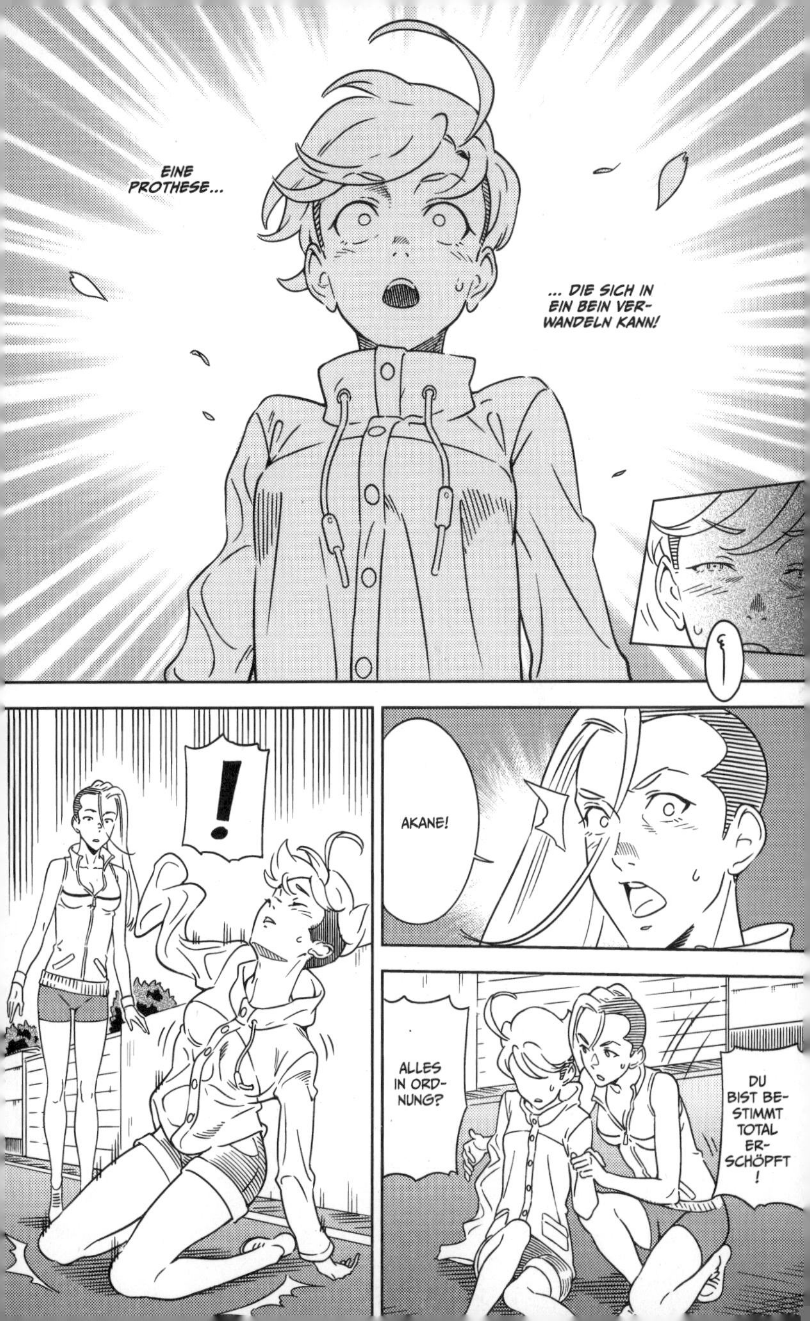

EINE PROTHESE...
... DIE SICH IN EIN BEIN VERWANDELN KANN!
AKANE!
DU BIST BESTIMMT TOTAL ERSCHÖPFT!
ALLES IN ORDNUNG?

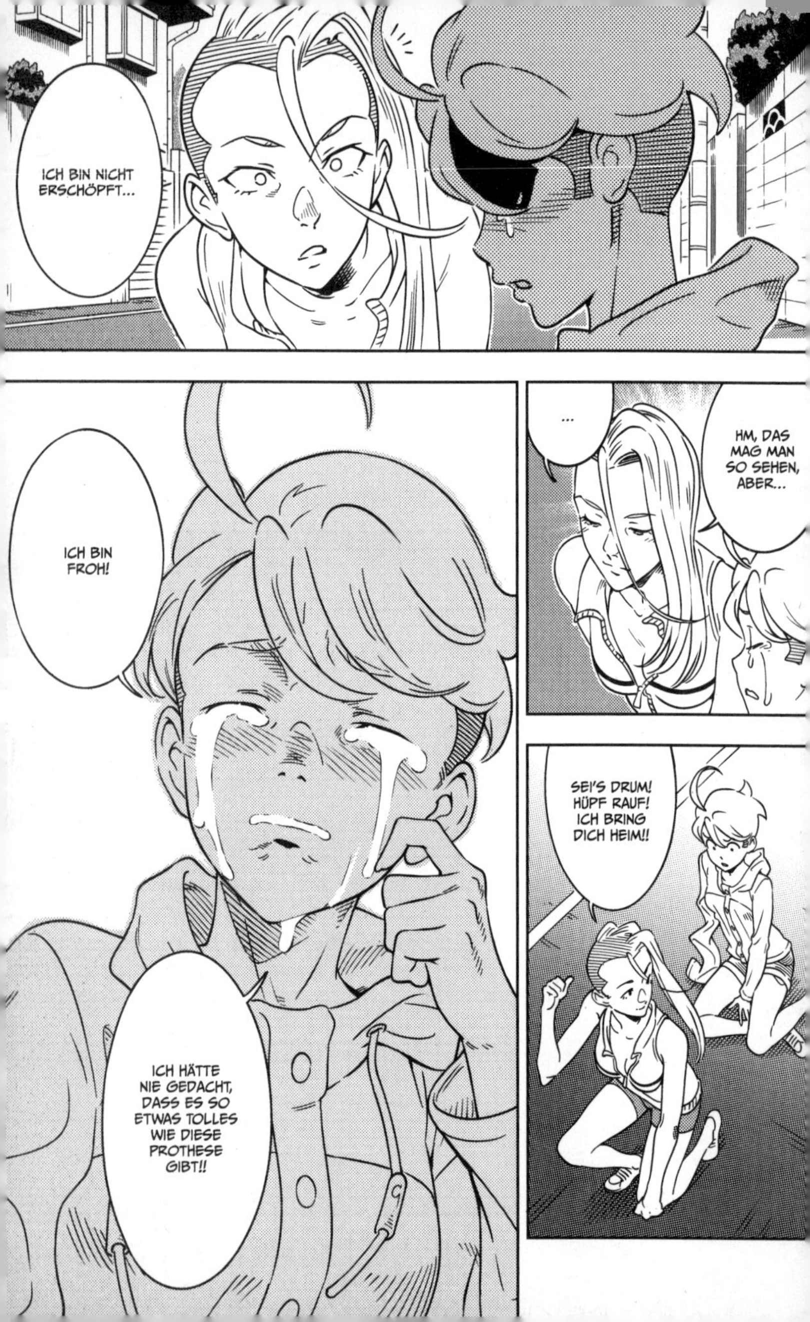
ICH BIN NICHT ERSCHÖPFT...
ICH BIN FROH!
ICH HÄTTE NIE GEDACHT, DASS ES SO ETWAS TOLLES WIE DIESE PROTHESE GIBT!!
HM, DAS MAG MAN SO SEHEN, ABER...
...
SEI'S DRUM! HÜPF RAUF! ICH BRING DICH HEIM!!

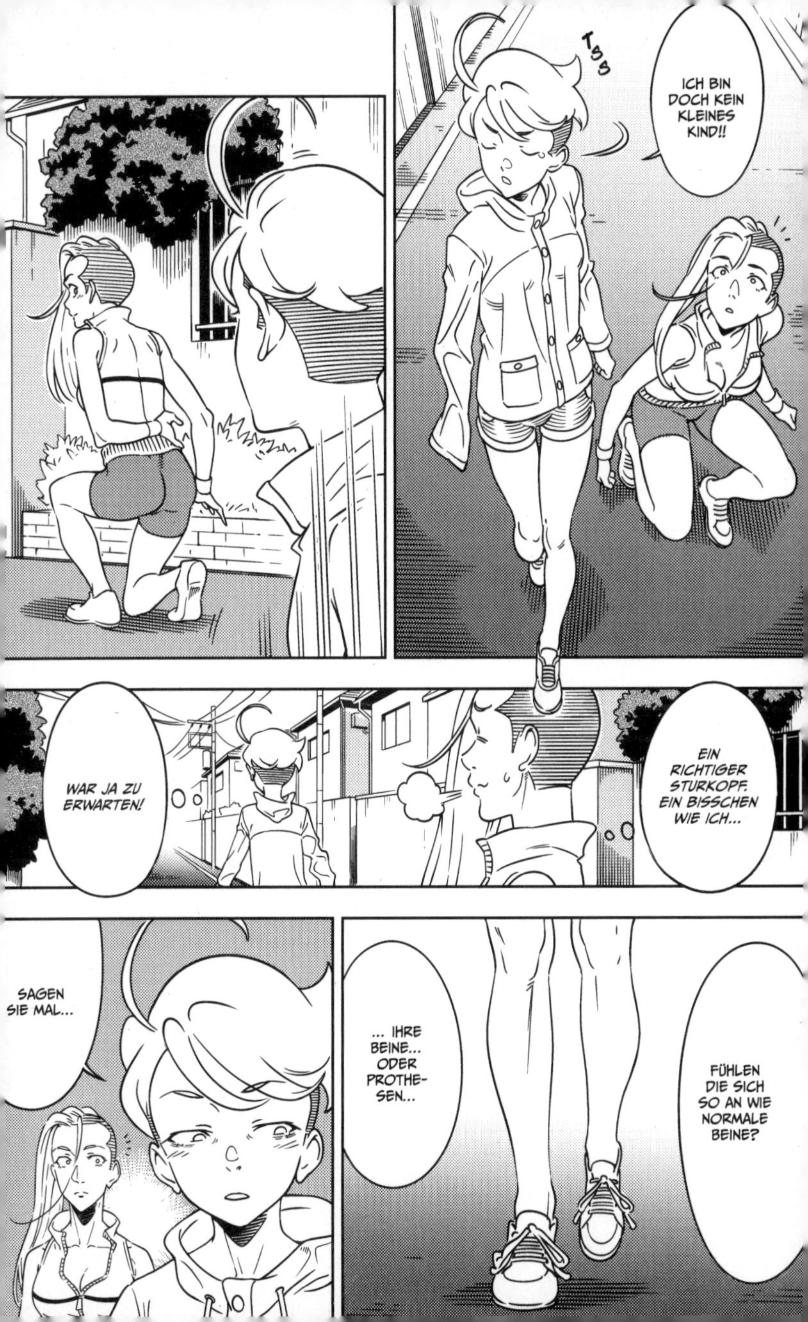

TSS
ICH BIN DOCH KEIN KLEINES KIND!!
WAR JA ZU ERWARTEN!
EIN RICHTIGER STURKOPF. EIN BISSCHEN WIE ICH...
SAGEN SIE MAL...
... IHRE BEINE... ODER PROTHESEN...
FÜHLEN DIE SICH SO AN WIE NORMALE BEINE?

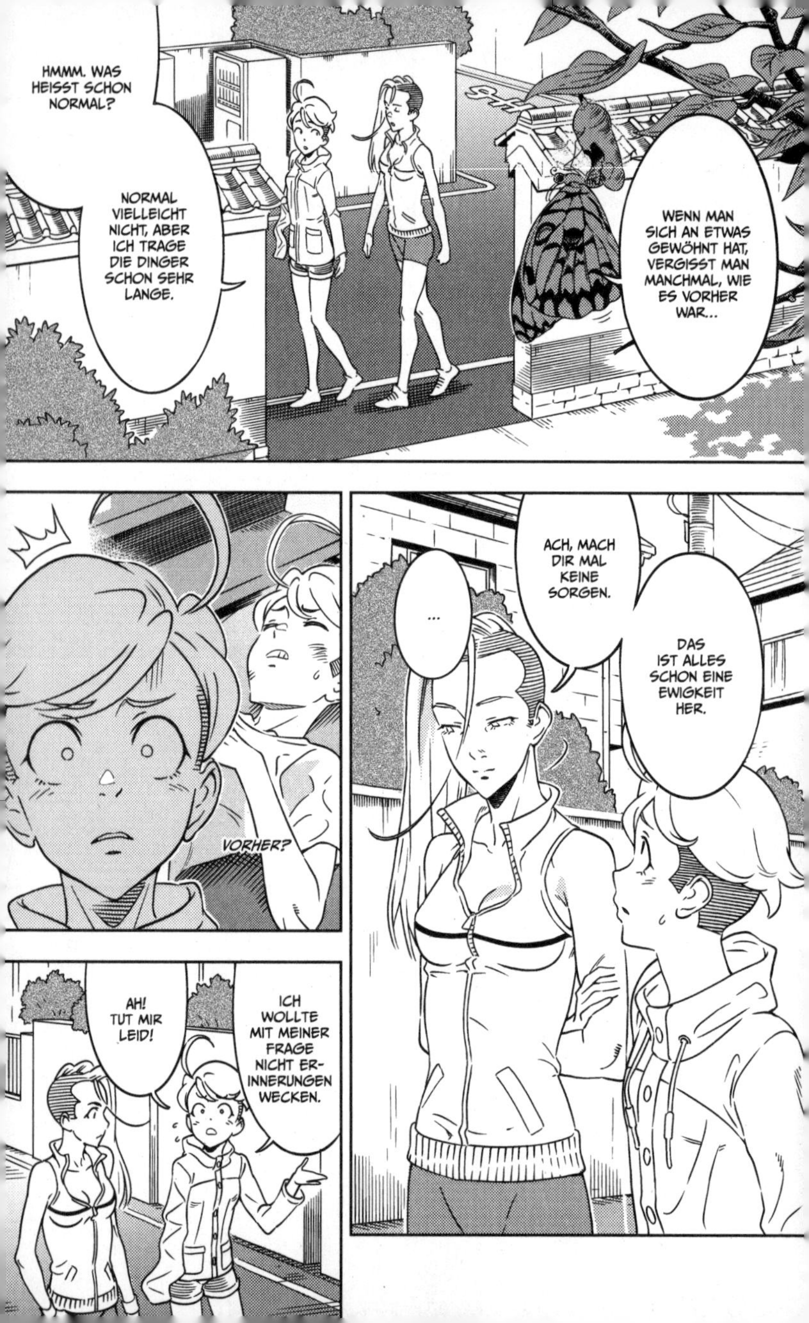
HMMM. WAS HEISST SCHON NORMAL?
NORMAL VIELLEICHT NICHT, ABER ICH TRAGE DIE DINGER SCHON SEHR LANGE.
WENN MAN SICH AN ETWAS GEWÖHNT HAT, VERGISST MAN MANCHMAL, WIE ES VORHER WAR...
VORHER?
...
AH! TUT MIR LEID!
ICH WOLLTE MIT MEINER FRAGE NICHT ER-INNERUNGEN WECKEN.
ACH, MACH DIR MAL KEINE SORGEN.
DAS IST ALLES SCHON EINE EWIGKEIT HER.

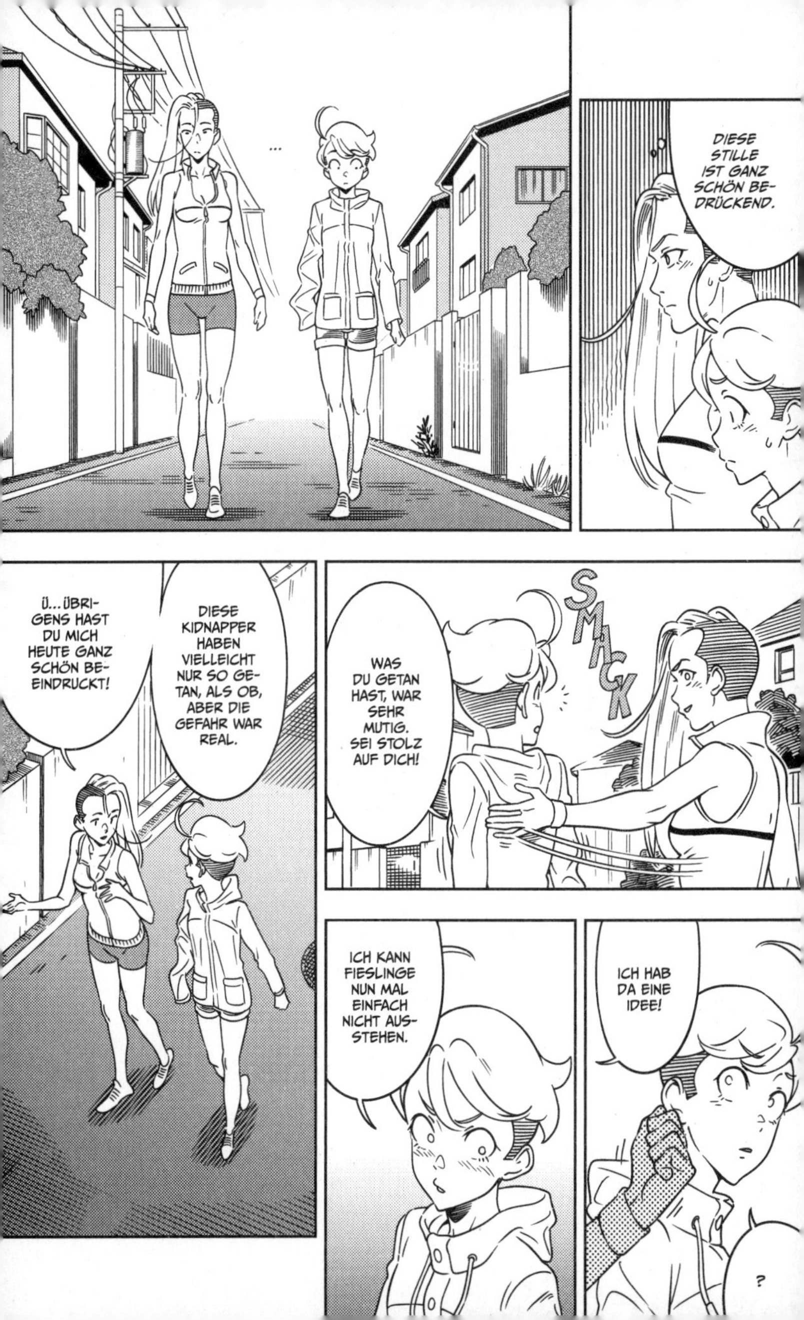
...
DIESE STILLE IST GANZ SCHÖN BE-DRÜCKEND.
Ü...ÜBRIGENS HAST DU MICH HEUTE GANZ SCHÖN BE-EINDRUCKT!
DIESE KIDNAPPER HABEN VIELLEICHT NUR SO GE-TAN, ALS OB, ABER DIE GEFAHR WAR REAL.
WAS DU GETAN HAST, WAR SEHR MUTIG. SEI STOLZ AUF DICH!
SMACK
ICH KANN FIESLINGE NUN MAL EINFACH NICHT AUS-STEHEN.
ICH HAB DA EINE IDEE!
?

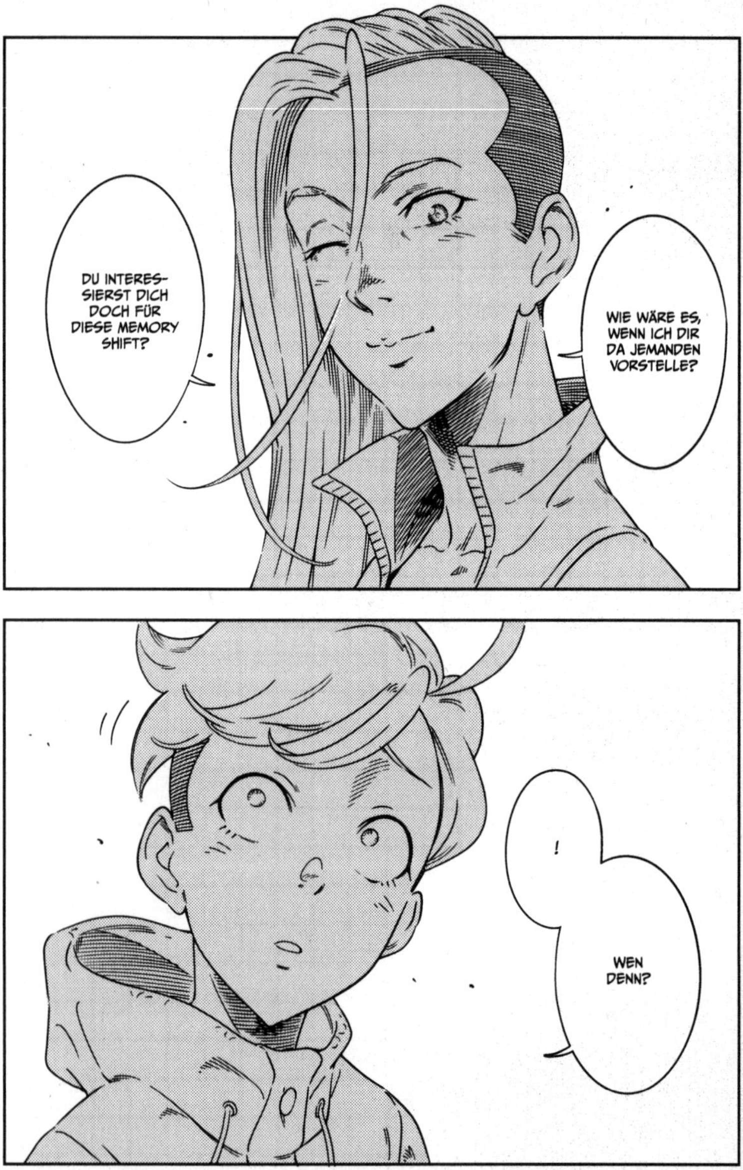
DU INTERES-
SIERST DICH
DOCH FÜR
DIESE MEMORY
SHIFT?
WIE WÄRE ES,
WENN ICH DIR
DA JEMANDEN
VORSTELLE?
!
WEN
DENN?

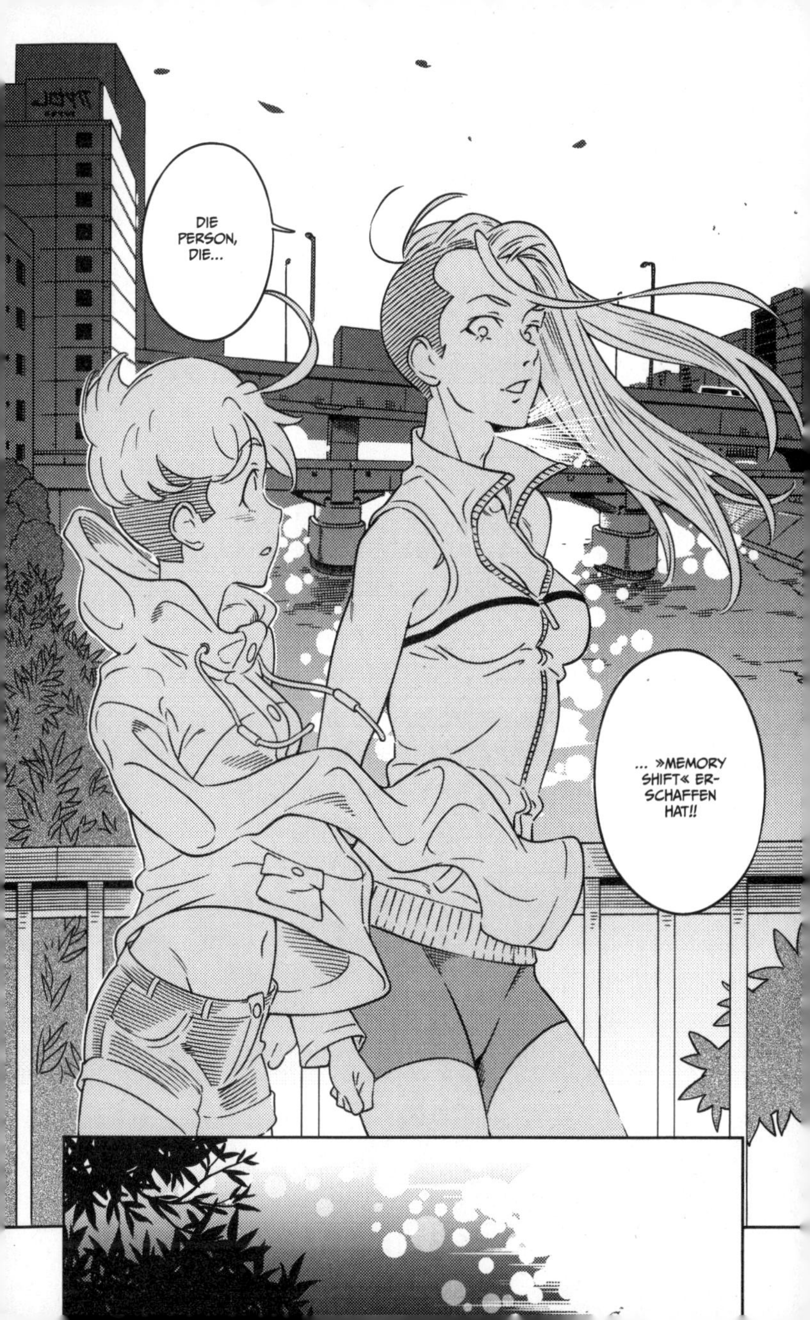
DIE PERSON, DIE…
… »MEMORY SHIFT« ER-SCHAFFEN HAT!!

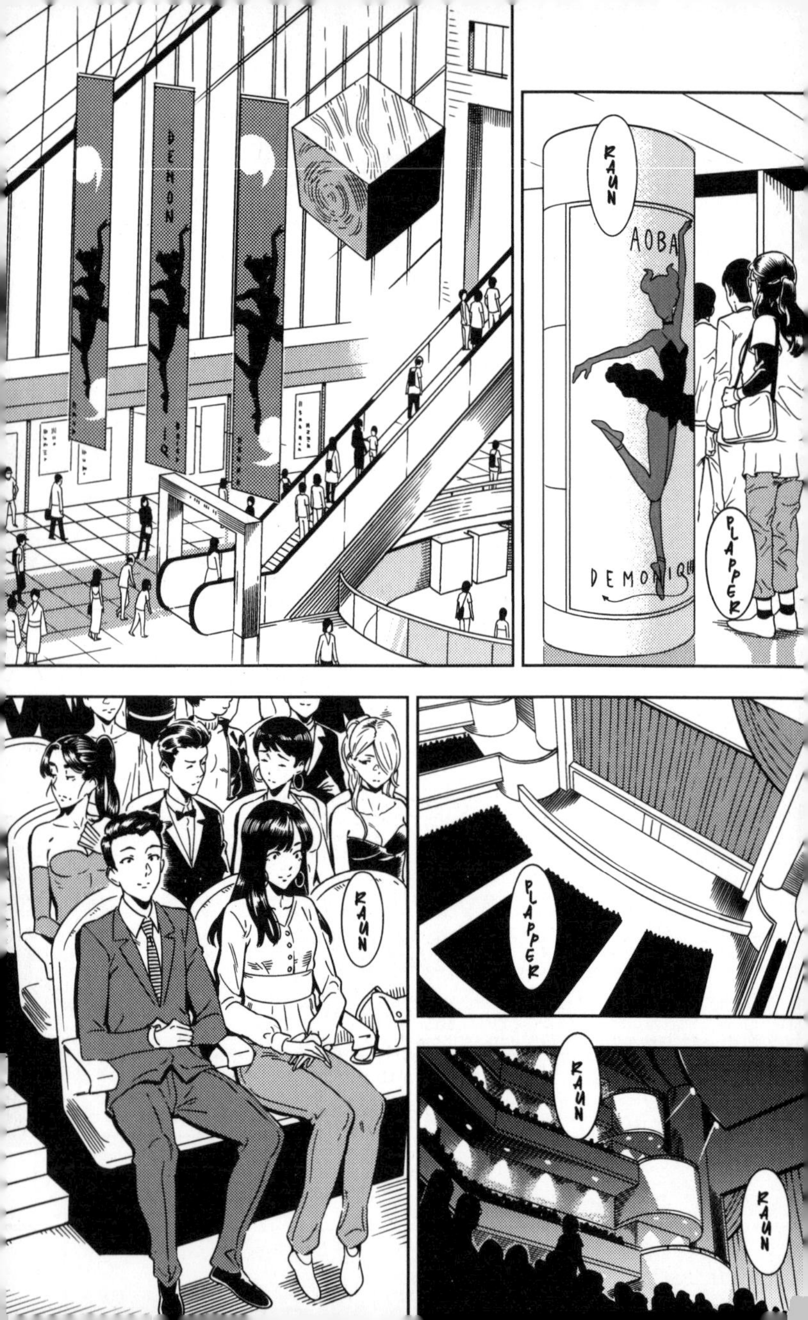
RAUN
AOBA
DEMONIQ
PLAPPER
DEMON
PLAPPER
RAUN
RAUN
RAUN

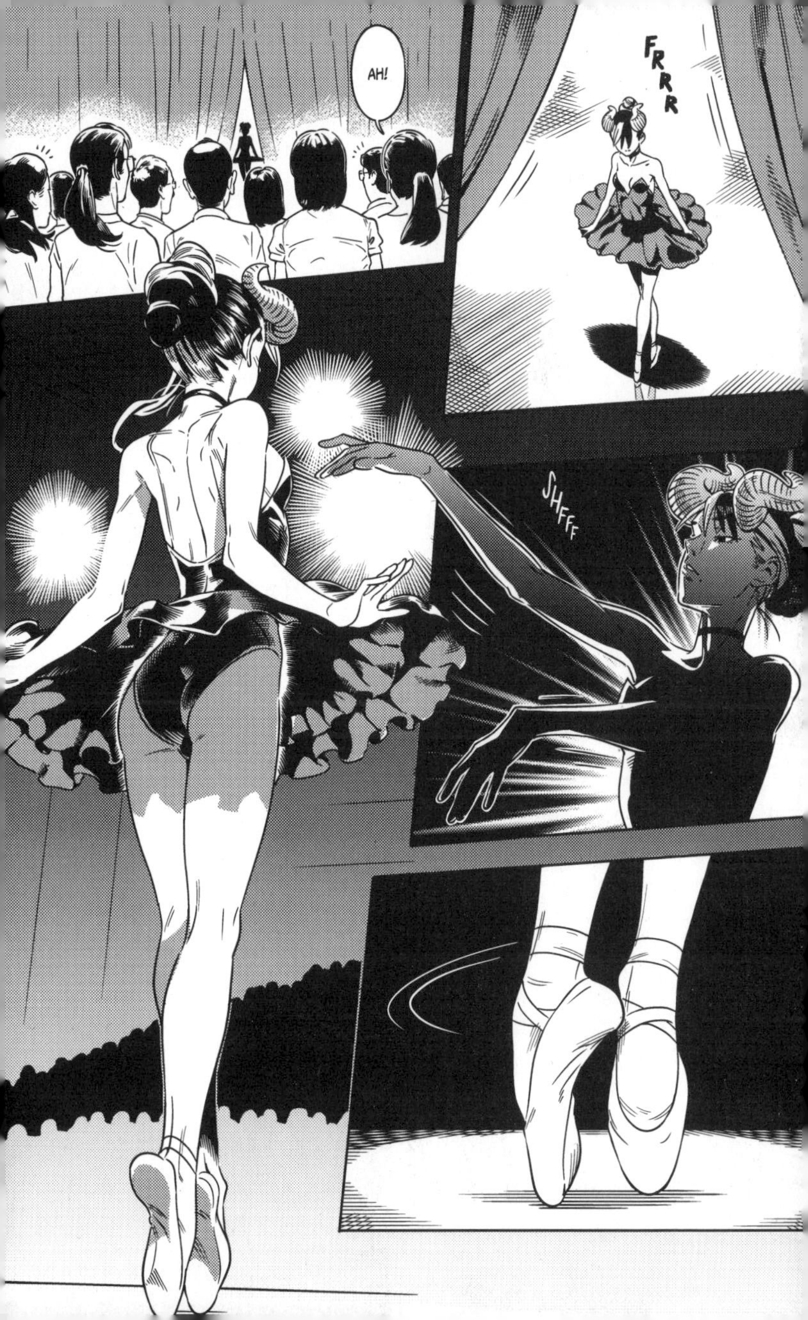
AH!
FRRR
SHFFF

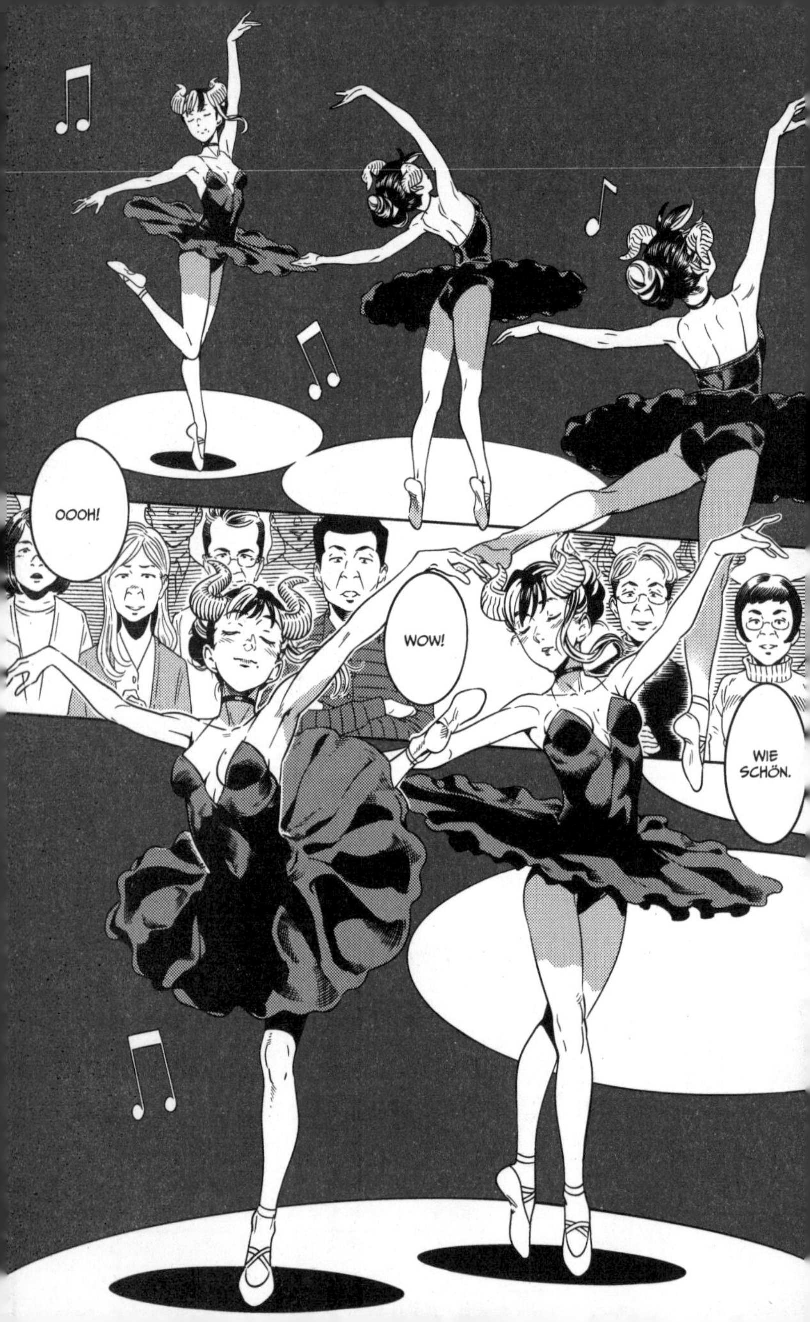

OOOH!
WOW!
WIE SCHÖN.

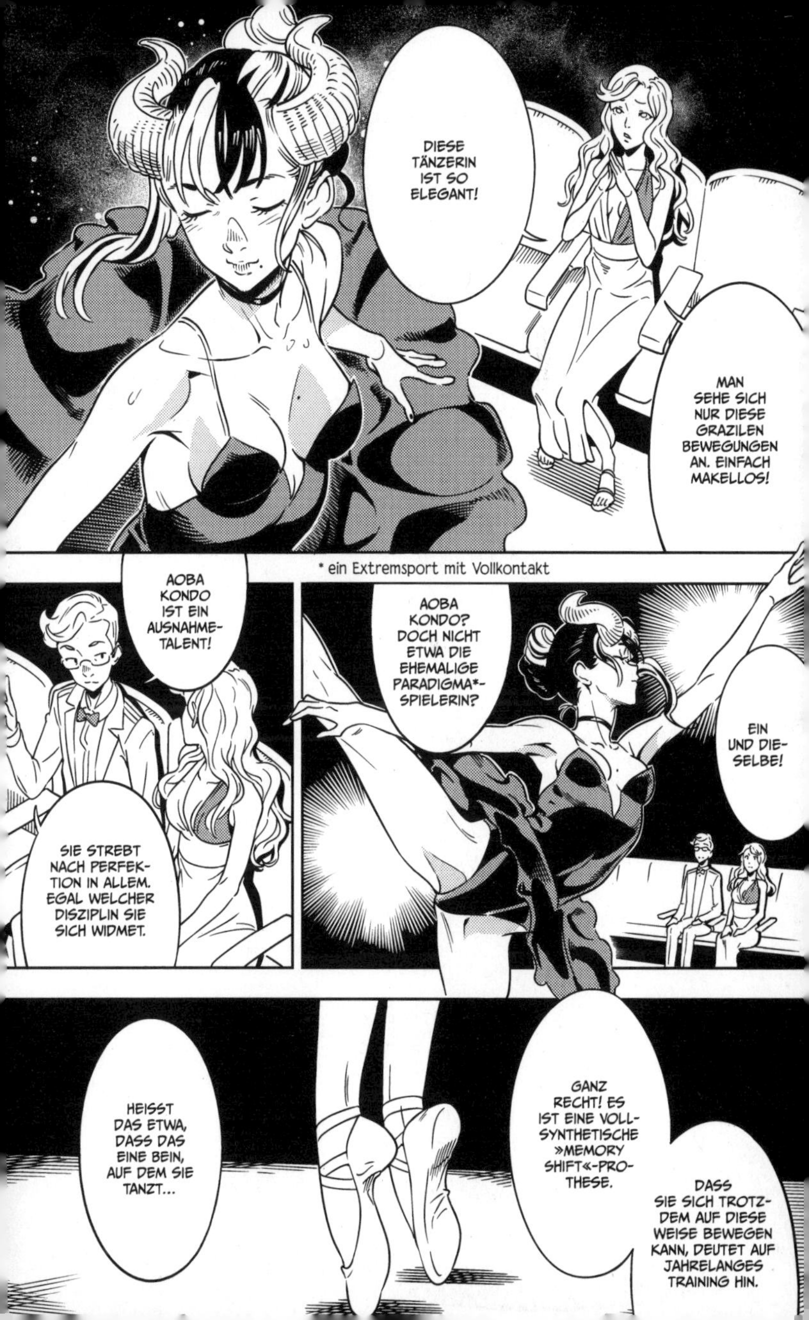
DIESE TÄNZERIN IST SO ELEGANT!
MAN SEHE SICH NUR DIESE GRAZILEN BEWEGUNGEN AN. EINFACH MAKELLOS!
* ein Extremsport mit Vollkontakt
AOBA KONDO? DOCH NICHT ETWA DIE EHEMALIGE PARADIGMA*-SPIELERIN?
EIN UND DIESELBE!
AOBA KONDO IST EIN AUSNAHMETALENT!
SIE STREBT NACH PERFEKTION IN ALLEM. EGAL WELCHER DISZIPLIN SIE SICH WIDMET.
GANZ RECHT! ES IST EINE VOLLSYNTHETISCHE »MEMORY SHIFT«-PROTHESE.
DASS SIE SICH TROTZDEM AUF DIESE WEISE BEWEGEN KANN, DEUTET AUF JAHRELANGES TRAINING HIN.
HEISST DAS ETWA, DASS DAS EINE BEIN, AUF DEM SIE TANZT…

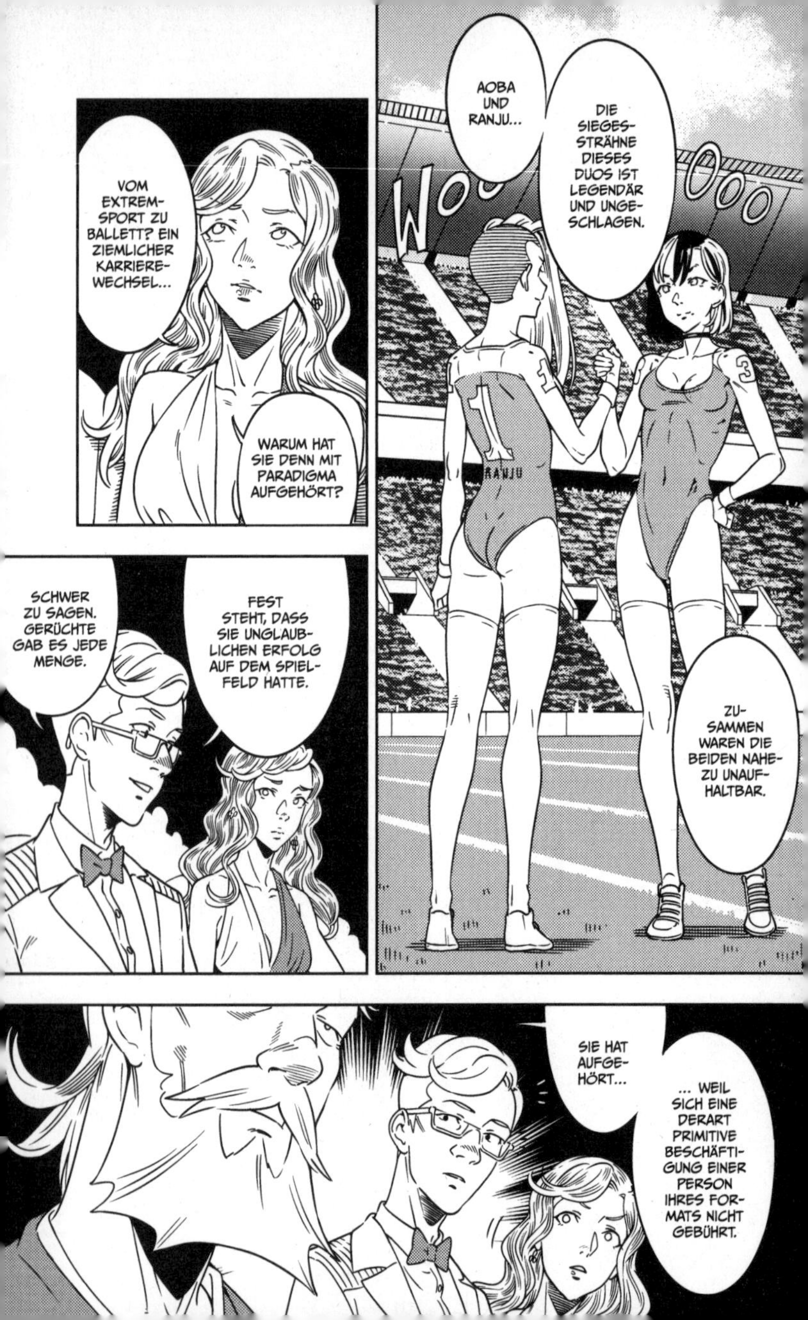
AOBA UND RANJU...
DIE SIEGES-STRÄHNE DIESES DUOS IST LEGENDÄR UND UNGE-SCHLAGEN.
WOOOOOOO
RANJU
ZU-SAMMEN WAREN DIE BEIDEN NAHE-ZU UNAUF-HALTBAR.
VOM EXTREM-SPORT ZU BALLETT? EIN ZIEMLICHER KARRIERE-WECHSEL...
WARUM HAT SIE DENN MIT PARADIGMA AUFGEHÖRT?
FEST STEHT, DASS SIE UNGLAUB-LICHEN ERFOLG AUF DEM SPIEL-FELD HATTE.
SCHWER ZU SAGEN. GERÜCHTE GAB ES JEDE MENGE.
SIE HAT AUFGE-HÖRT...
... WEIL SICH EINE DERART PRIMITIVE BESCHÄFTI-GUNG EINER PERSON IHRES FOR-MATS NICHT GEBÜHRT.

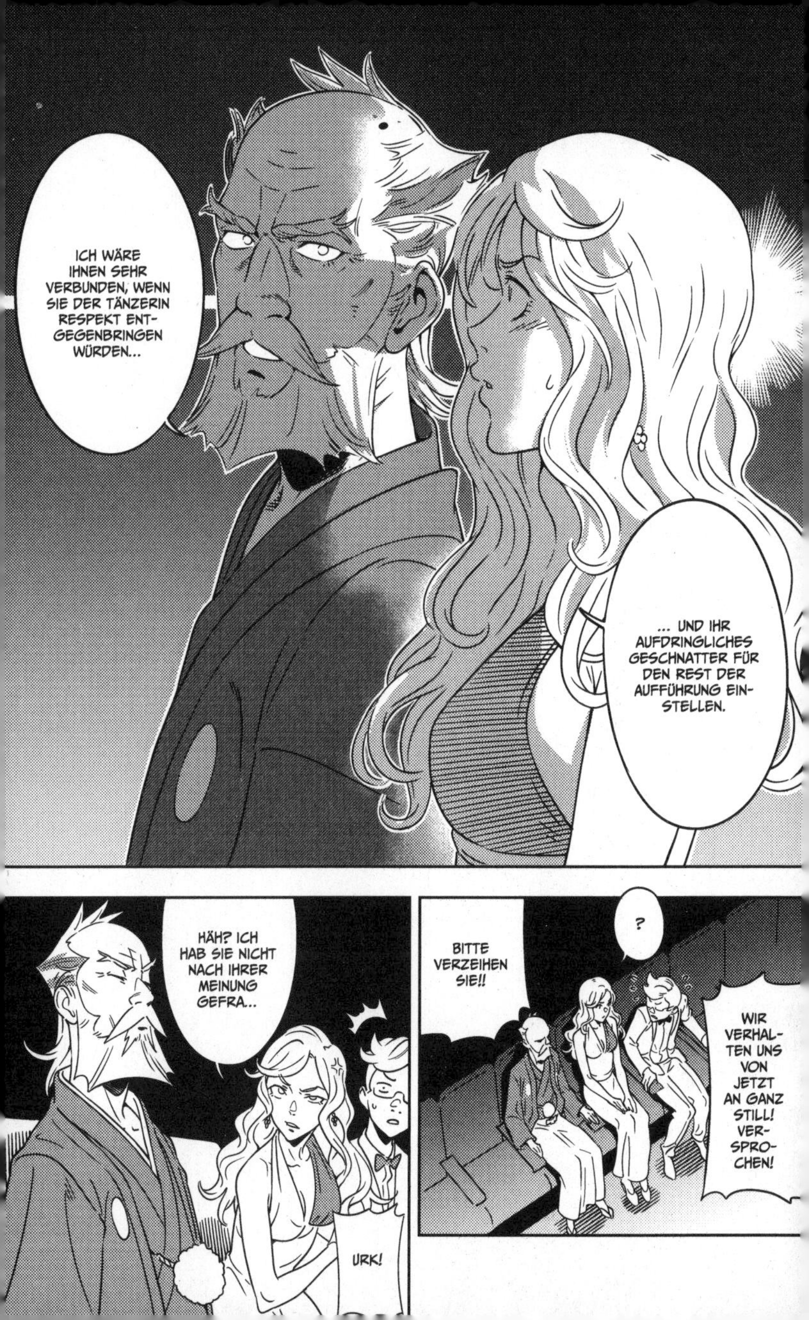

ICH WÄRE IHNEN SEHR VERBUNDEN, WENN SIE DER TÄNZERIN RESPEKT ENT-GEGENBRINGEN WÜRDEN...
... UND IHR AUFDRINGLICHES GESCHNATTER FÜR DEN REST DER AUFFÜHRUNG EIN-STELLEN.
HÄH? ICH HAB SIE NICHT NACH IHRER MEINUNG GEFRA...
URK!
BITTE VERZEIHEN SIE!!
?
WIR VERHAL-TEN UNS VON JETZT AN GANZ STILL! VER-SPRO-CHEN!

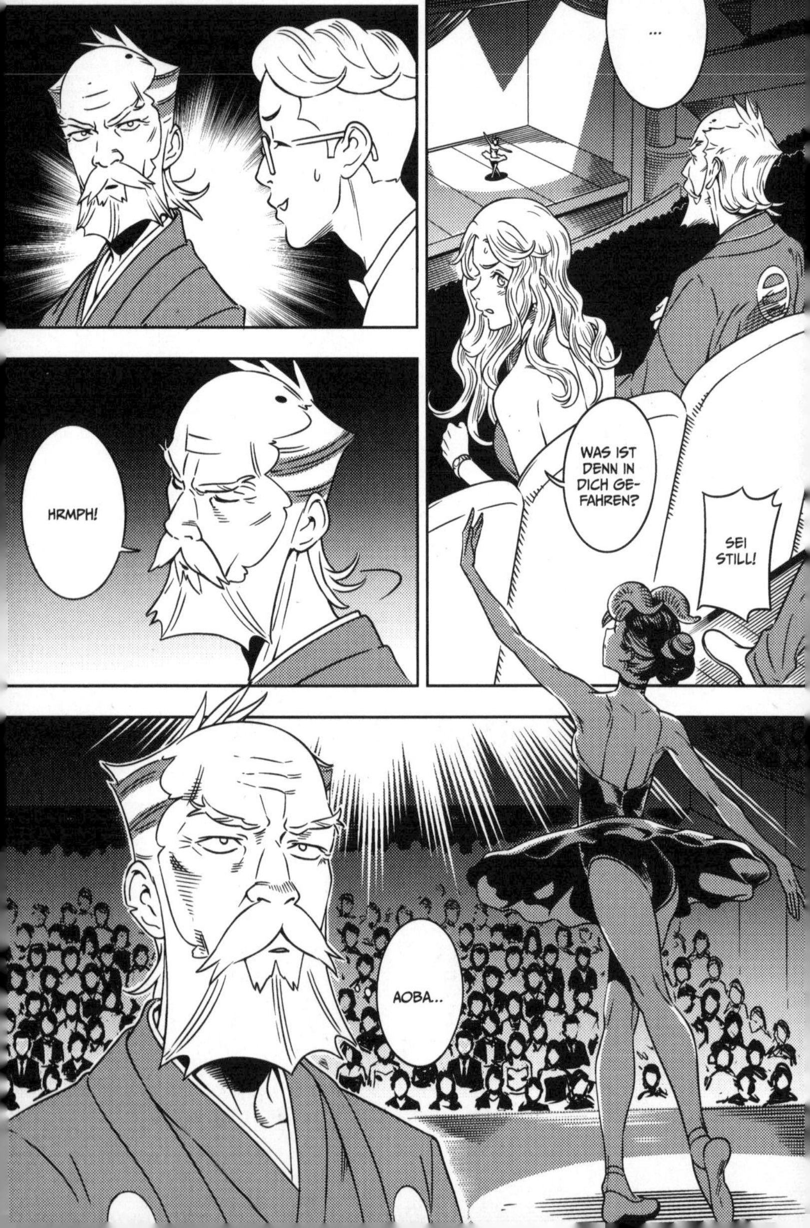

...
HRMPH!
SEI STILL!
WAS IST DENN IN DICH GE-FAHREN?
AOBA...

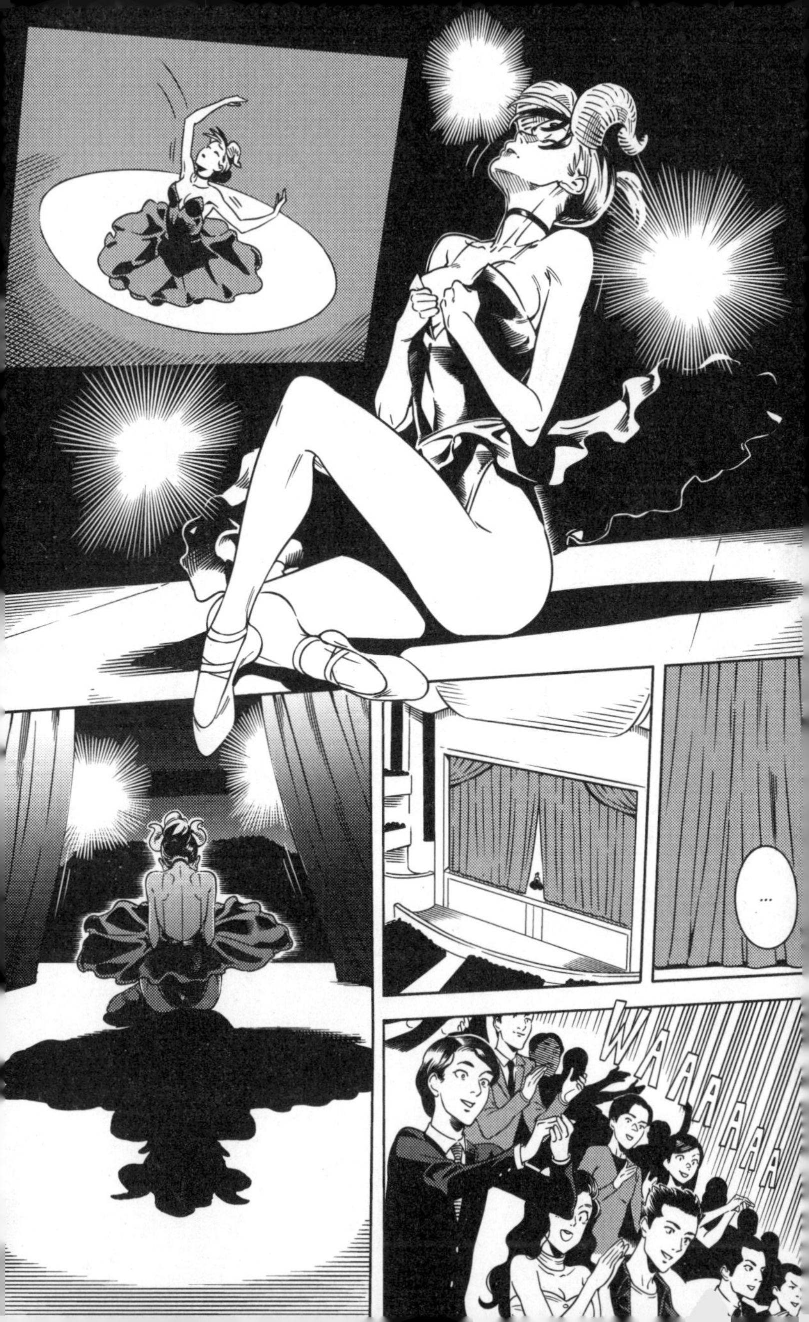
...
WAAAAAA

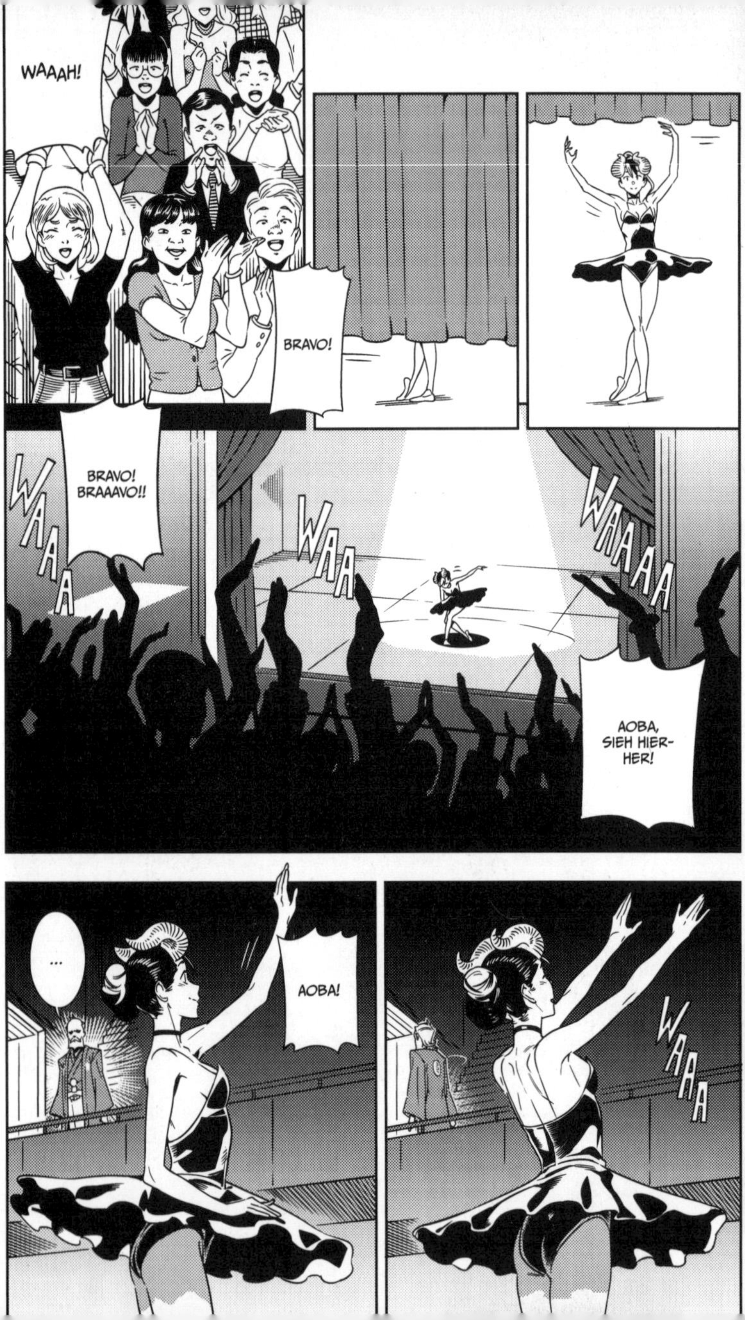
WAAAH!
BRAVO!
BRAVO! BRAAAVO!!
WAAAA
WAA
WAAAAA
AOBA, SIEH HIER-HER!
AOBA!
...
WAAAA

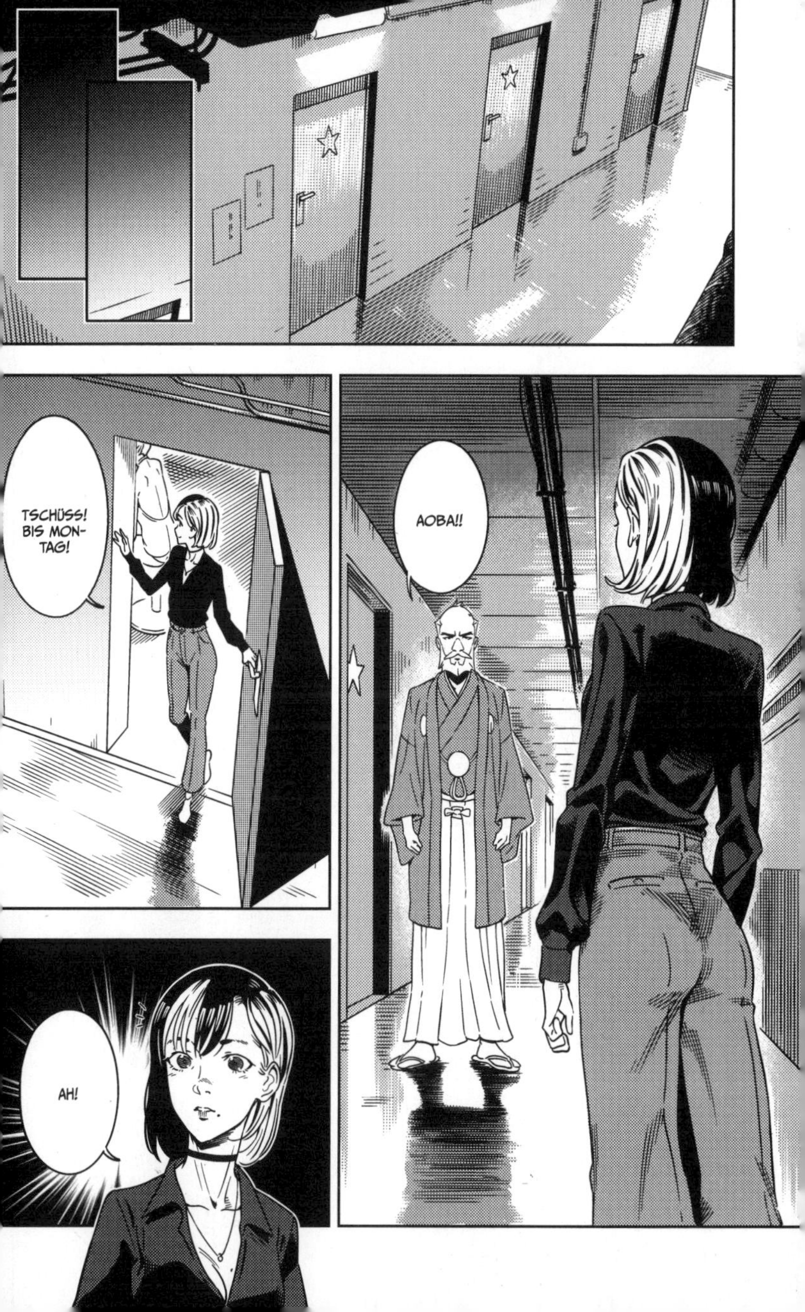
TSCHÜSS! BIS MON-TAG!
AOBA!!
AH!

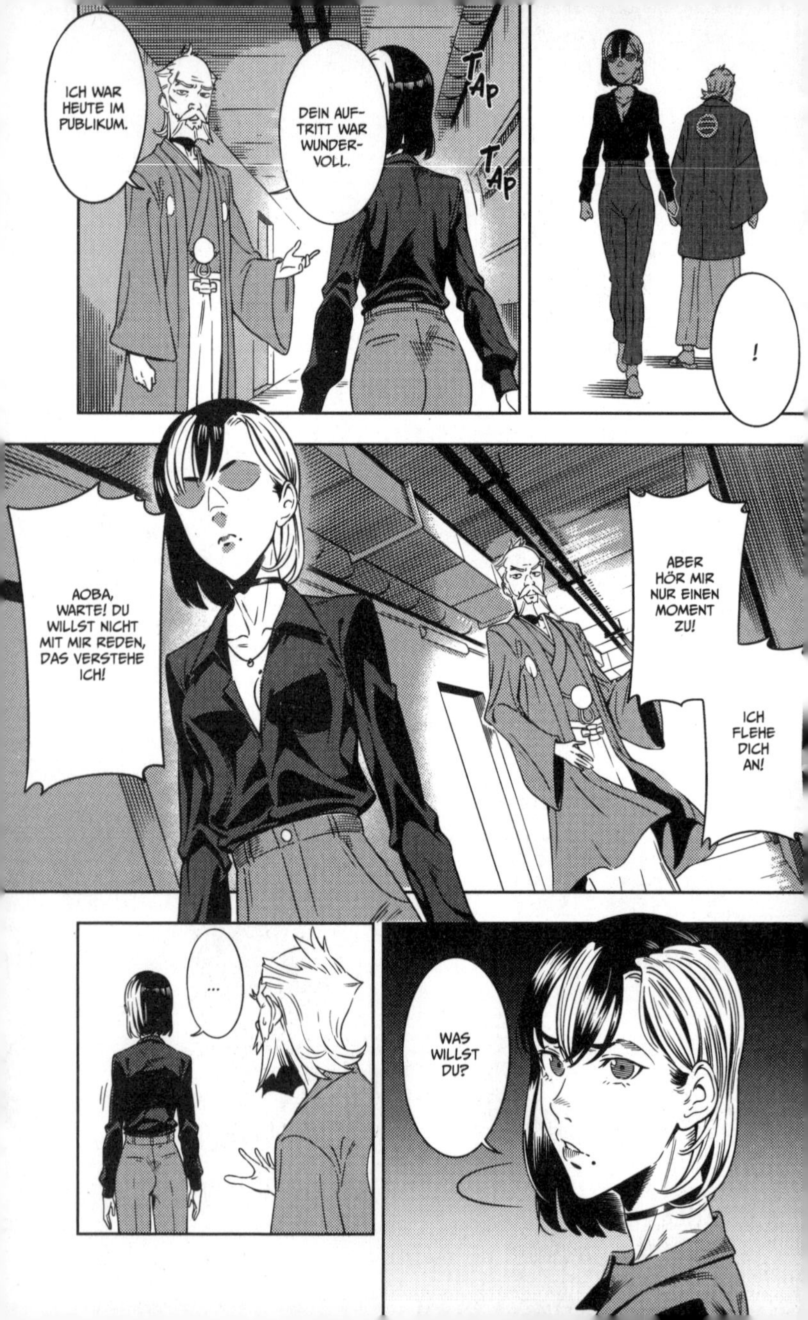
ICH WAR HEUTE IM PUBLIKUM.
DEIN AUF-TRITT WAR WUNDER-VOLL.
TAP
TAP
!
AOBA, WARTE! DU WILLST NICHT MIT MIR REDEN, DAS VERSTEHE ICH!
ABER HÖR MIR NUR EINEN MOMENT ZU!
ICH FLEHE DICH AN!
...
WAS WILLST DU?

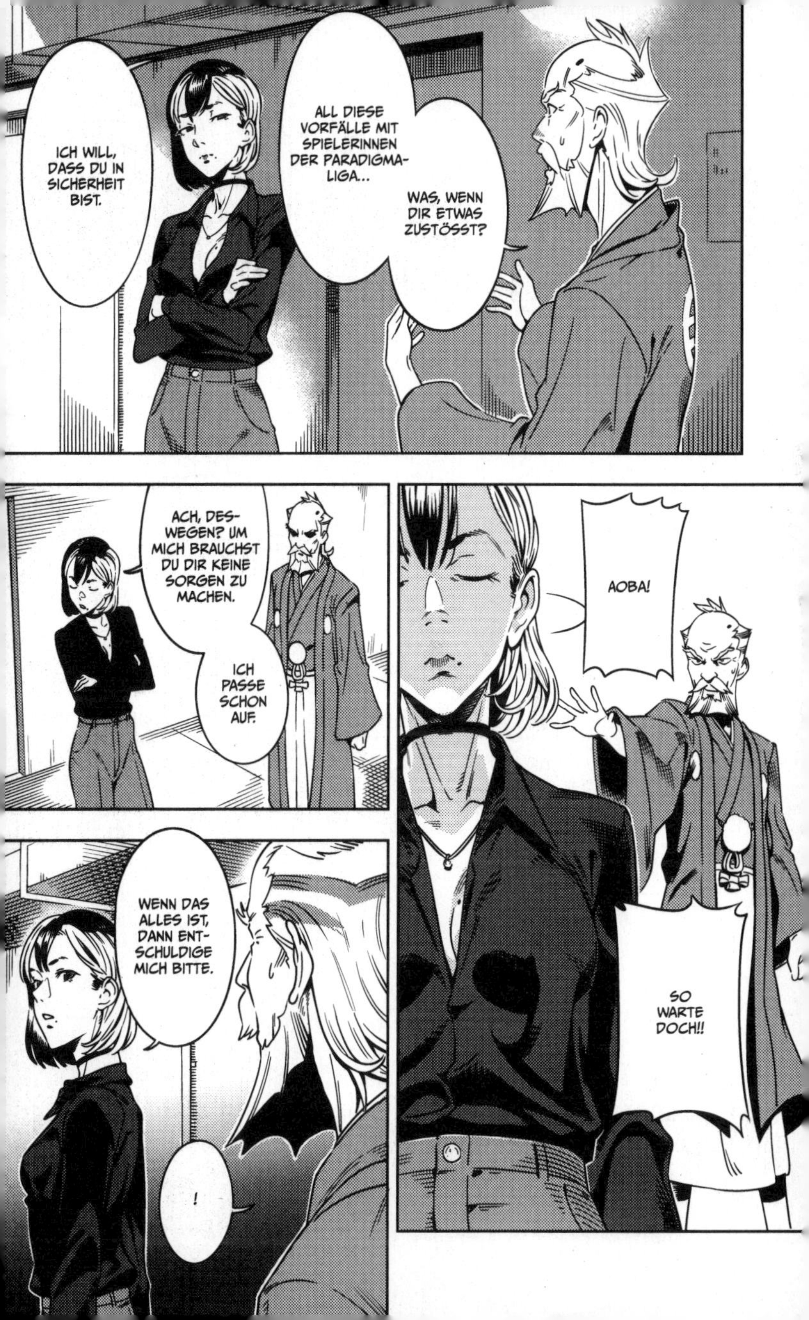
ALL DIESE VORFÄLLE MIT SPIELERINNEN DER PARADIGMA-LIGA...
WAS, WENN DIR ETWAS ZUSTÖSST?
ICH WILL, DASS DU IN SICHERHEIT BIST.
ACH, DES-WEGEN? UM MICH BRAUCHST DU DIR KEINE SORGEN ZU MACHEN.
ICH PASSE SCHON AUF.
AOBA!
SO WARTE DOCH!!
WENN DAS ALLES IST, DANN ENT-SCHULDIGE MICH BITTE.
!

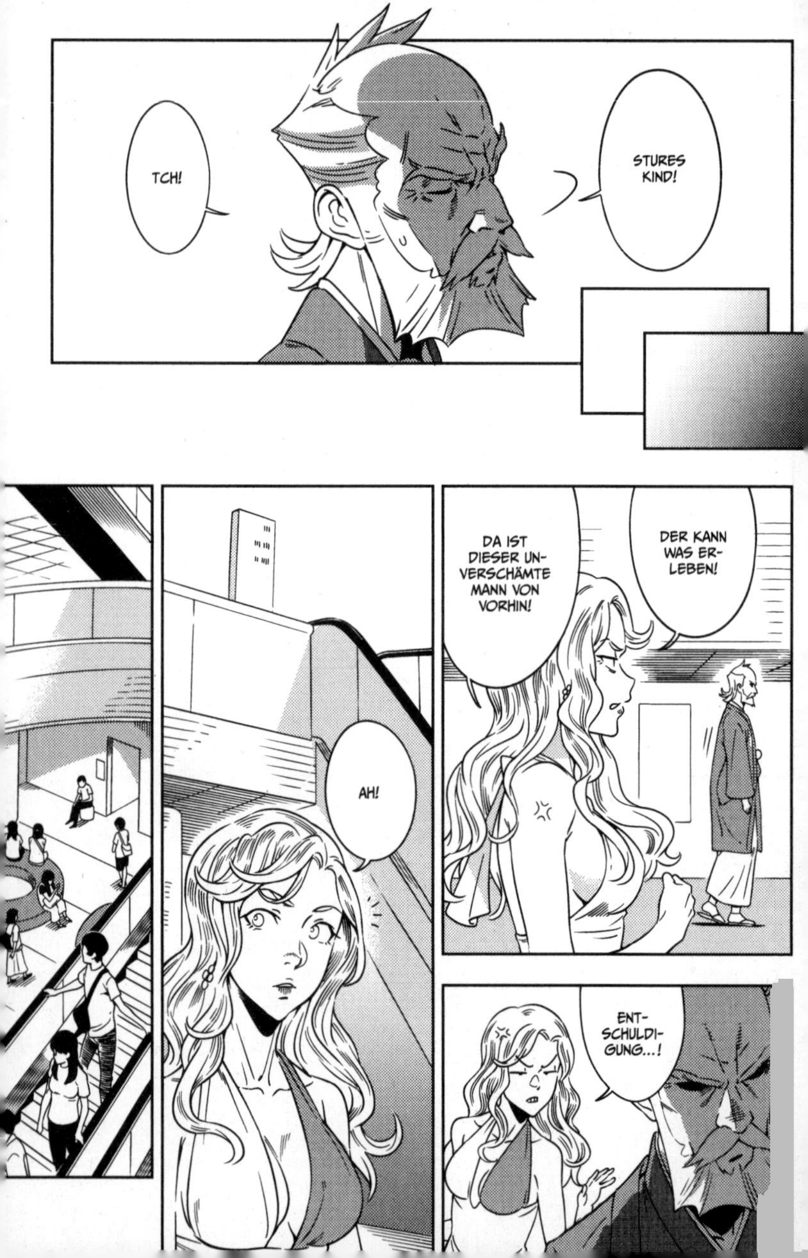
STURES KIND!
TCH!
DER KANN WAS ER-LEBEN!
DA IST DIESER UN-VERSCHÄMTE MANN VON VORHIN!
AH!
ENT-SCHULDI-GUNG...!

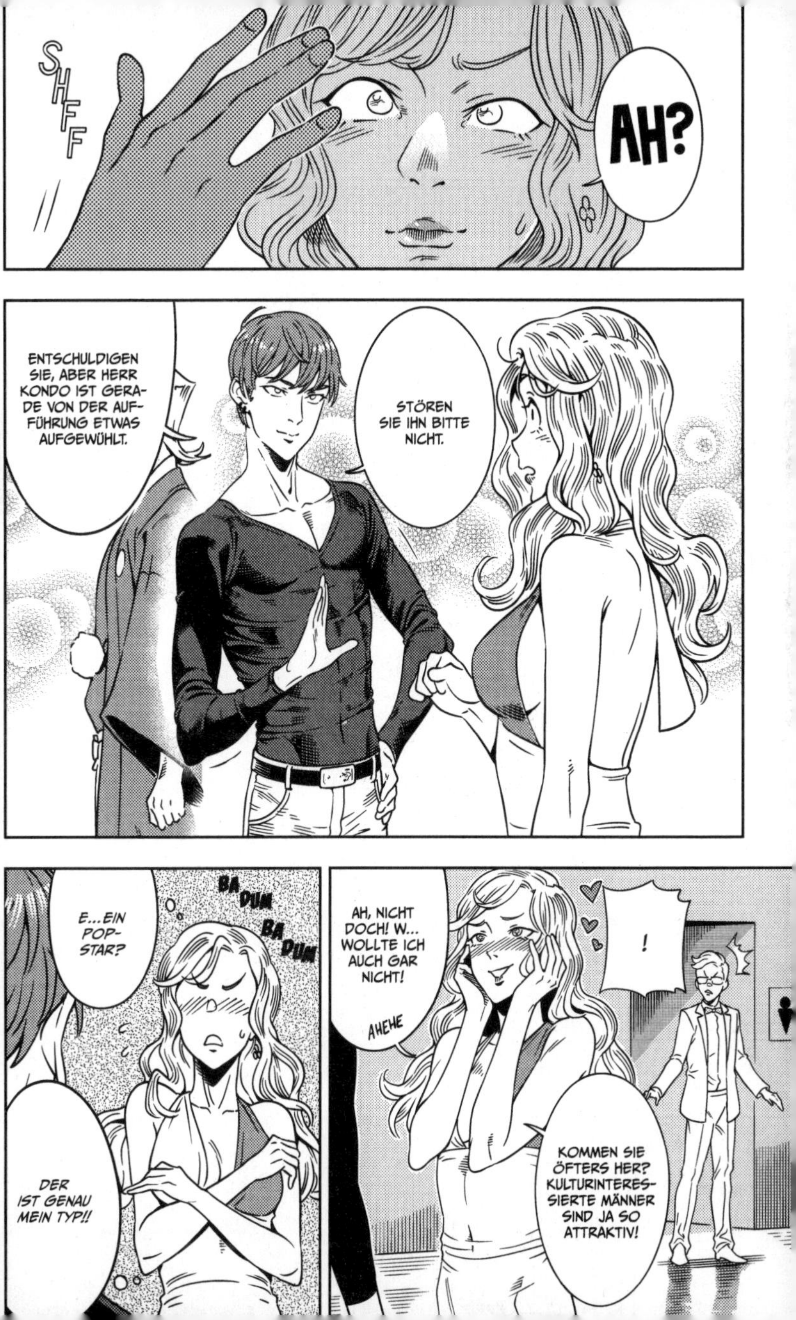
SHFF
AH?
ENTSCHULDIGEN SIE, ABER HERR KONDO IST GERADE VON DER AUFFÜHRUNG ETWAS AUFGEWÜHLT.
STÖREN SIE IHN BITTE NICHT.
E...EIN POPSTAR?
BA DUM BA DUM
DER IST GENAU MEIN TYP!!
AH, NICHT DOCH! W... WOLLTE ICH AUCH GAR NICHT!
AHEHE
!
KOMMEN SIE ÖFTERS HER? KULTURINTERESSIERTE MÄNNER SIND JA SO ATTRAKTIV!

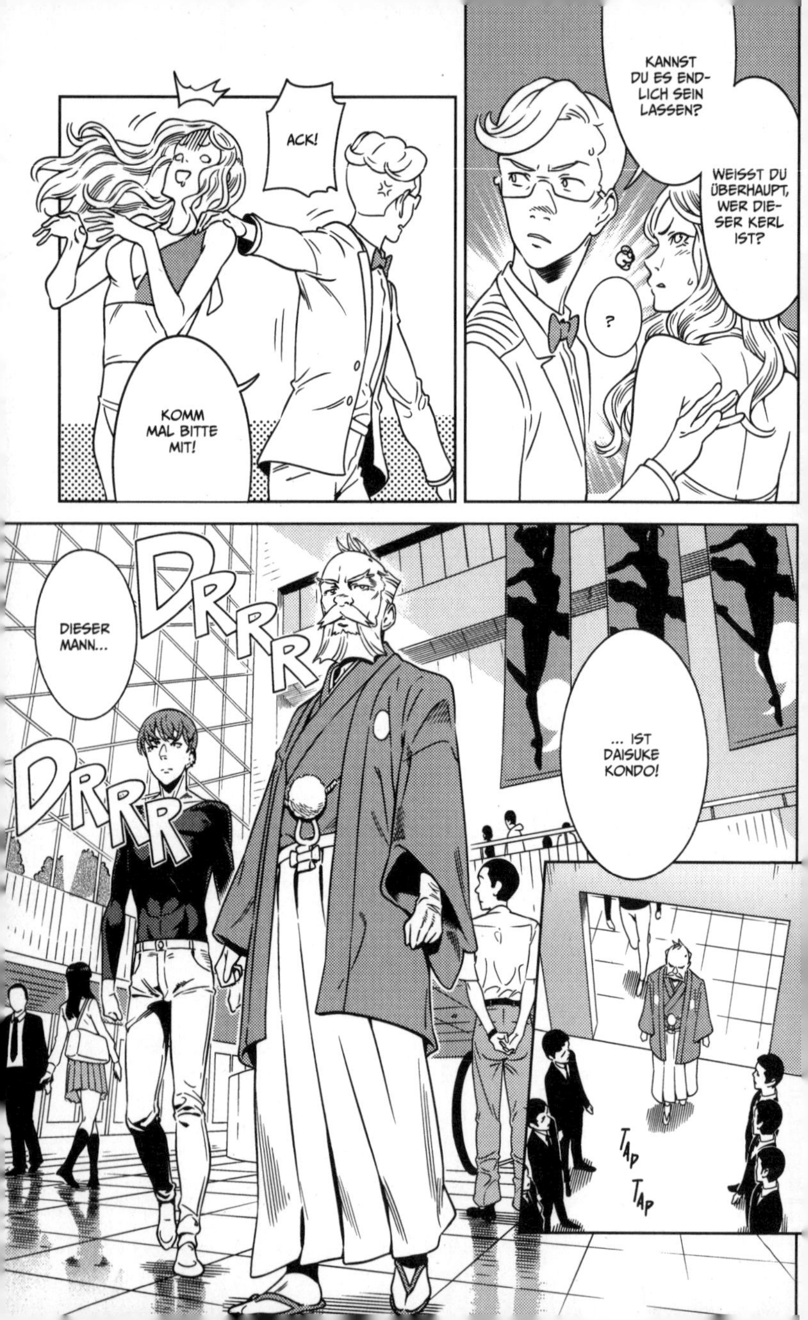

KANNST DU ES END-LICH SEIN LASSEN?
WEISST DU ÜBERHAUPT, WER DIE-SER KERL IST?
?
ACK!
KOMM MAL BITTE MIT!
DIESER MANN...
DRRRR
DRRR
... IST DAISUKE KONDO!
TAP TAP

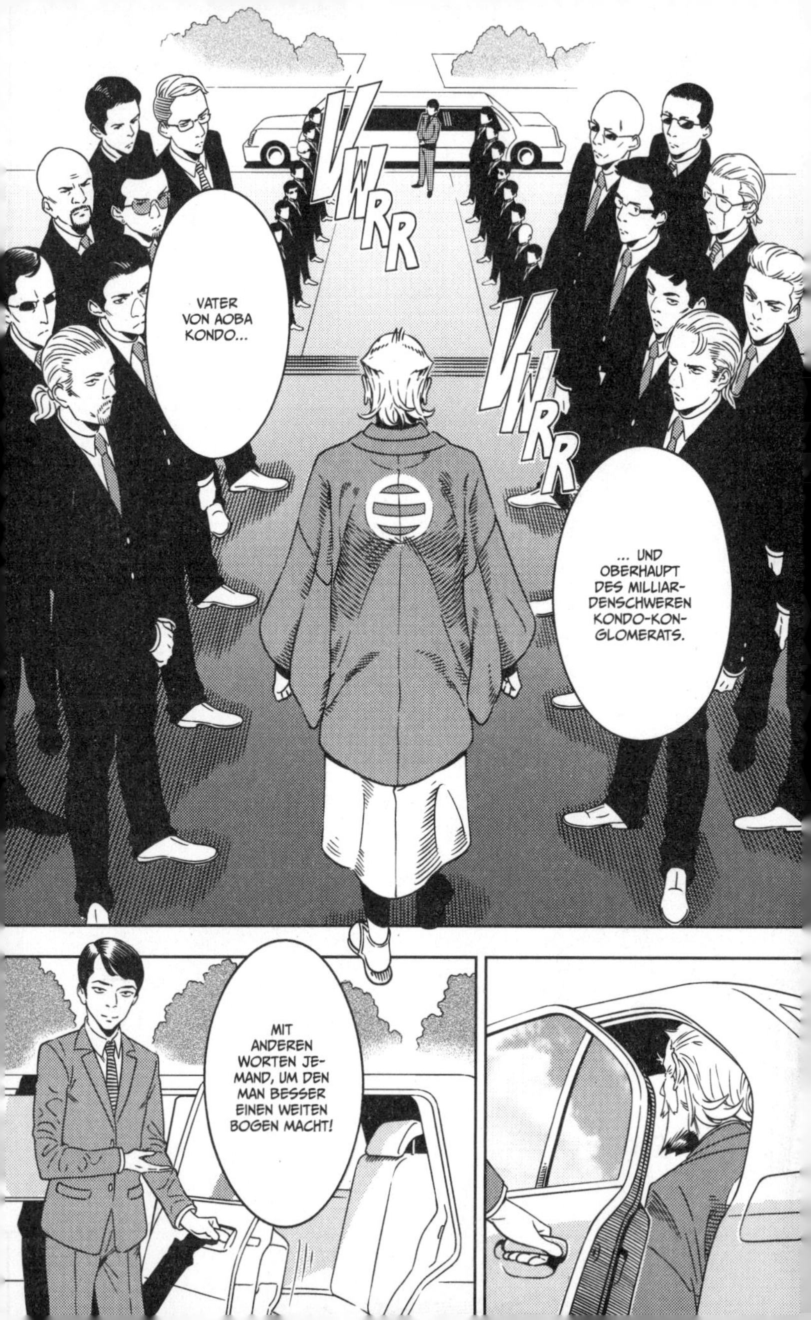
VWRR
VWRR
VATER VON AOBA KONDO...
... UND OBERHAUPT DES MILLIARDENSCHWEREN KONDO-KONGLOMERATS.
MIT ANDEREN WORTEN JEMAND, UM DEN MAN BESSER EINEN WEITEN BOGEN MACHT!

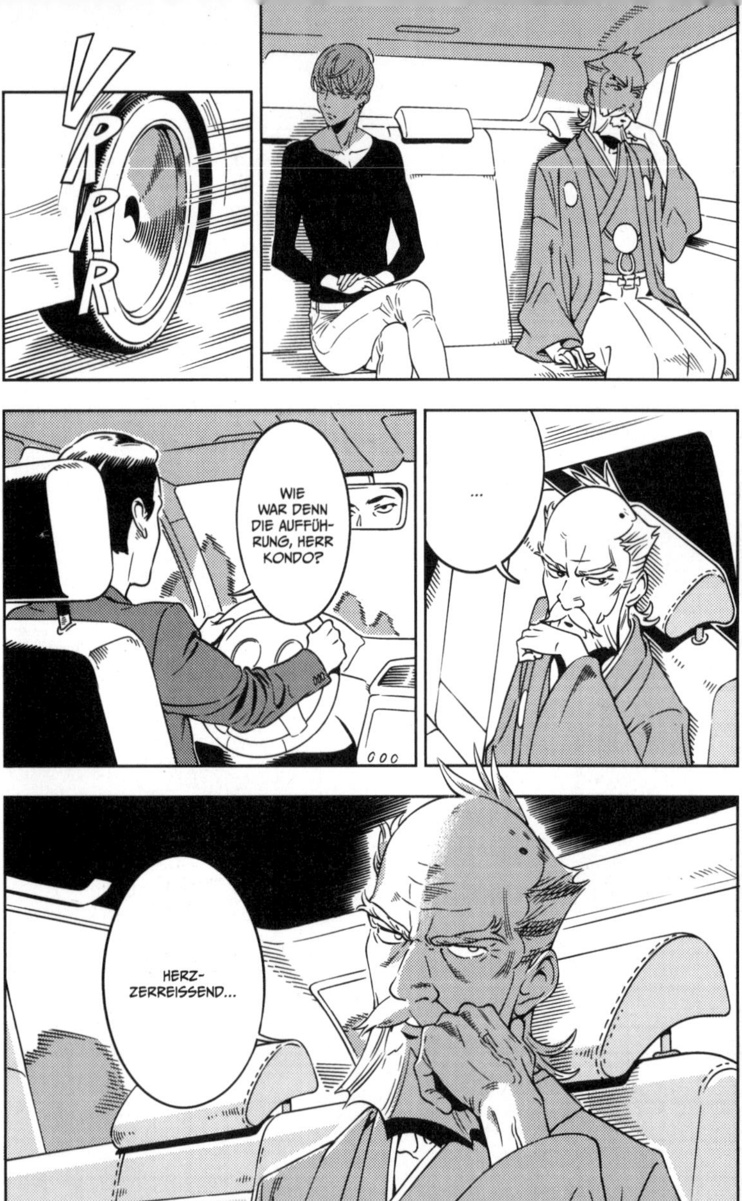
VRRRR
WIE WAR DENN DIE AUFFÜHRUNG, HERR KONDO?
...
HERZ-ZERREISSEND...

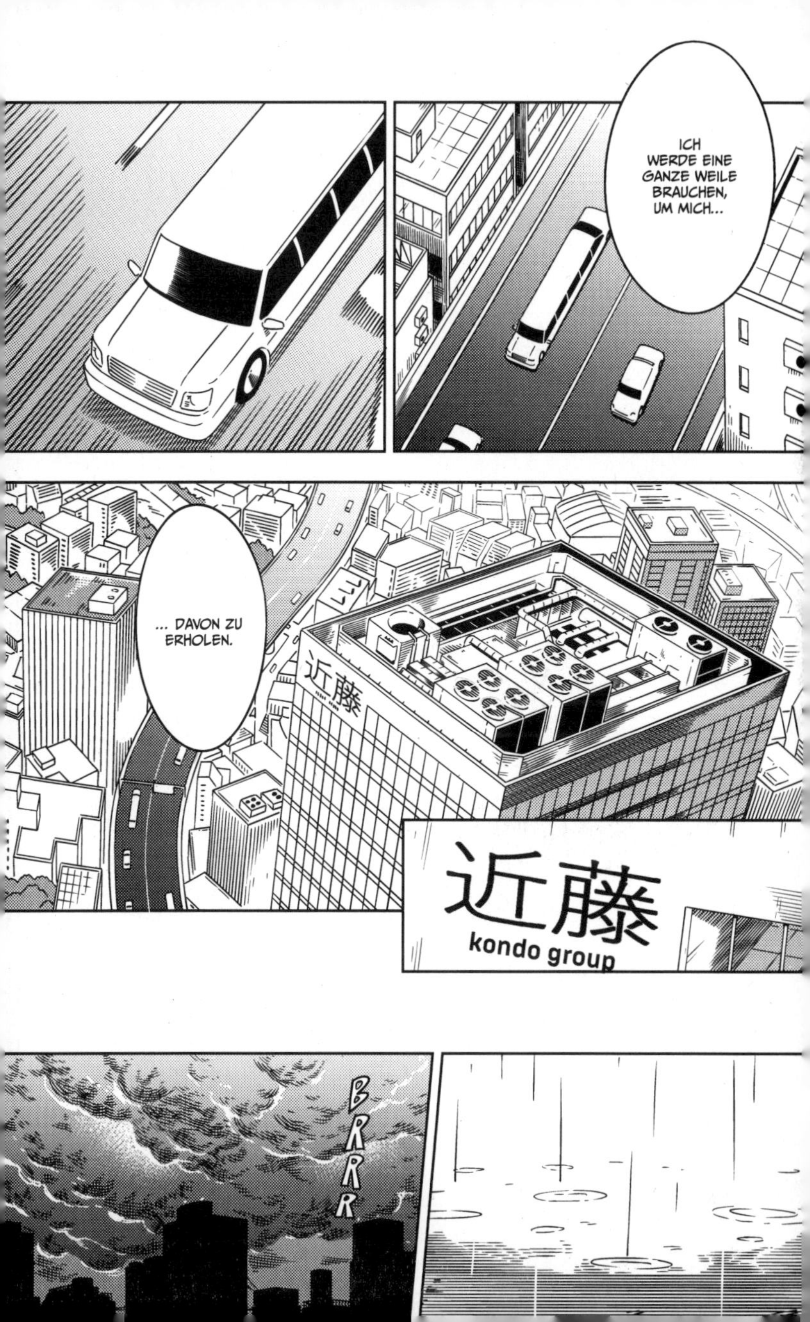
ICH WERDE EINE GANZE WEILE BRAUCHEN, UM MICH...
... DAVON ZU ERHOLEN.
近藤
kondo group
BRRR

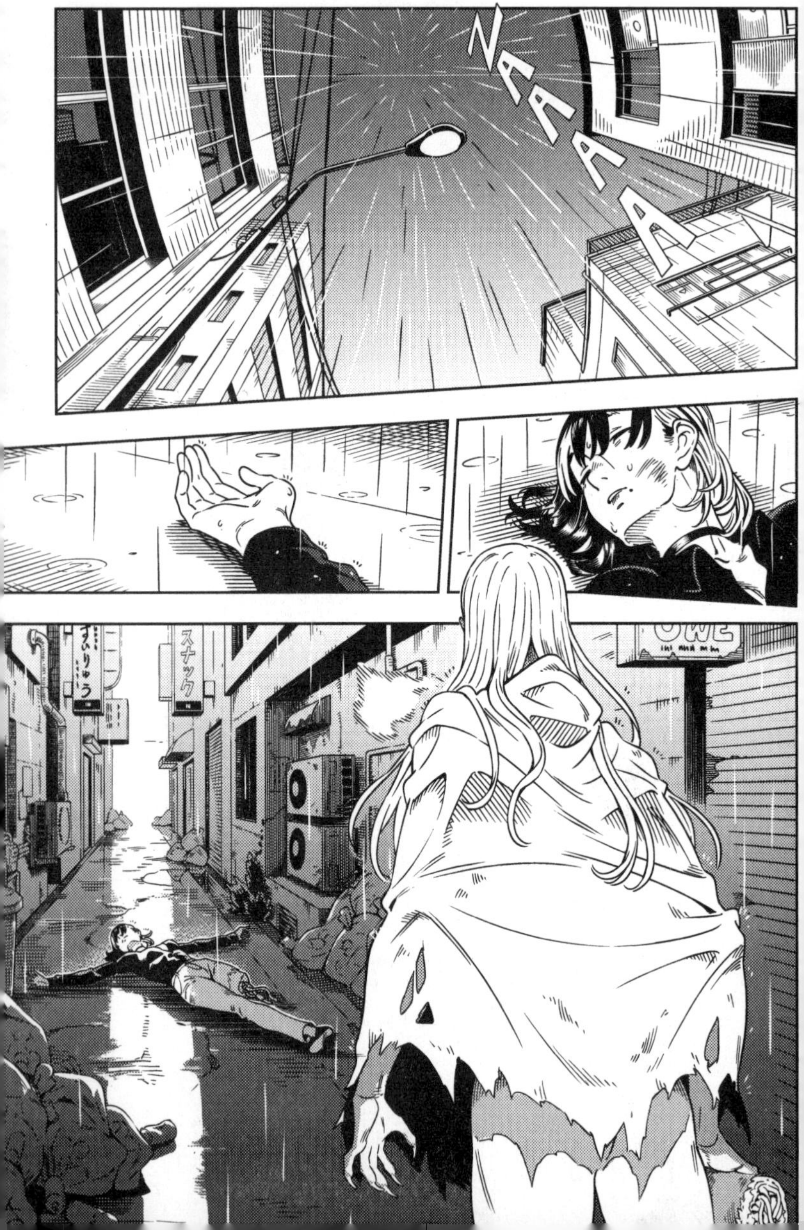
NAAAA
スナック

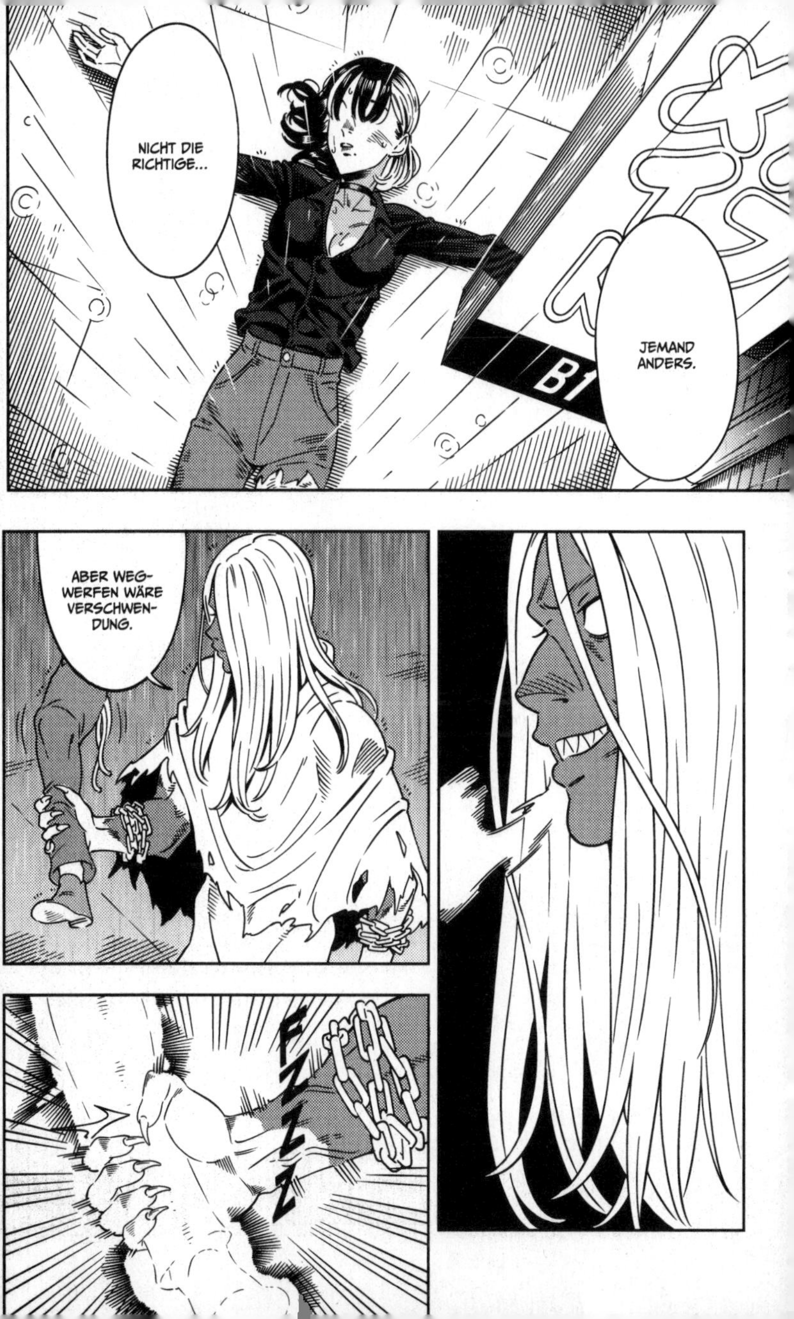
NICHT DIE RICHTIGE...
JEMAND ANDERS.
B1
ABER WEG-WERFEN WÄRE VERSCHWEN-DUNG.
FZZZ

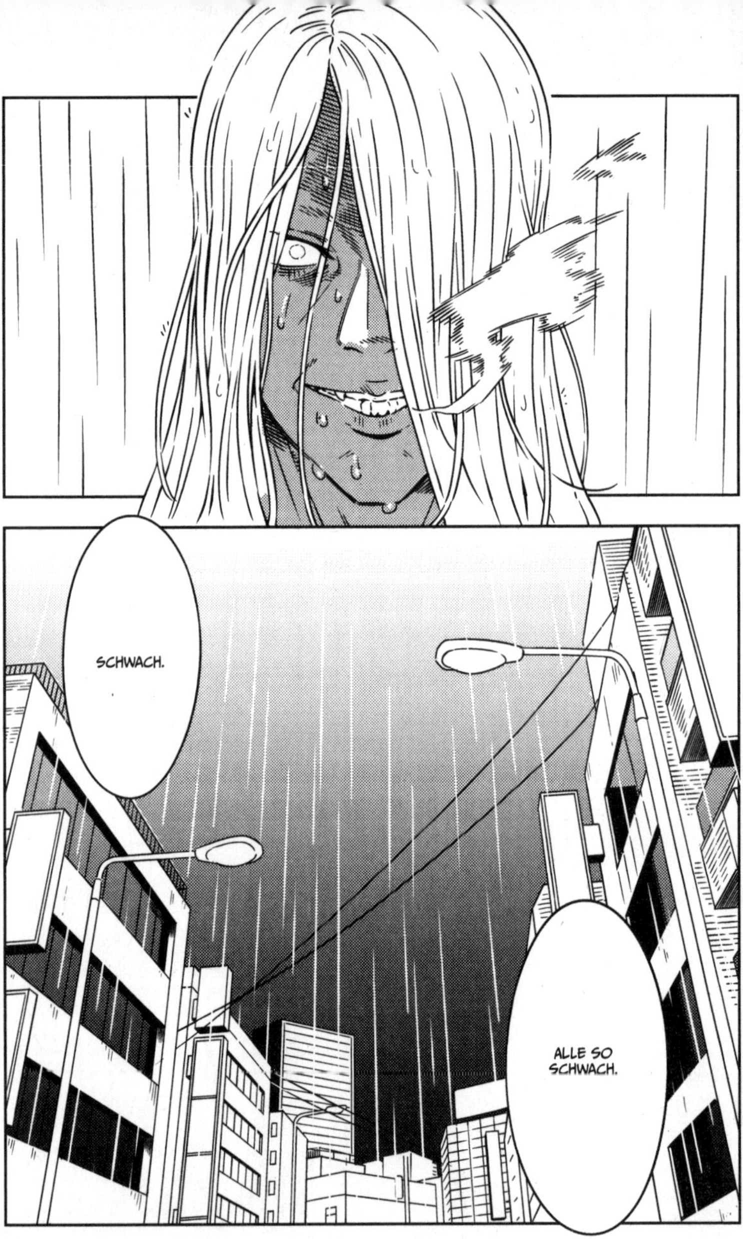
ALLE SO SCHWACH.
SCHWACH.

Kapitel 5: Phantomschmerz

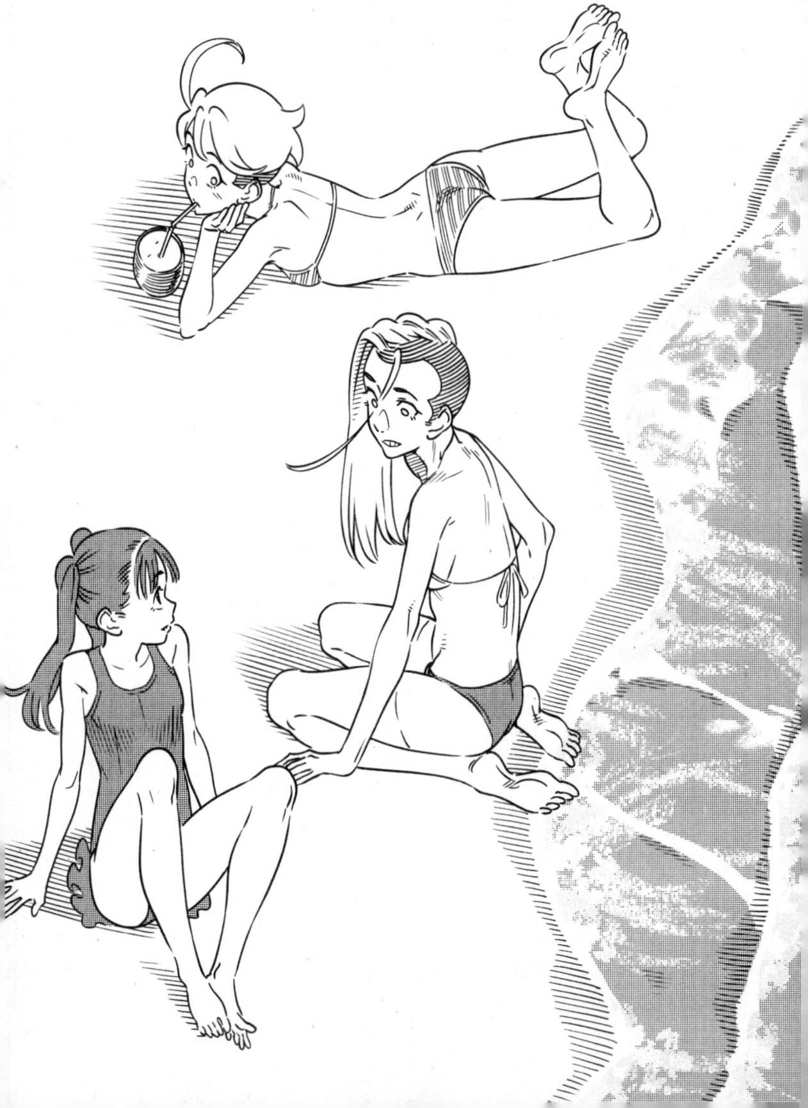

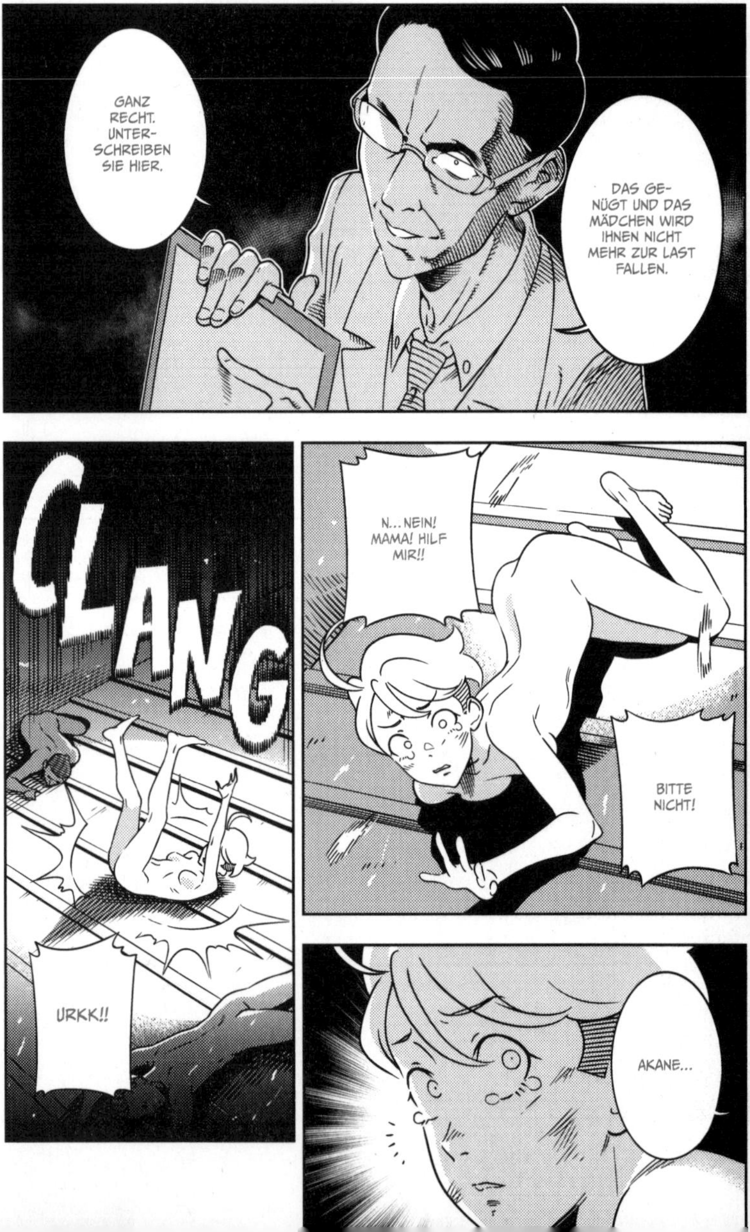
GANZ RECHT. UNTER-SCHREIBEN SIE HIER.
DAS GE-NÜGT UND DAS MÄDCHEN WIRD IHNEN NICHT MEHR ZUR LAST FALLEN.
N... NEIN! MAMA! HILF MIR!!
BITTE NICHT!
CLANG
URKK!!
AKANE...

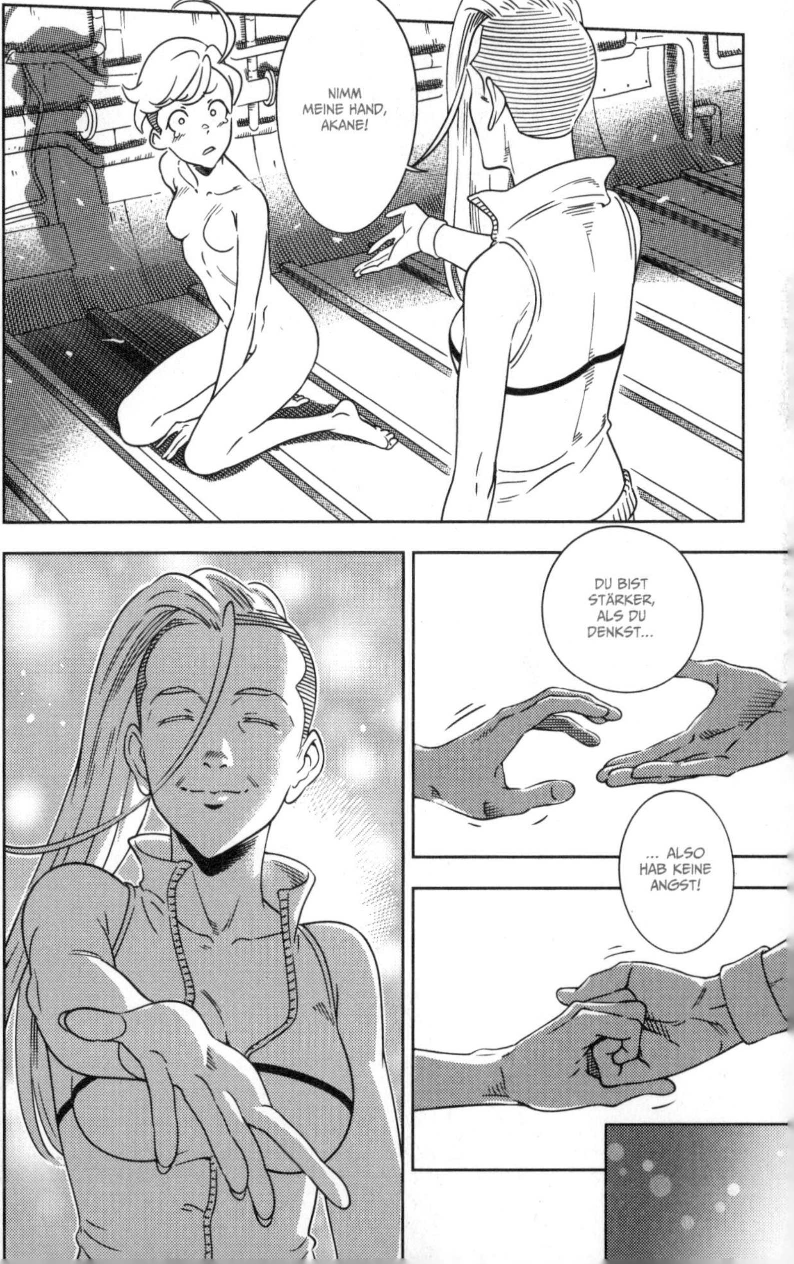
NIMM MEINE HAND, AKANE!
DU BIST STÄRKER, ALS DU DENKST...
... ALSO HAB KEINE ANGST!

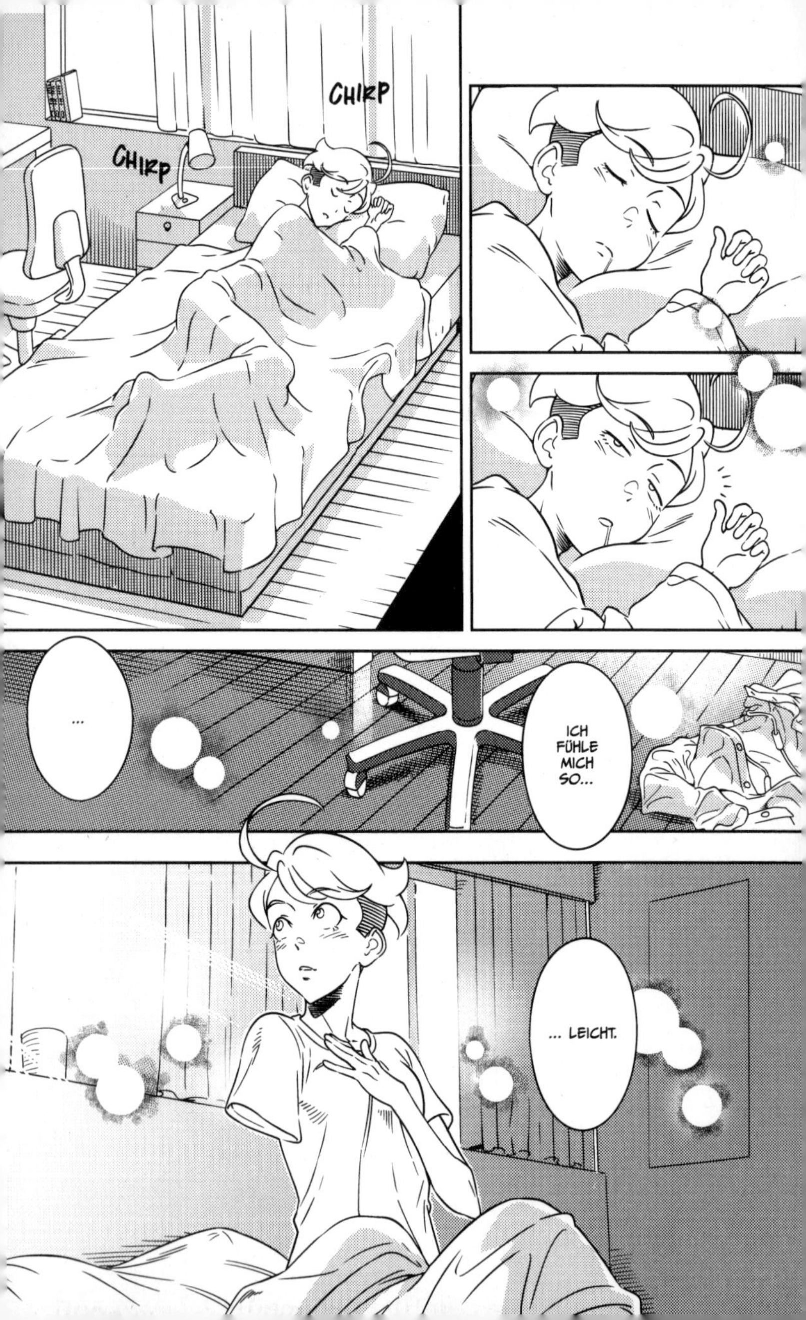
CHIRP
CHIRP
...
ICH FÜHLE MICH SO...
... LEICHT.

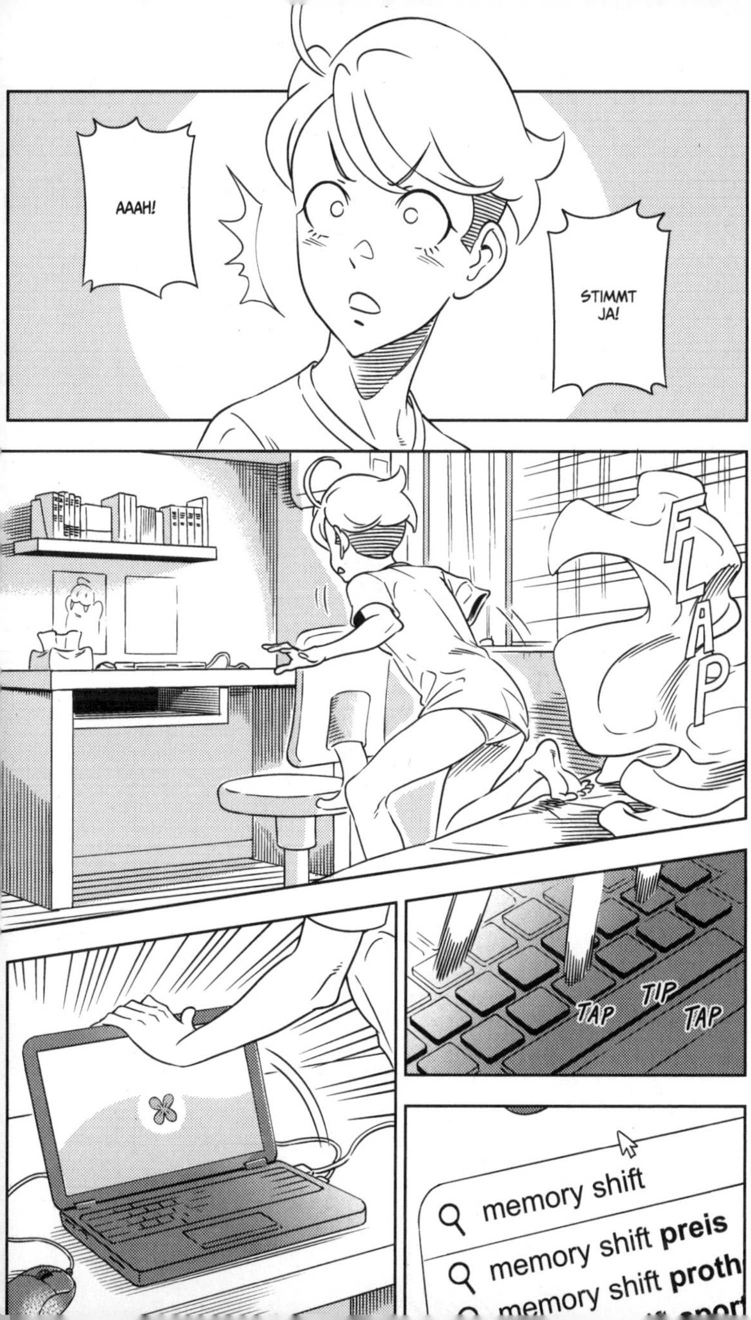
AAAH!
STIMMT JA!
FLAP
TAP
TIP
TAP
memory shift
memory shift preis
memory shift proth

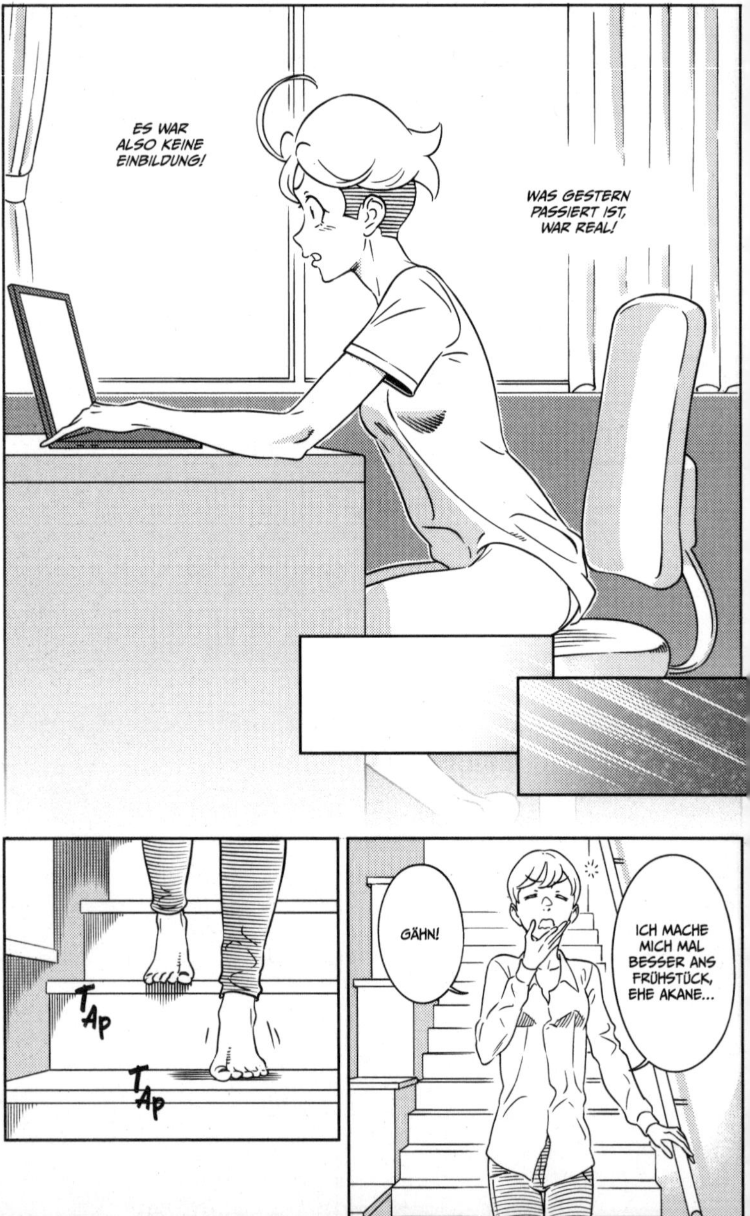
WAS GESTERN PASSIERT IST, WAR REAL!
ES WAR ALSO KEINE EINBILDUNG!
ICH MACHE MICH MAL BESSER ANS FRÜHSTÜCK, EHE AKANE...
GÄHN!
TAP
TAP

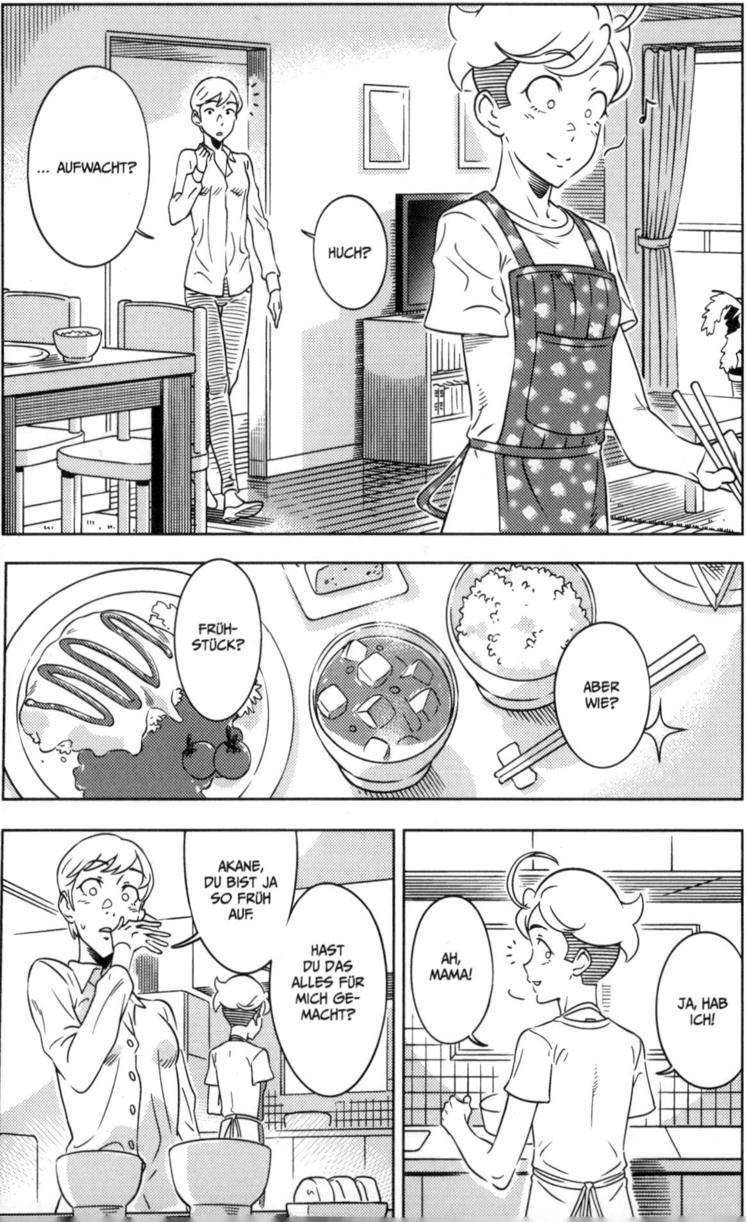
... AUFWACHT?
HUCH?
FRÜH-
STÜCK?
ABER
WIE?
AKANE,
DU BIST JA
SO FRÜH
AUF.
HAST
DU DAS
ALLES FÜR
MICH GE-
MACHT?
AH,
MAMA!
JA, HAB
ICH!

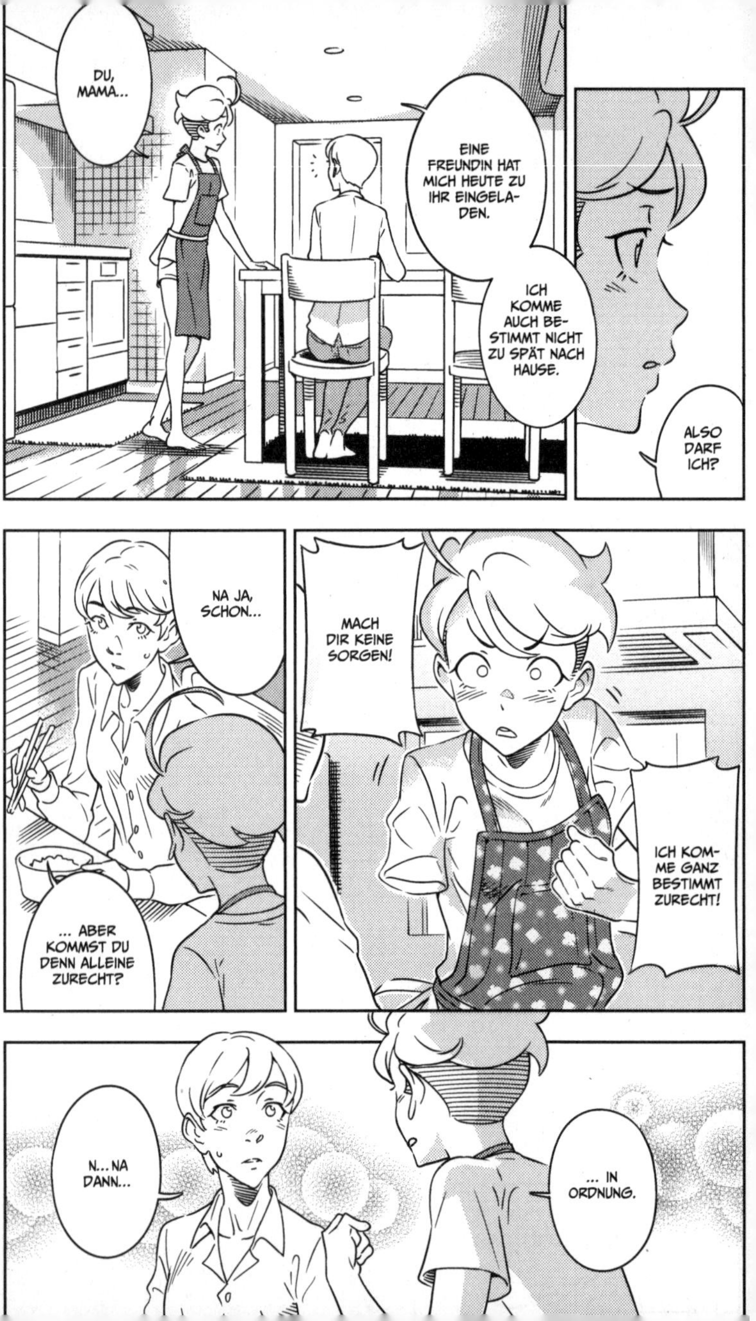

DU, MAMA...
EINE FREUNDIN HAT MICH HEUTE ZU IHR EINGELA-DEN.
ICH KOMME AUCH BE-STIMMT NICHT ZU SPÄT NACH HAUSE.
ALSO DARF ICH?
NA JA, SCHON...
... ABER KOMMST DU DENN ALLEINE ZURECHT?
MACH DIR KEINE SORGEN!
ICH KOM-ME GANZ BESTIMMT ZURECHT!
... IN ORDNUNG.
N... NA DANN...

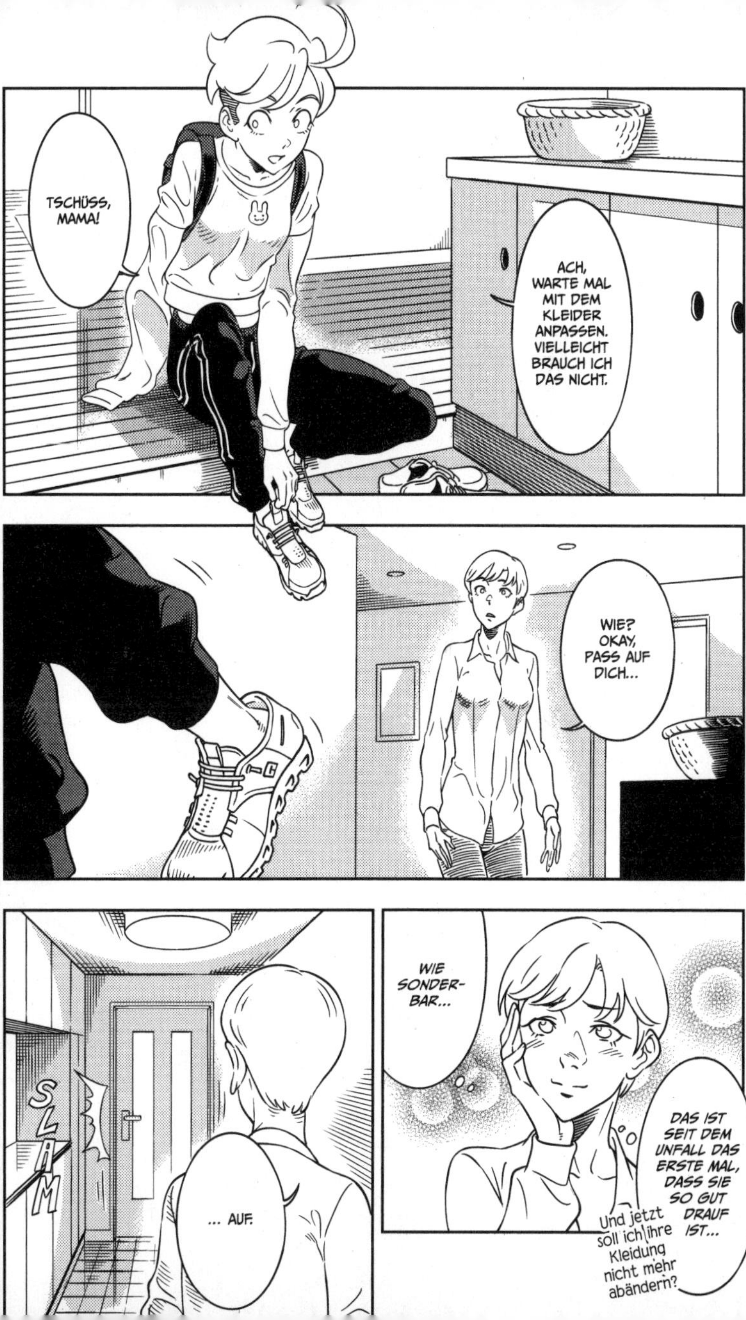
ACH, WARTE MAL MIT DEM KLEIDER ANPASSEN. VIELLEICHT BRAUCH ICH DAS NICHT.
TSCHÜSS, MAMA!
WIE? OKAY, PASS AUF DICH...
... AUF.
SLAM
WIE SONDER-BAR...
DAS IST SEIT DEM UNFALL DAS ERSTE MAL, DASS SIE SO GUT DRAUF IST...
Und jetzt soll ich ihre Kleidung nicht mehr abändern?

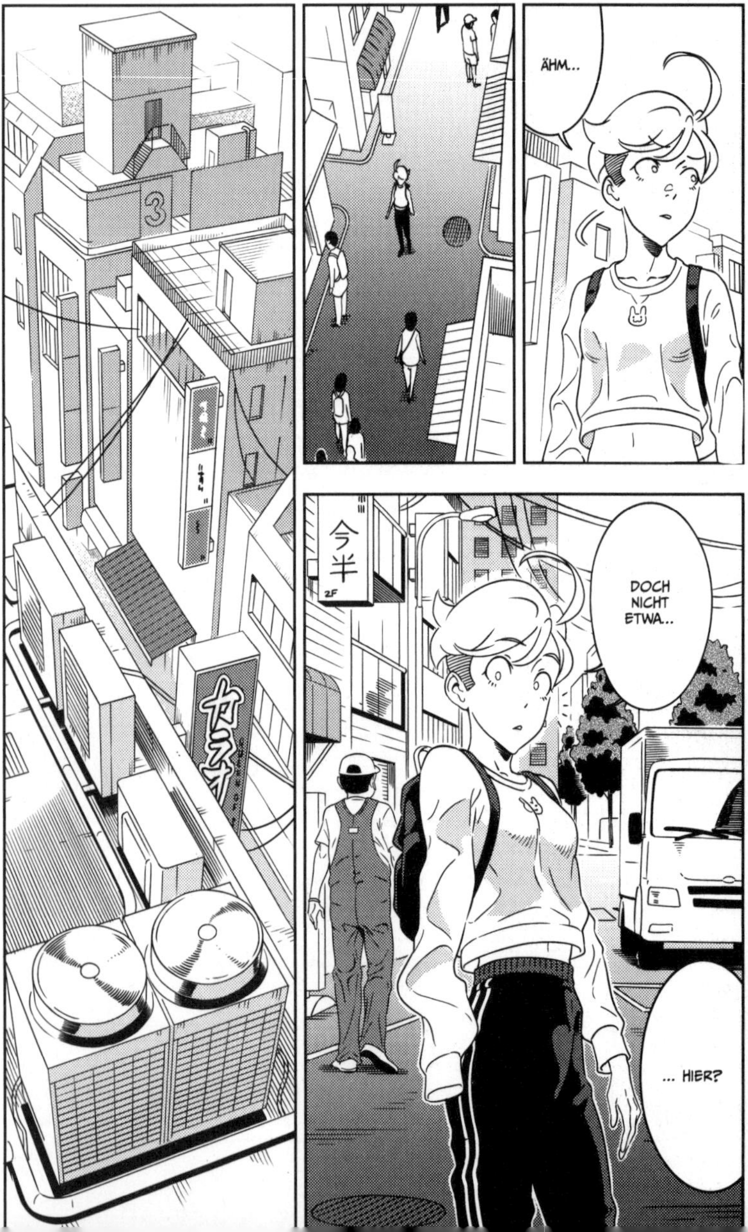
ÄHM...
今半
2F
DOCH NICHT ETWA...
... HIER?

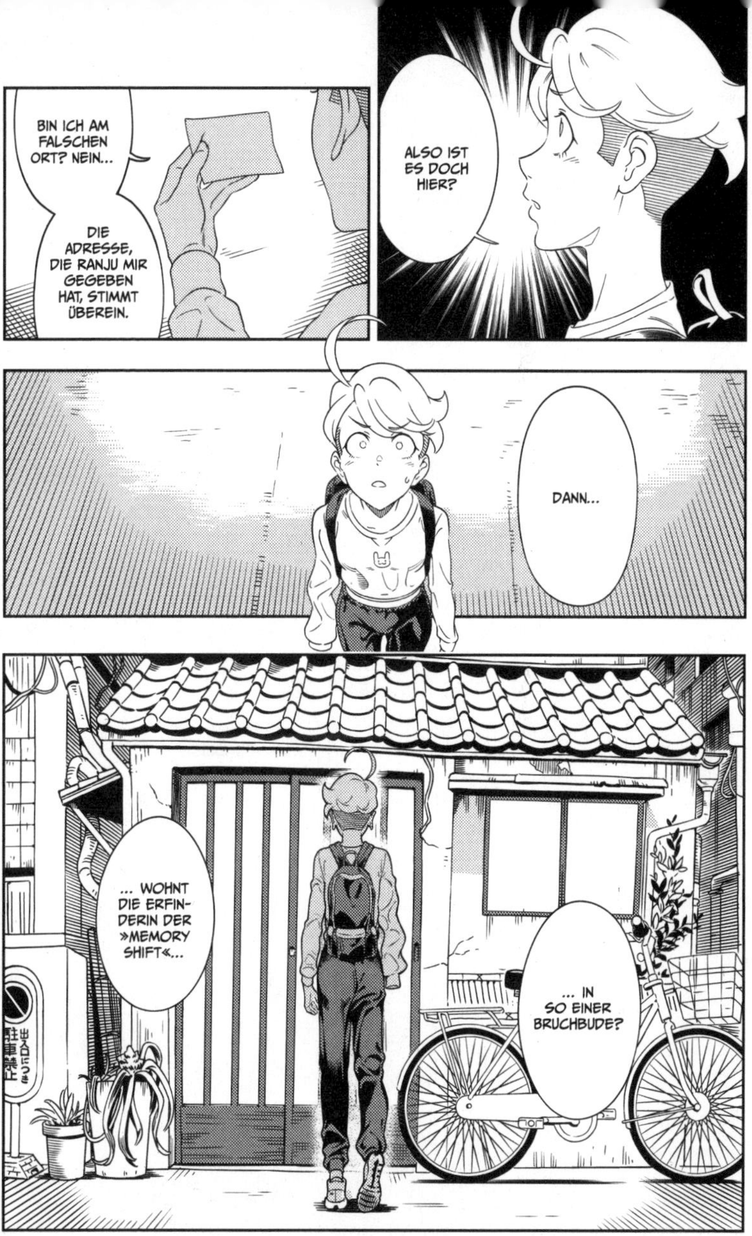
ALSO IST ES DOCH HIER?
BIN ICH AM FALSCHEN ORT? NEIN...
DIE ADRESSE, DIE RANJU MIR GEGEBEN HAT, STIMMT ÜBEREIN.
DANN...
... IN SO EINER BRUCHBUDE?
... WOHNT DIE ERFINDERIN DER »MEMORY SHIFT«...
出入口につき
駐車禁止

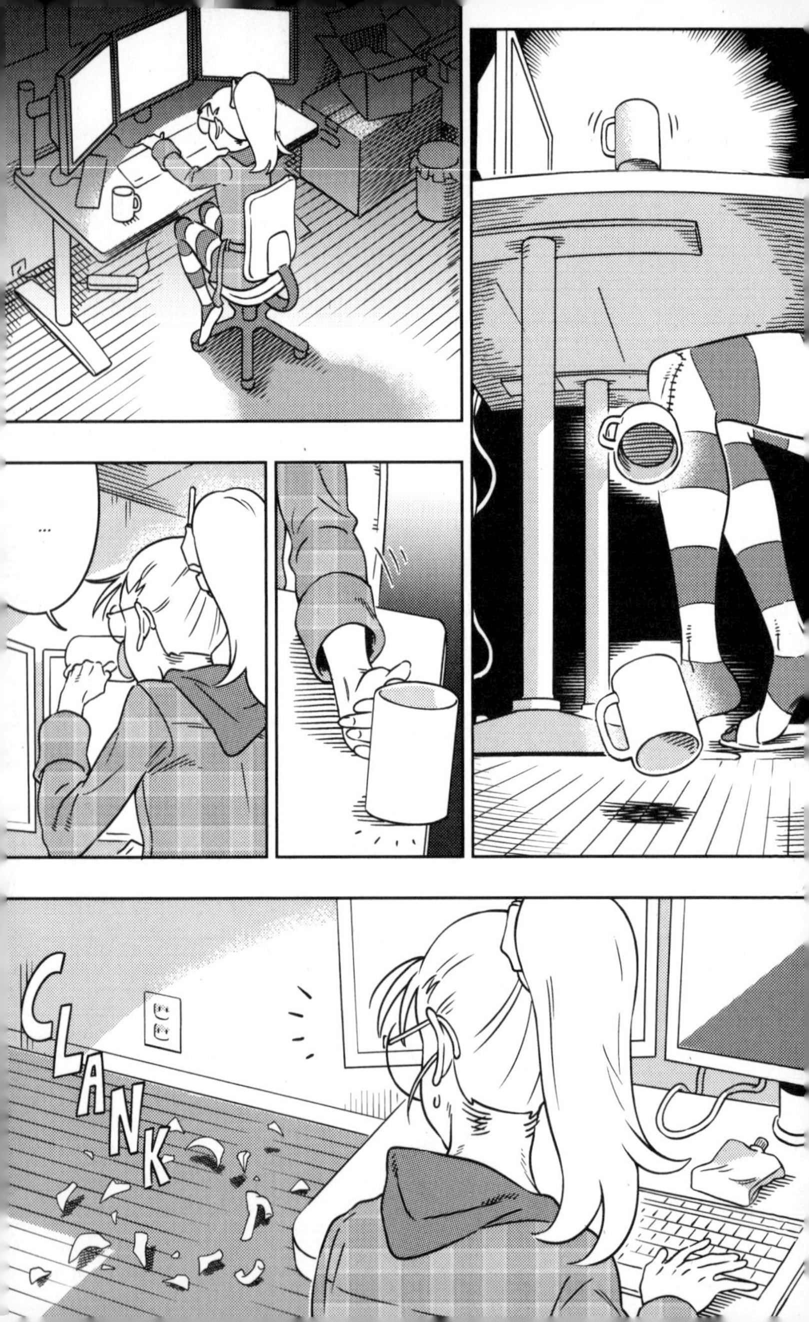
...
CLANK

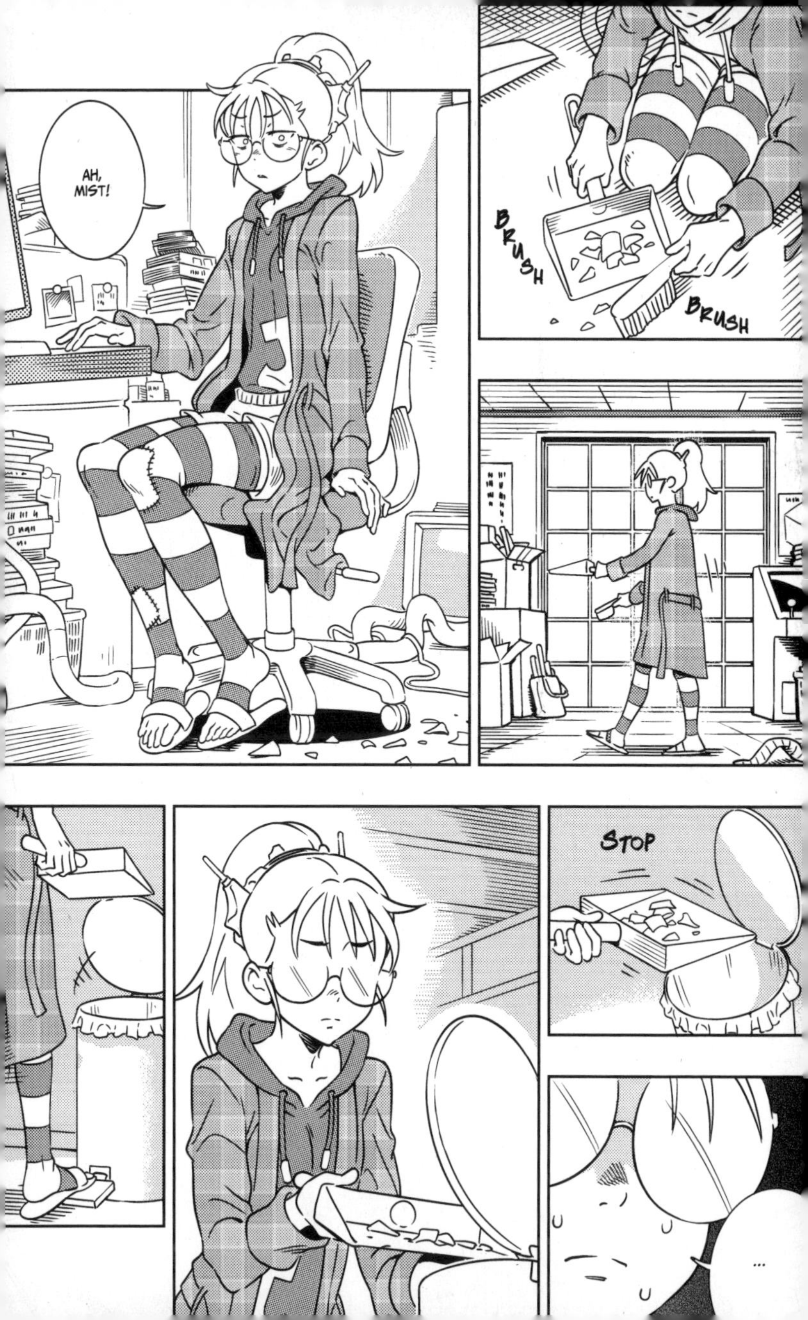
AH,
MIST!
BRUSH
BRUSH
STOP
...

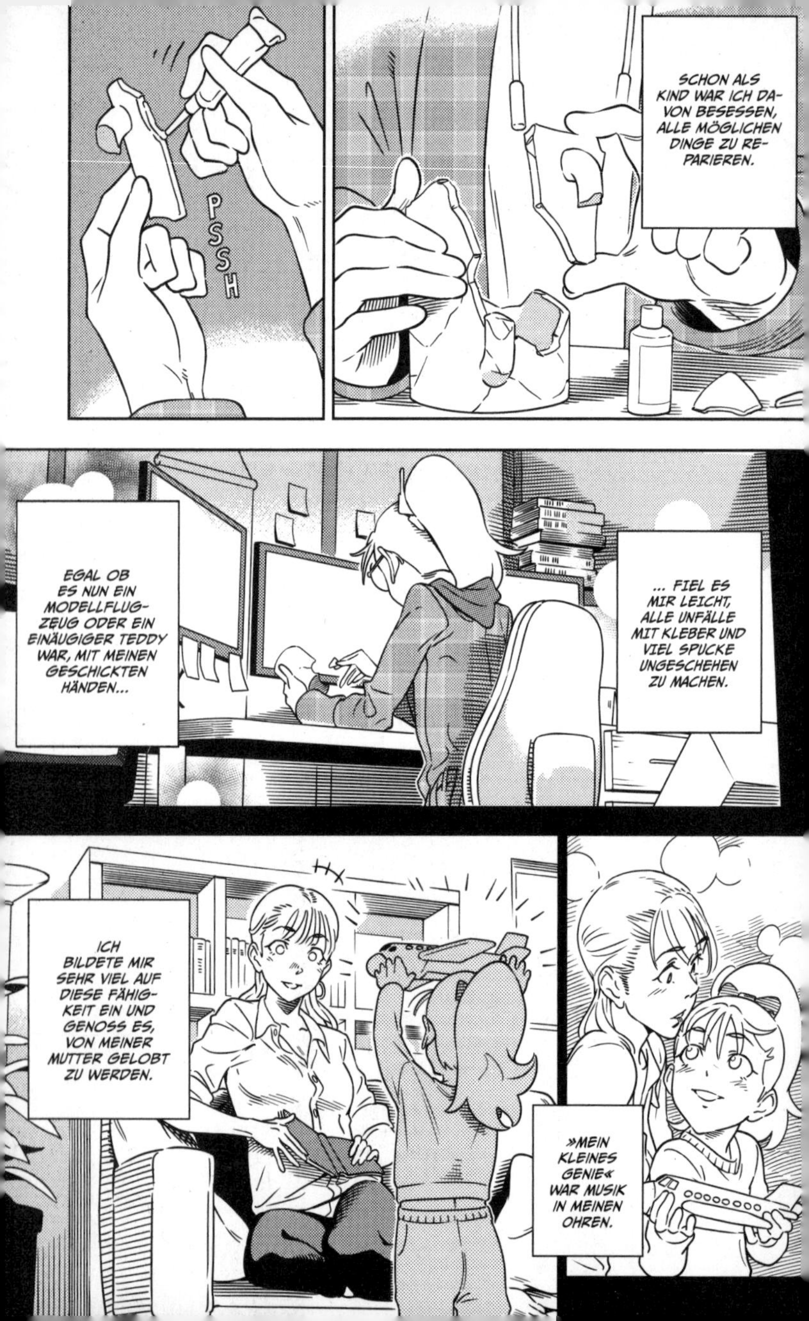
PSSH
SCHON ALS KIND WAR ICH DAVON BESESSEN, ALLE MÖGLICHEN DINGE ZU REPARIEREN.
EGAL OB ES NUN EIN MODELLFLUGZEUG ODER EIN EINÄUGIGER TEDDY WAR, MIT MEINEN GESCHICKTEN HÄNDEN...
... FIEL ES MIR LEICHT, ALLE UNFÄLLE MIT KLEBER UND VIEL SPUCKE UNGESCHEHEN ZU MACHEN.
ICH BILDETE MIR SEHR VIEL AUF DIESE FÄHIGKEIT EIN UND GENOSS ES, VON MEINER MUTTER GELOBT ZU WERDEN.
»MEIN KLEINES GENIE« WAR MUSIK IN MEINEN OHREN.

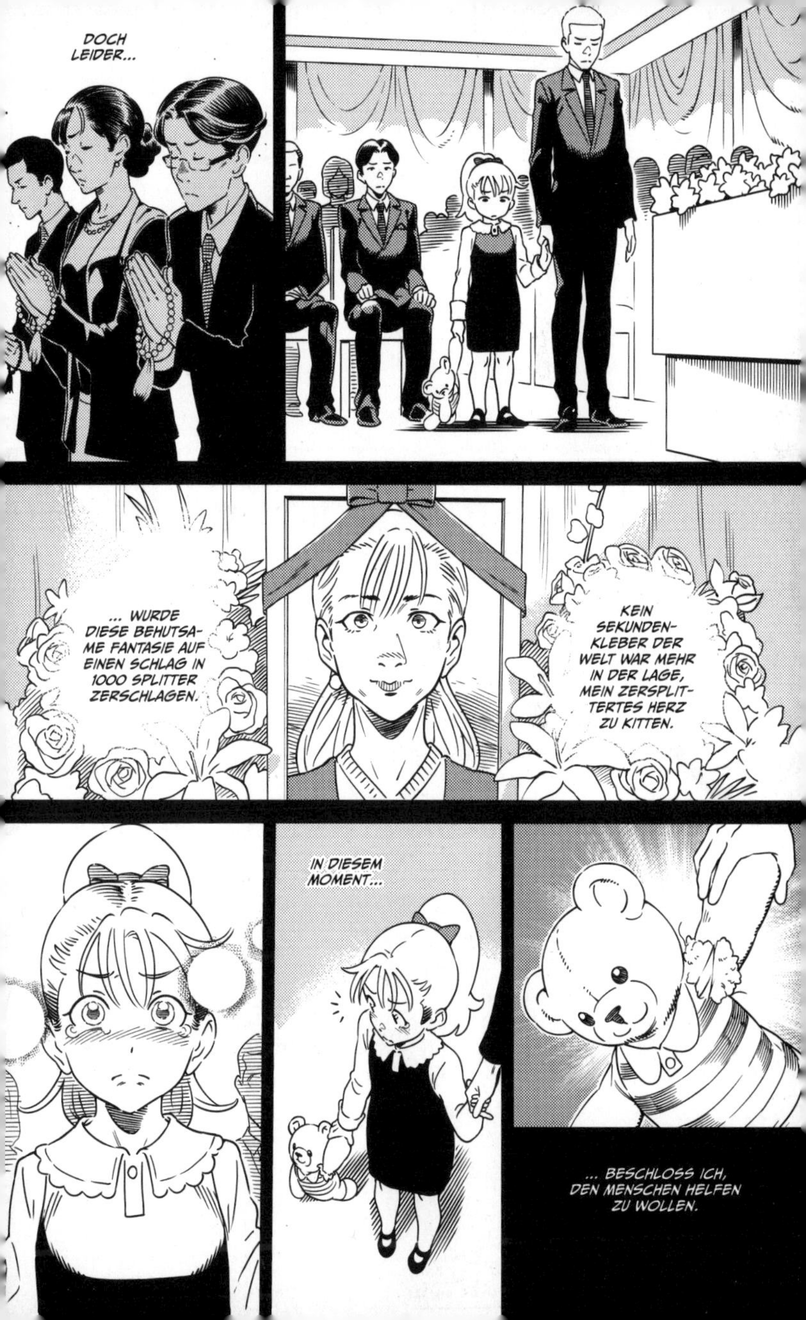
DOCH LEIDER...
... WURDE DIESE BEHUTSAME FANTASIE AUF EINEN SCHLAG IN 1000 SPLITTER ZERSCHLAGEN.
KEIN SEKUNDENKLEBER DER WELT WAR MEHR IN DER LAGE, MEIN ZERSPLITTERTES HERZ ZU KITTEN.
IN DIESEM MOMENT...
... BESCHLOSS ICH, DEN MENSCHEN HELFEN ZU WOLLEN.

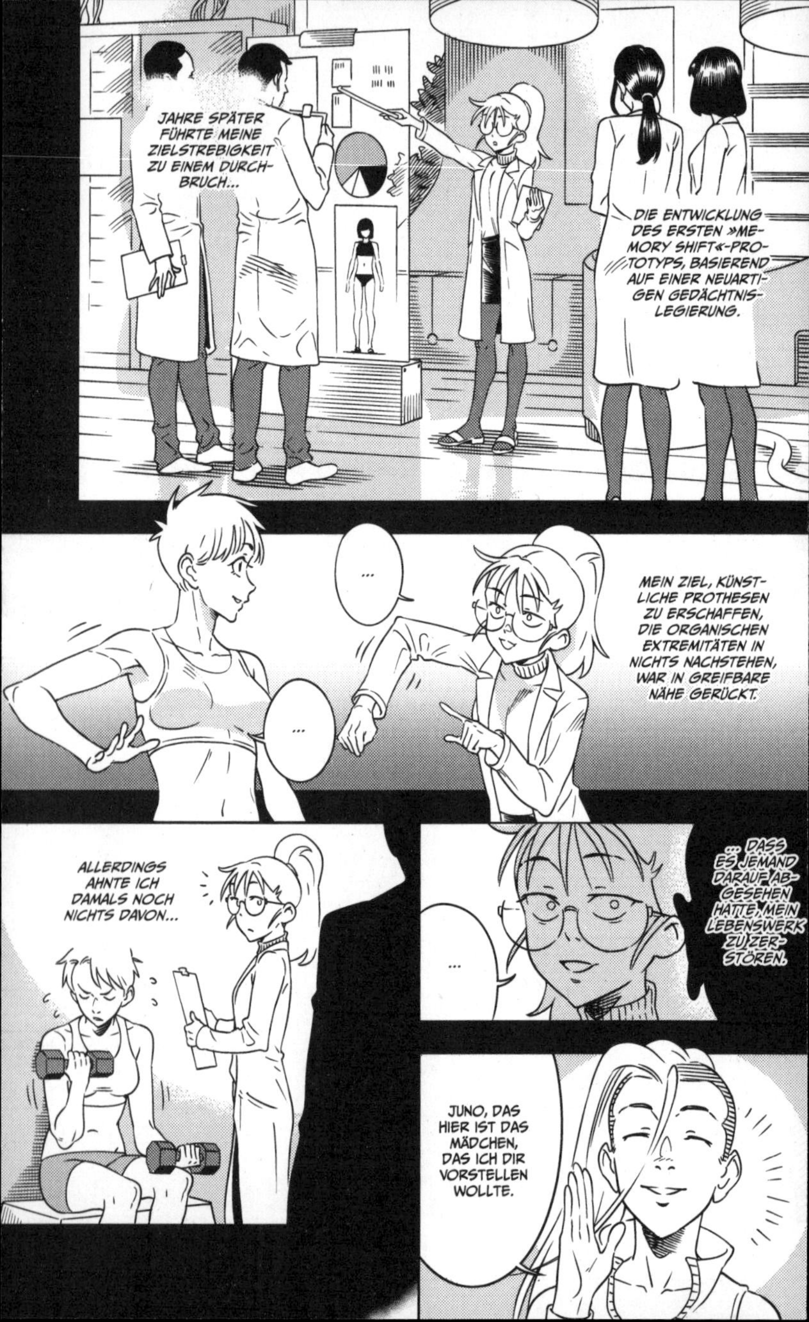

JAHRE SPÄTER FÜHRTE MEINE ZIELSTREBIGKEIT ZU EINEM DURCH-BRUCH...
DIE ENTWICKLUNG DES ERSTEN »MEMORY SHIFT«-PROTOTYPS, BASIEREND AUF EINER NEUARTIGEN GEDÄCHTNIS-LEGIERUNG.
...
MEIN ZIEL, KÜNSTLICHE PROTHESEN ZU ERSCHAFFEN, DIE ORGANISCHEN EXTREMITÄTEN IN NICHTS NACHSTEHEN, WAR IN GREIFBARE NÄHE GERÜCKT.
...
ALLERDINGS AHNTE ICH DAMALS NOCH NICHTS DAVON...
... DASS ES JEMAND DARAUF ABGESEHEN HATTE, MEIN LEBENSWERK ZU ZERSTÖREN.
...
JUNO, DAS HIER IST DAS MÄDCHEN, DAS ICH DIR VORSTELLEN WOLLTE.

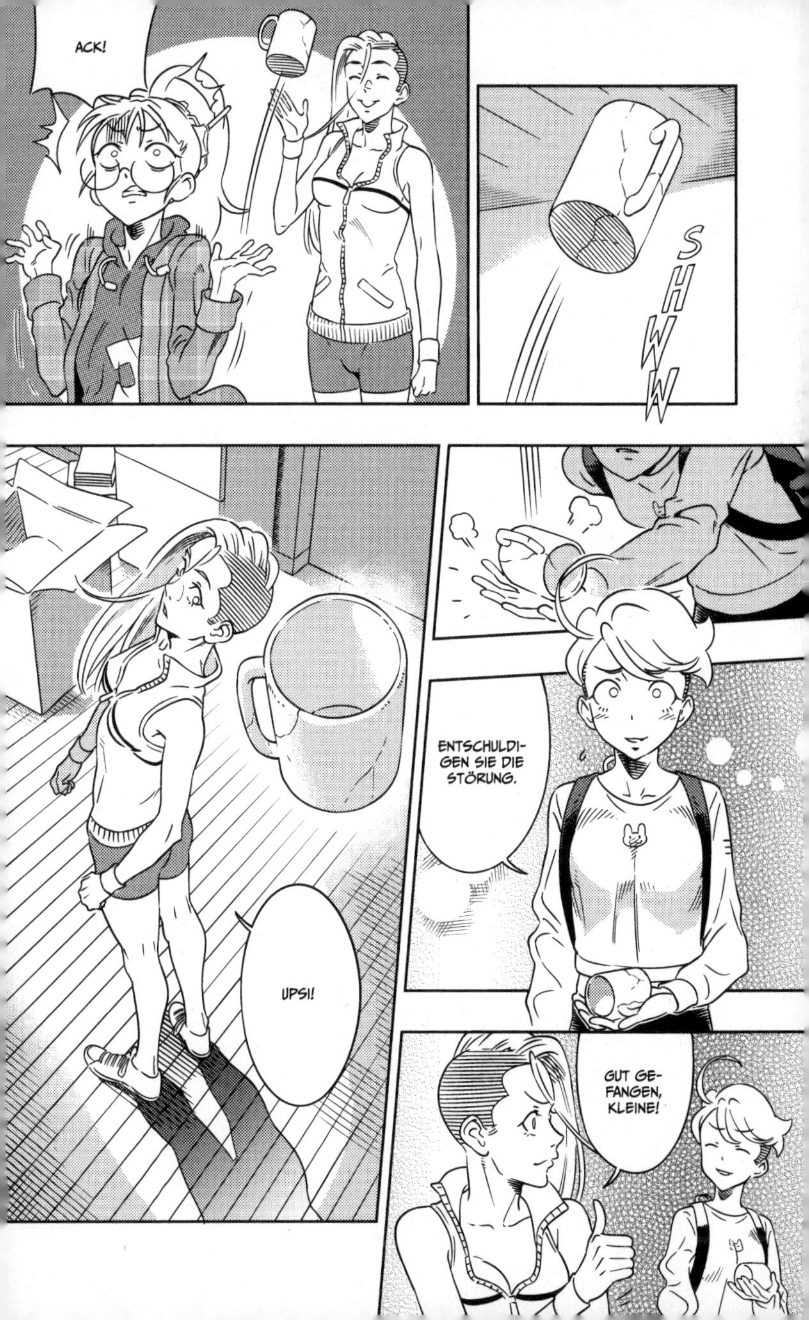
ACK!
SHWWW
ENTSCHULDI-
GEN SIE DIE
STÖRUNG.
UPSI!
GUT GE-
FANGEN,
KLEINE!

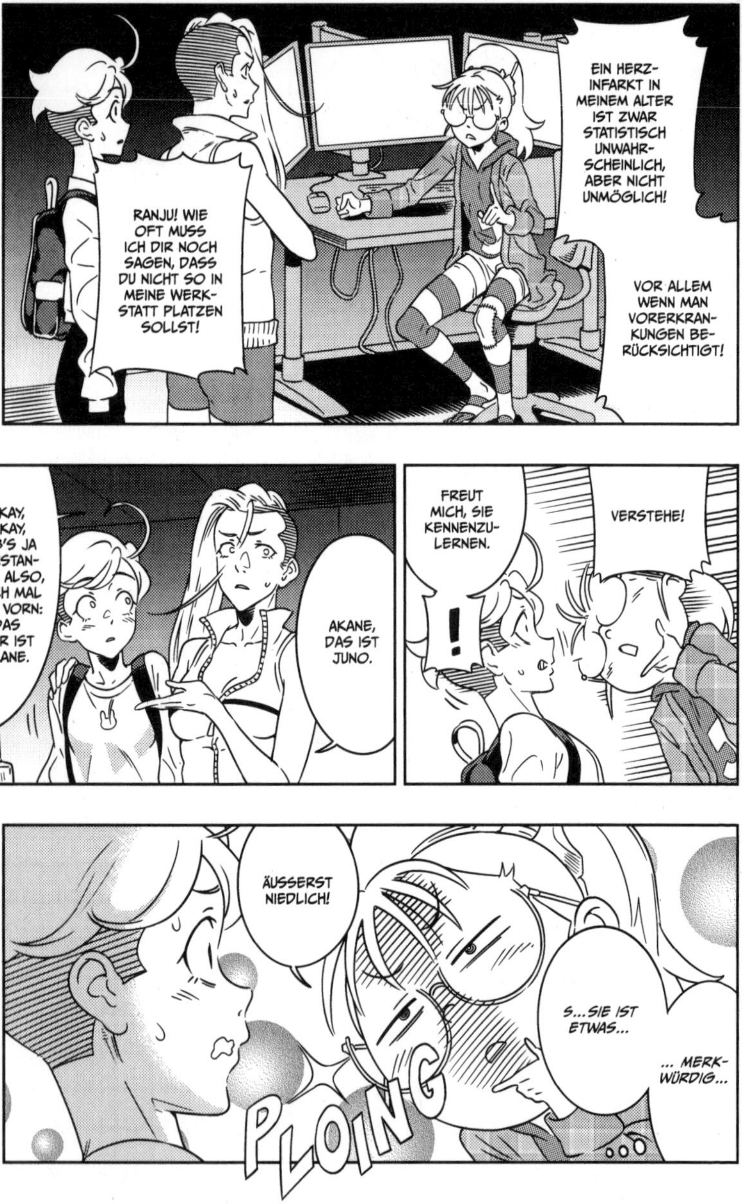
RANJU! WIE OFT MUSS ICH DIR NOCH SAGEN, DASS DU NICHT SO IN MEINE WERKSTATT PLATZEN SOLLST!
EIN HERZINFARKT IN MEINEM ALTER IST ZWAR STATISTISCH UNWAHRSCHEINLICH, ABER NICHT UNMÖGLICH!
VOR ALLEM WENN MAN VORERKRANKUNGEN BERÜCKSICHTIGT!
OKAY, OKAY, HAB'S JA VERSTANDEN. ALSO, NOCH MAL VON VORN: DAS HIER IST AKANE.
AKANE, DAS IST JUNO.
FREUT MICH, SIE KENNENZULERNEN.
!
VERSTEHE!
ÄUSSERST NIEDLICH!
S...SIE IST ETWAS...
... MERKWÜRDIG...
PLOING
...

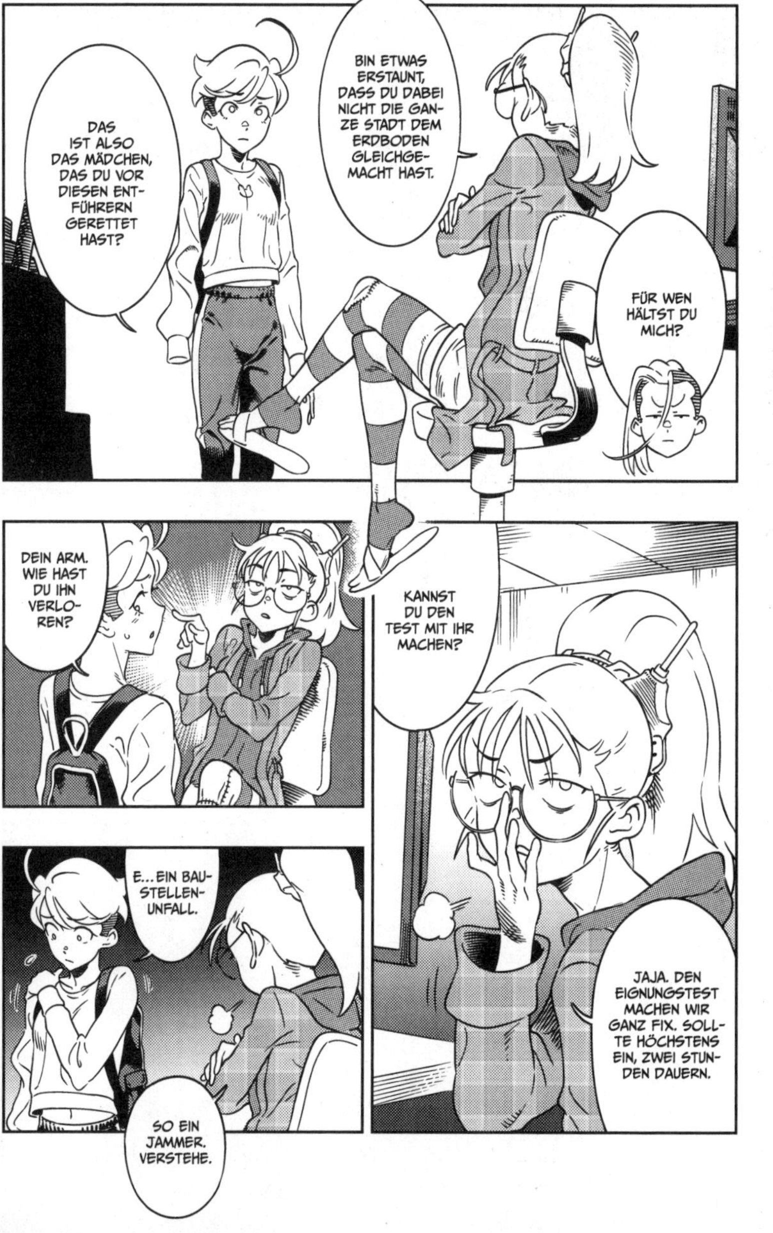
DAS IST ALSO DAS MÄDCHEN, DAS DU VOR DIESEN ENTFÜHRERN GERETTET HAST?
BIN ETWAS ERSTAUNT, DASS DU DABEI NICHT DIE GANZE STADT DEM ERDBODEN GLEICHGEMACHT HAST.
FÜR WEN HÄLTST DU MICH?
DEIN ARM. WIE HAST DU IHN VERLOREN?
E... EIN BAUSTELLENUNFALL.
SO EIN JAMMER. VERSTEHE.
KANNST DU DEN TEST MIT IHR MACHEN?
JAJA. DEN EIGNUNGSTEST MACHEN WIR GANZ FIX. SOLLTE HÖCHSTENS EIN, ZWEI STUNDEN DAUERN.

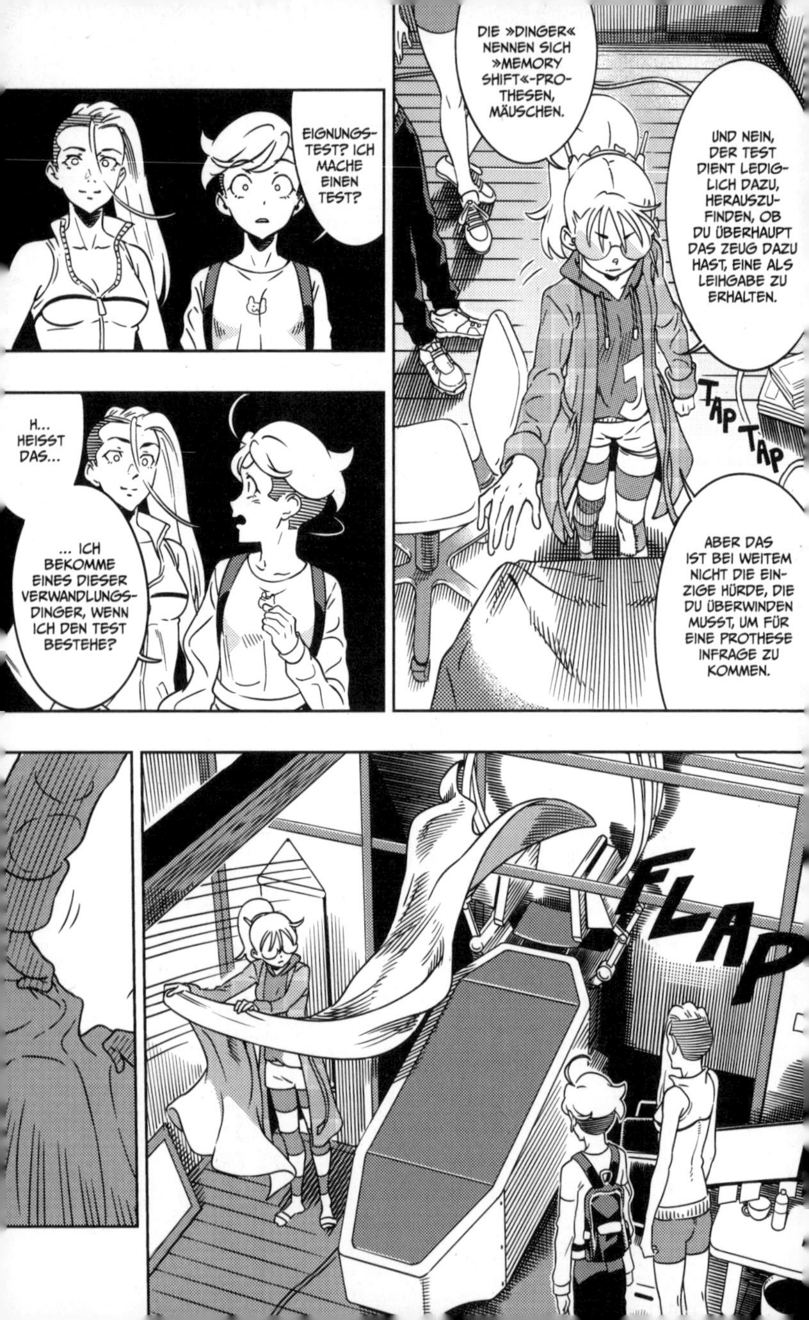
EIGNUNGS-TEST? ICH MACHE EINEN TEST?
DIE »DINGER« NENNEN SICH »MEMORY SHIFT«-PROTHESEN, MÄUSCHEN.
UND NEIN, DER TEST DIENT LEDIGLICH DAZU, HERAUSZUFINDEN, OB DU ÜBERHAUPT DAS ZEUG DAZU HAST, EINE ALS LEIHGABE ZU ERHALTEN.
H... HEISST DAS...
... ICH BEKOMME EINES DIESER VERWANDLUNGS-DINGER, WENN ICH DEN TEST BESTEHE?
TAP TAP
ABER DAS IST BEI WEITEM NICHT DIE EINZIGE HÜRDE, DIE DU ÜBERWINDEN MUSST, UM FÜR EINE PROTHESE INFRAGE ZU KOMMEN.
FLAP

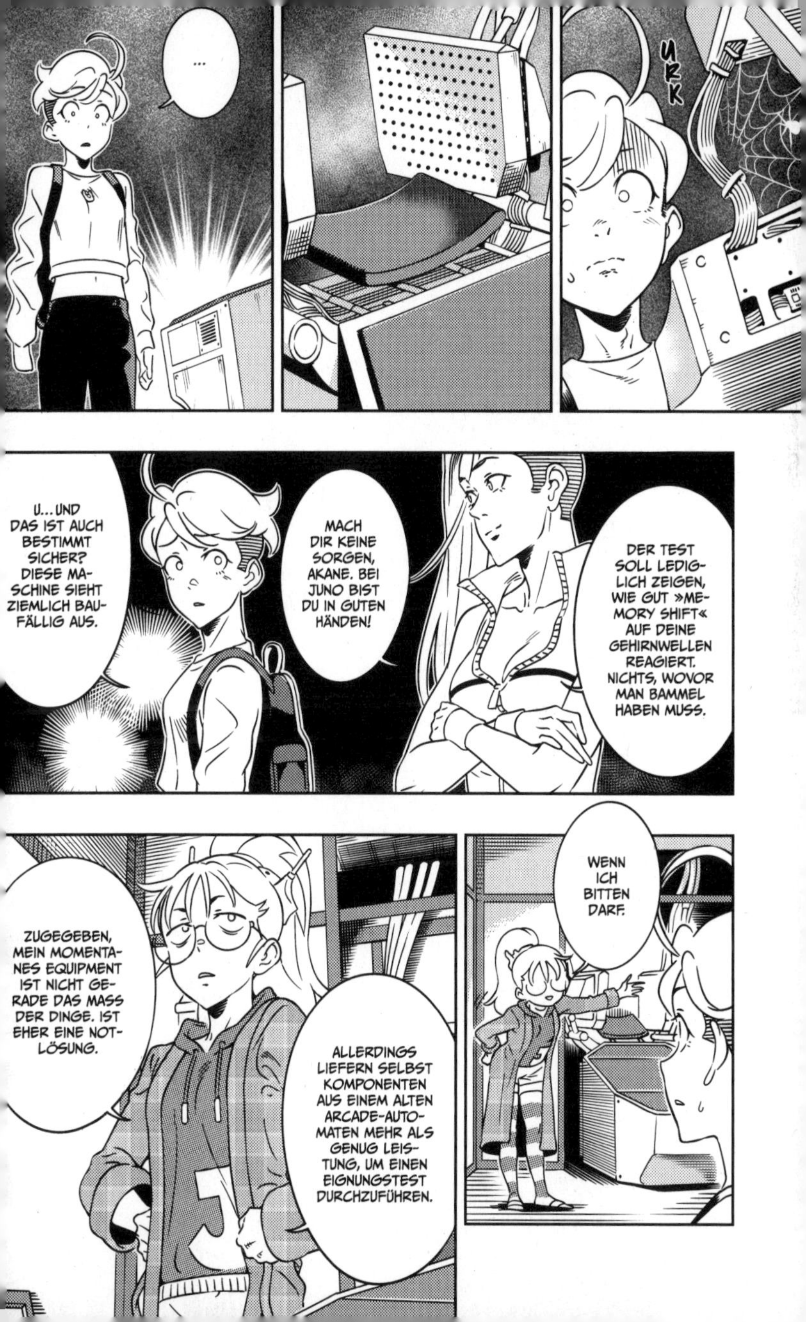
...
URK
U... UND DAS IST AUCH BESTIMMT SICHER? DIESE MASCHINE SIEHT ZIEMLICH BAUFÄLLIG AUS.
MACH DIR KEINE SORGEN, AKANE. BEI JUNO BIST DU IN GUTEN HÄNDEN!
DER TEST SOLL LEDIGLICH ZEIGEN, WIE GUT »MEMORY SHIFT« AUF DEINE GEHIRNWELLEN REAGIERT. NICHTS, WOVOR MAN BAMMEL HABEN MUSS.
ZUGEGEBEN, MEIN MOMENTANES EQUIPMENT IST NICHT GERADE DAS MASS DER DINGE. IST EHER EINE NOTLÖSUNG.
ALLERDINGS LIEFERN SELBST KOMPONENTEN AUS EINEM ALTEN ARCADE-AUTOMATEN MEHR ALS GENUG LEISTUNG, UM EINEN EIGNUNGSTEST DURCHZUFÜHREN.
WENN ICH BITTEN DARF.

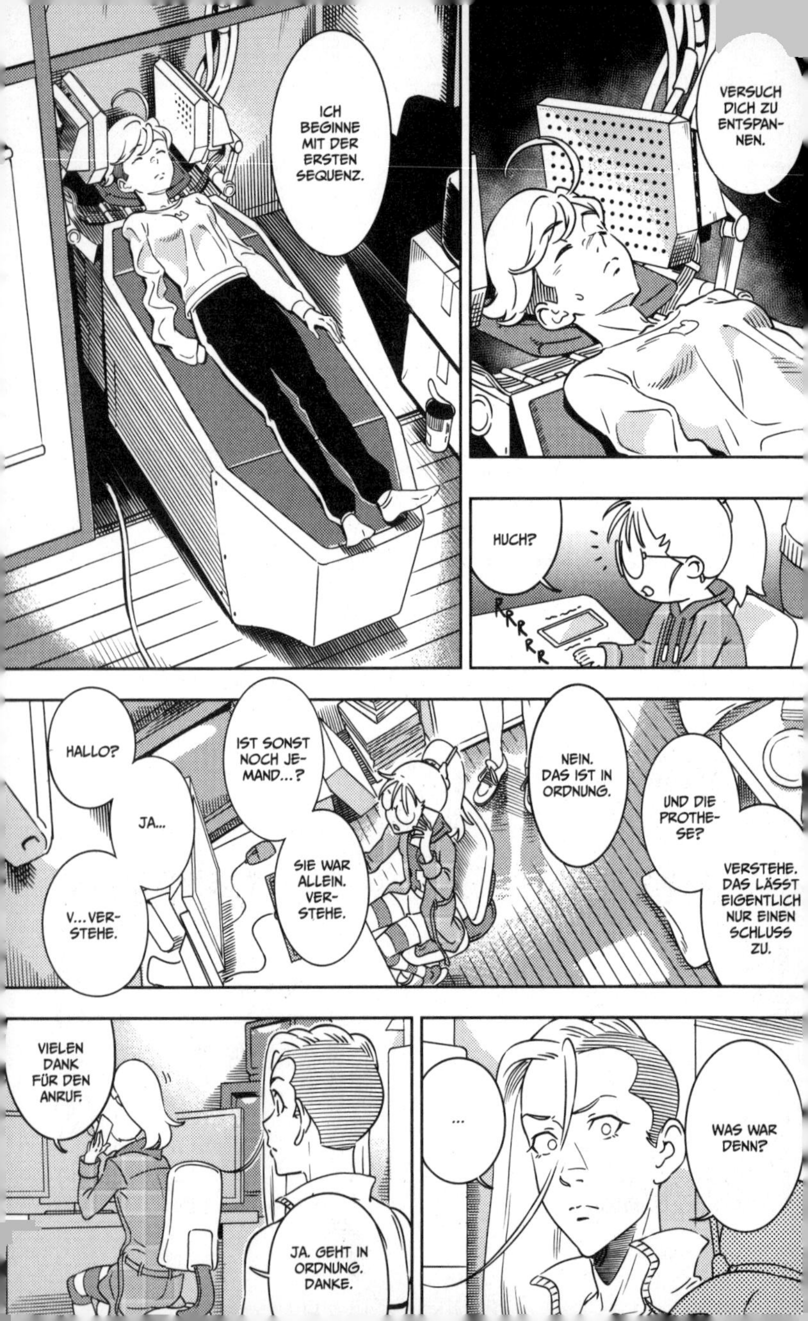
ICH BEGINNE MIT DER ERSTEN SEQUENZ.
VERSUCH DICH ZU ENTSPAN-NEN.
HUCH?
RRRRR
HALLO?
IST SONST NOCH JE-MAND...?
JA...
SIE WAR ALLEIN. VER-STEHE.
V...VER-STEHE.
NEIN. DAS IST IN ORDNUNG.
UND DIE PROTHE-SE?
VERSTEHE. DAS LÄSST EIGENTLICH NUR EINEN SCHLUSS ZU.
VIELEN DANK FÜR DEN ANRUF.
JA. GEHT IN ORDNUNG. DANKE.
...
WAS WAR DENN?

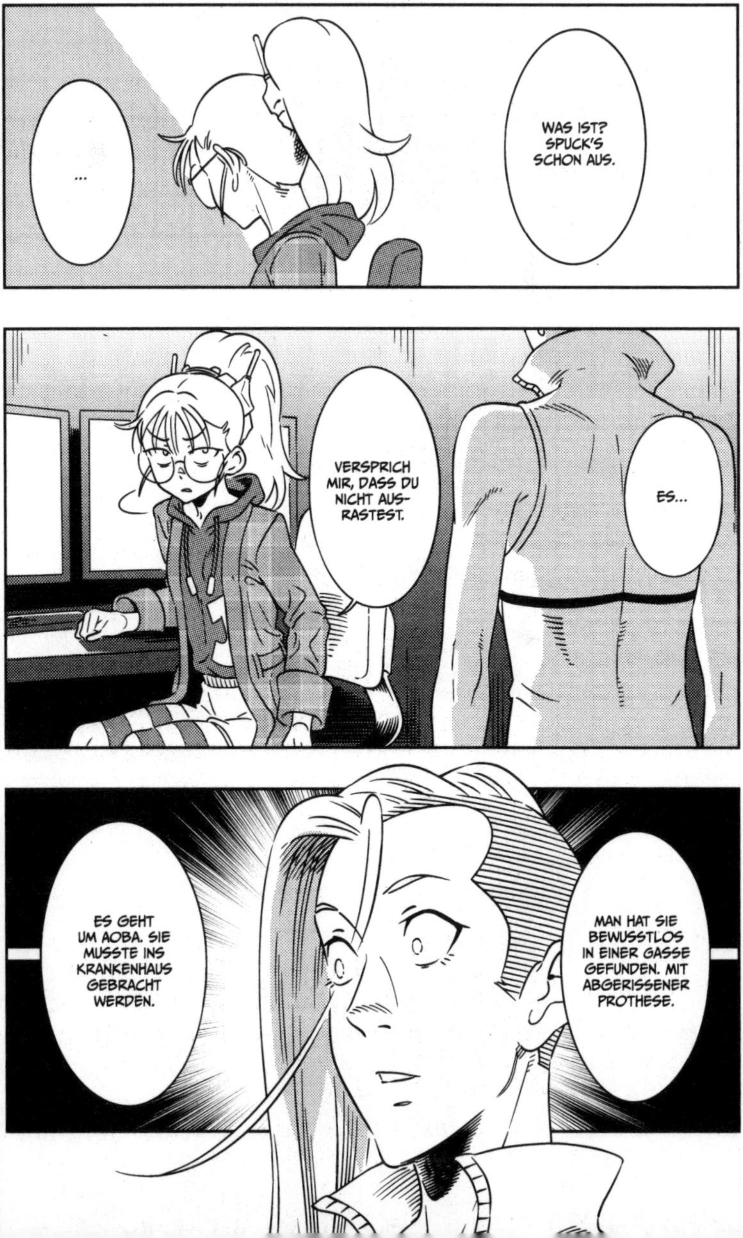
WAS IST?
SPUCK'S SCHON AUS.
...
ES...
VERSPRICH MIR, DASS DU NICHT AUS-RASTEST.
MAN HAT SIE BEWUSSTLOS IN EINER GASSE GEFUNDEN. MIT ABGERISSENER PROTHESE.
ES GEHT UM AOBA. SIE MUSSTE INS KRANKENHAUS GEBRACHT WERDEN.

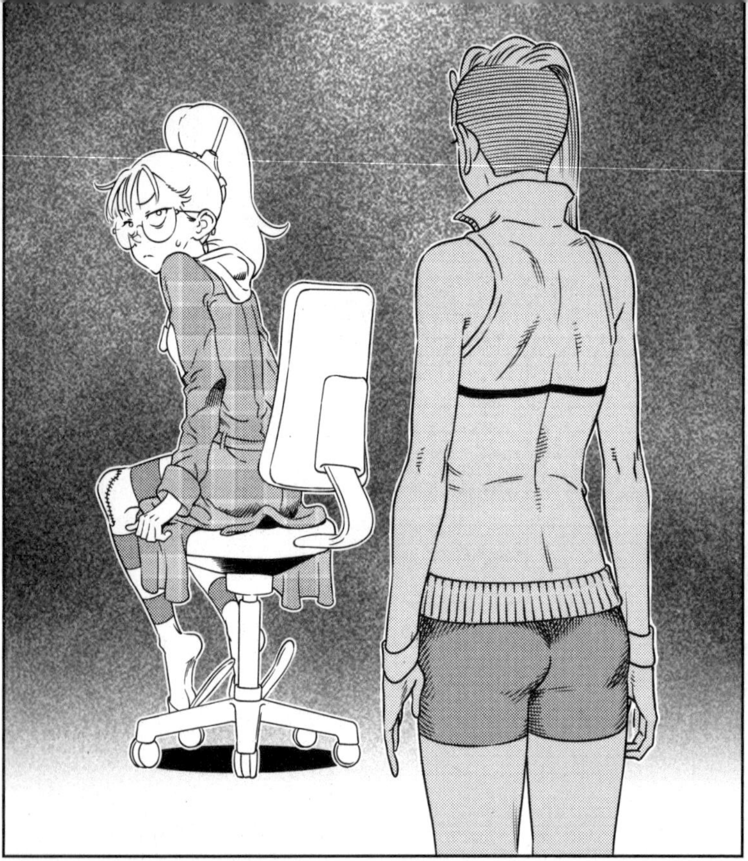

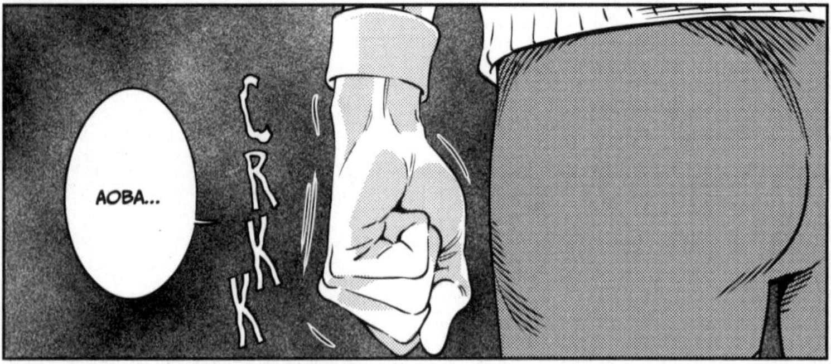

AOBA...
CRKK

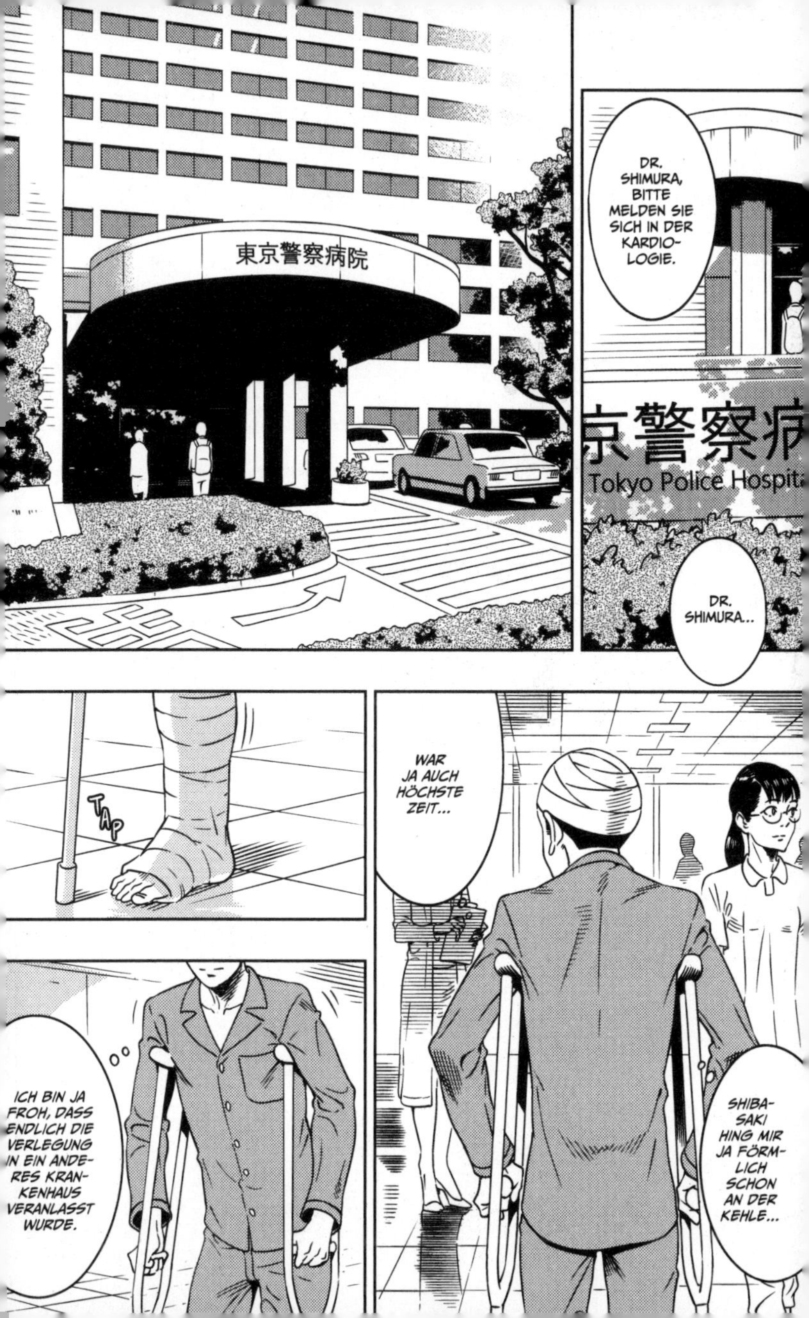
東京警察病院
DR. SHIMURA, BITTE MELDEN SIE SICH IN DER KARDIO-LOGIE.
京警察病
Tokyo Police Hospita
DR. SHIMURA...
WAR JA AUCH HÖCHSTE ZEIT...
TAP
SHIBA-SAKI HING MIR JA FÖRM-LICH SCHON AN DER KEHLE...
ICH BIN JA FROH, DASS ENDLICH DIE VERLEGUNG IN EIN ANDE-RES KRAN-KENHAUS VERANLASST WURDE.

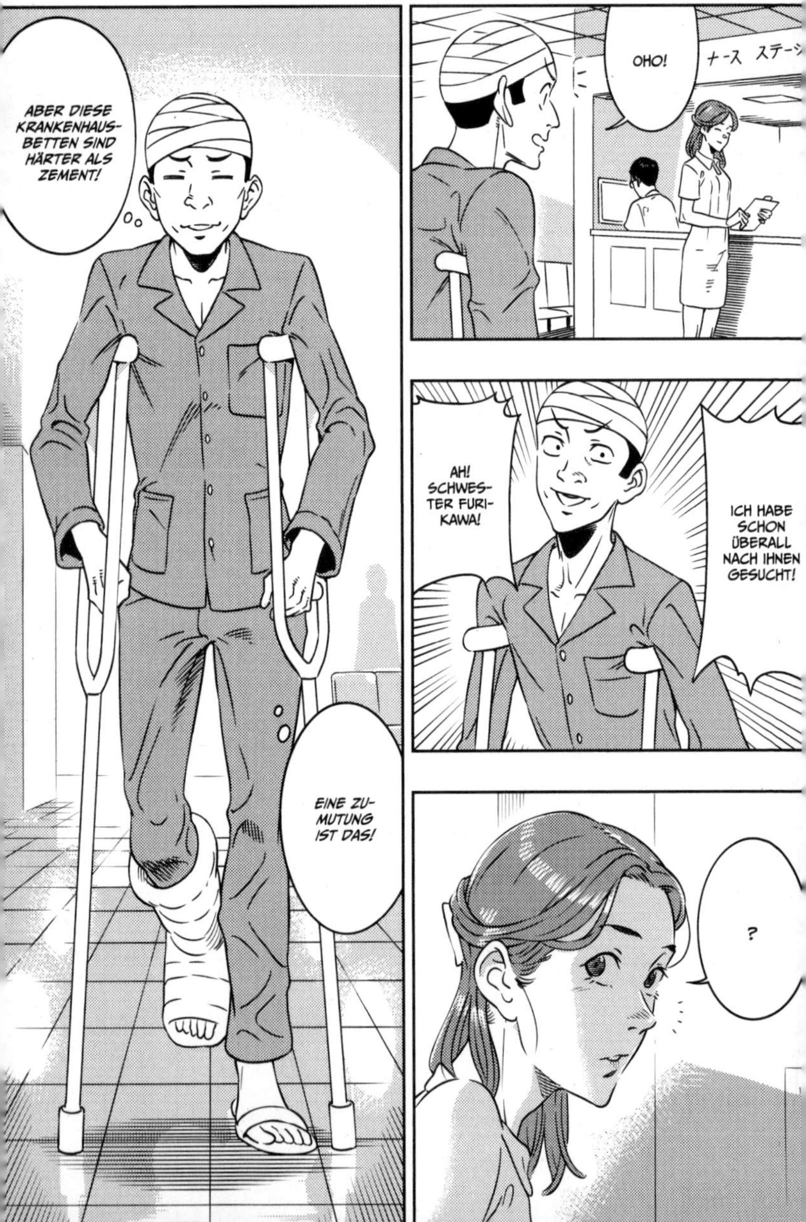

ABER DIESE KRANKENHAUS-BETTEN SIND HÄRTER ALS ZEMENT!
EINE ZU-MUTUNG IST DAS!
OHO!
ナース ステー
AH! SCHWES-TER FURI-KAWA!
ICH HABE SCHON ÜBERALL NACH IHNEN GESUCHT!
?

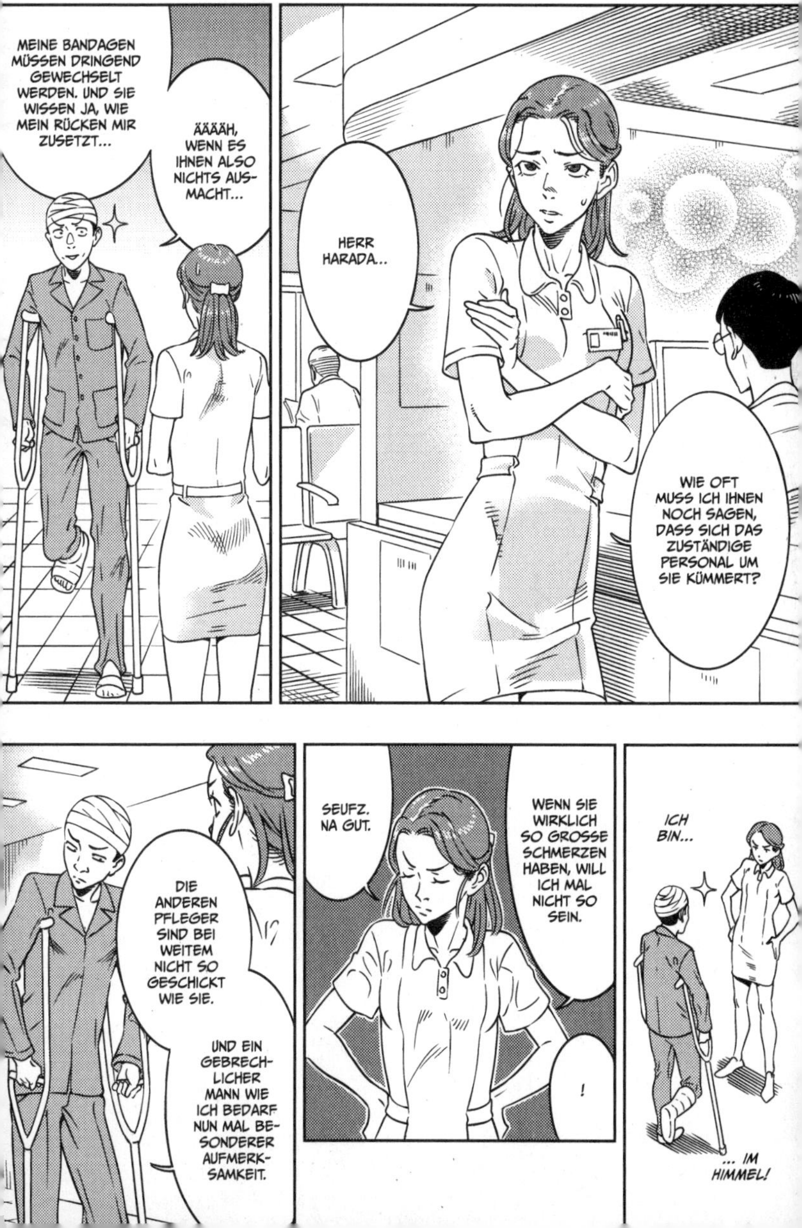

ÄÄÄÄH, WENN ES IHNEN ALSO NICHTS AUSMACHT...
MEINE BANDAGEN MÜSSEN DRINGEND GEWECHSELT WERDEN. UND SIE WISSEN JA, WIE MEIN RÜCKEN MIR ZUSETZT...
HERR HARADA...
WIE OFT MUSS ICH IHNEN NOCH SAGEN, DASS SICH DAS ZUSTÄNDIGE PERSONAL UM SIE KÜMMERT?
DIE ANDEREN PFLEGER SIND BEI WEITEM NICHT SO GESCHICKT WIE SIE.
UND EIN GEBRECHLICHER MANN WIE ICH BEDARF NUN MAL BESONDERER AUFMERKSAMKEIT.
WENN SIE WIRKLICH SO GROSSE SCHMERZEN HABEN, WILL ICH MAL NICHT SO SEIN.
SEUFZ. NA GUT.
!
ICH BIN...
... IM HIMMEL!

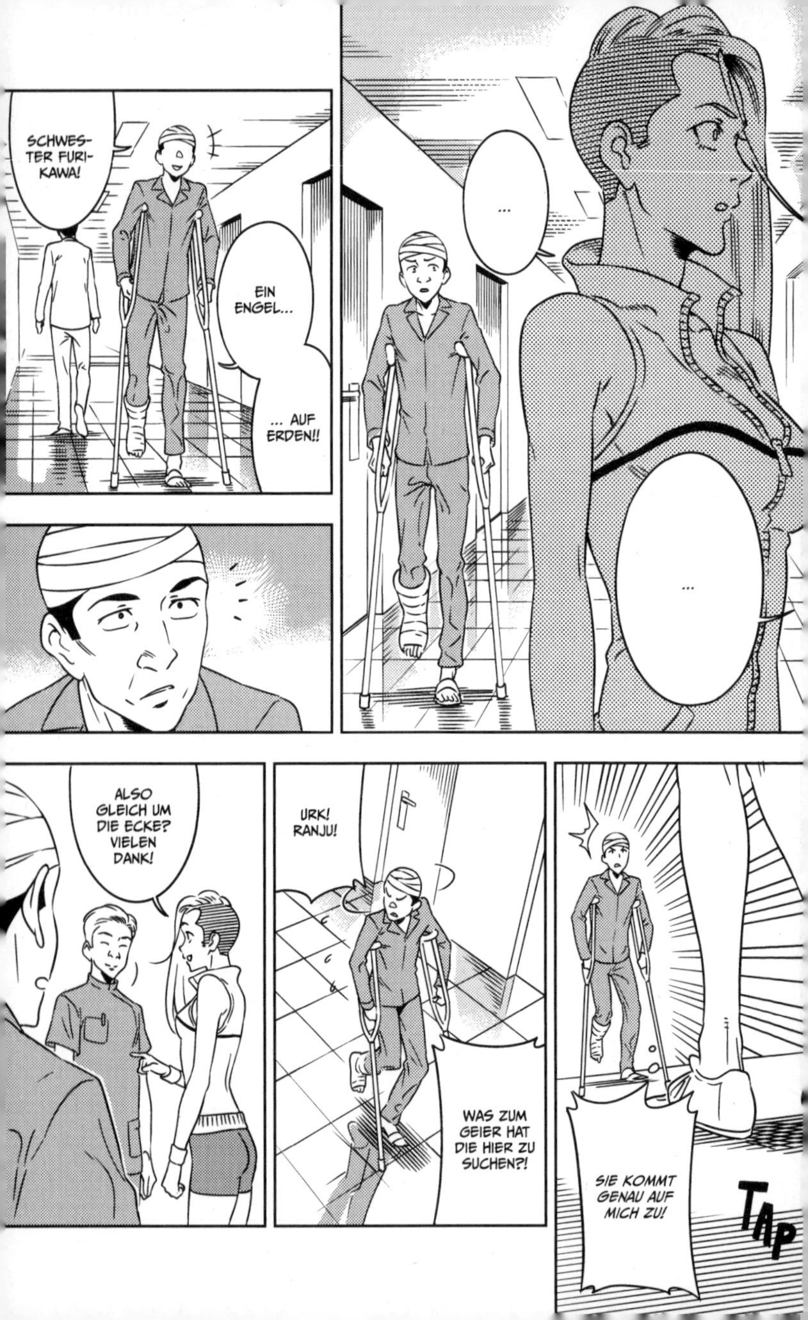

SCHWESTER FURIKAWA!
EIN ENGEL...
... AUF ERDEN!!
...
...
ALSO GLEICH UM DIE ECKE? VIELEN DANK!
URK! RANJU!
WAS ZUM GEIER HAT DIE HIER ZU SUCHEN?!
SIE KOMMT GENAU AUF MICH ZU!
TAP

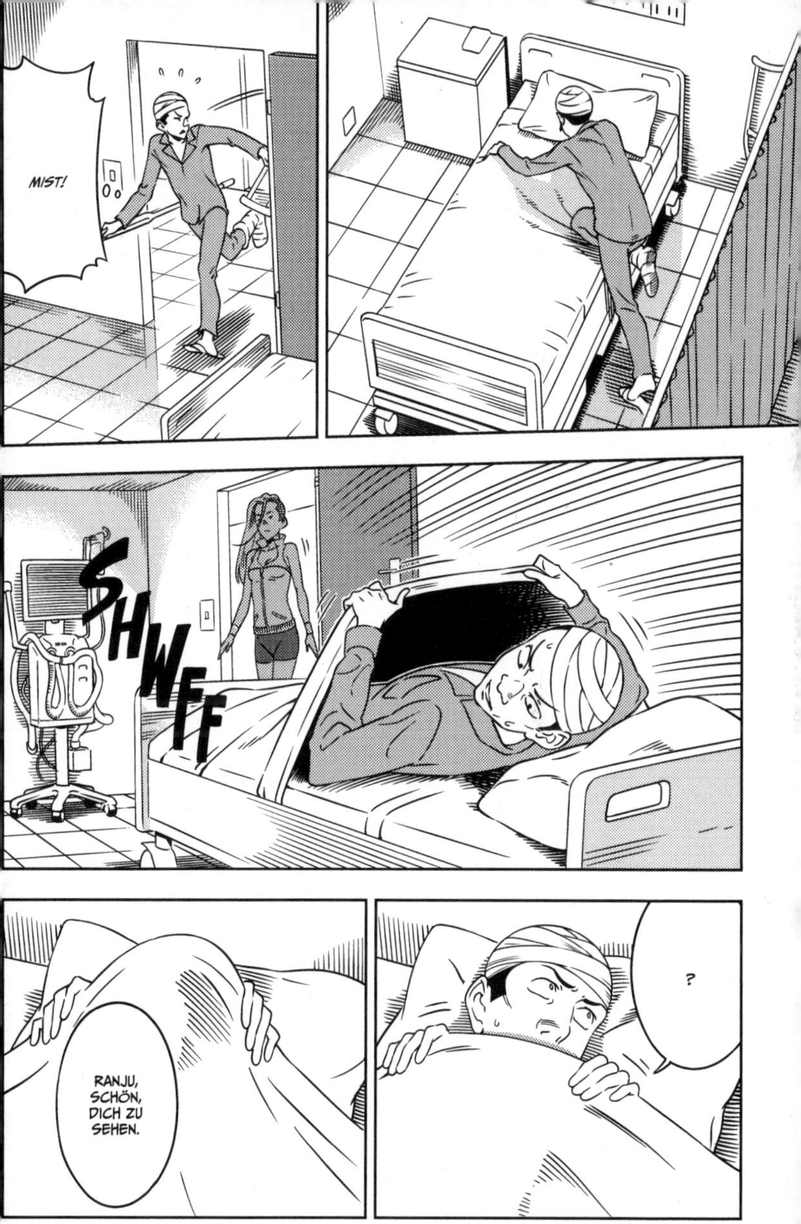
MIST!
SHWFF
RANJU, SCHÖN, DICH ZU SEHEN.
?

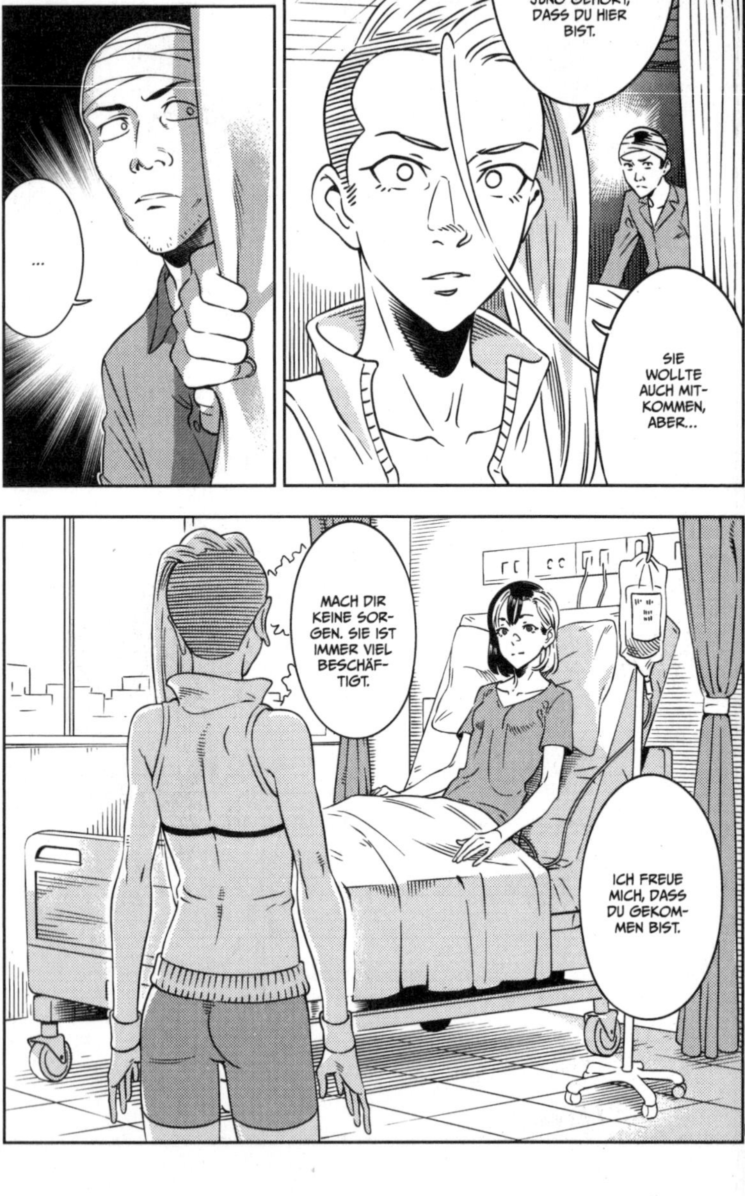
ICH HABE VON JUNO GEHÖRT, DASS DU HIER BIST.
SIE WOLLTE AUCH MIT-KOMMEN, ABER...
...
MACH DIR KEINE SORGEN. SIE IST IMMER VIEL BESCHÄFTIGT.
ICH FREUE MICH, DASS DU GEKOMMEN BIST.

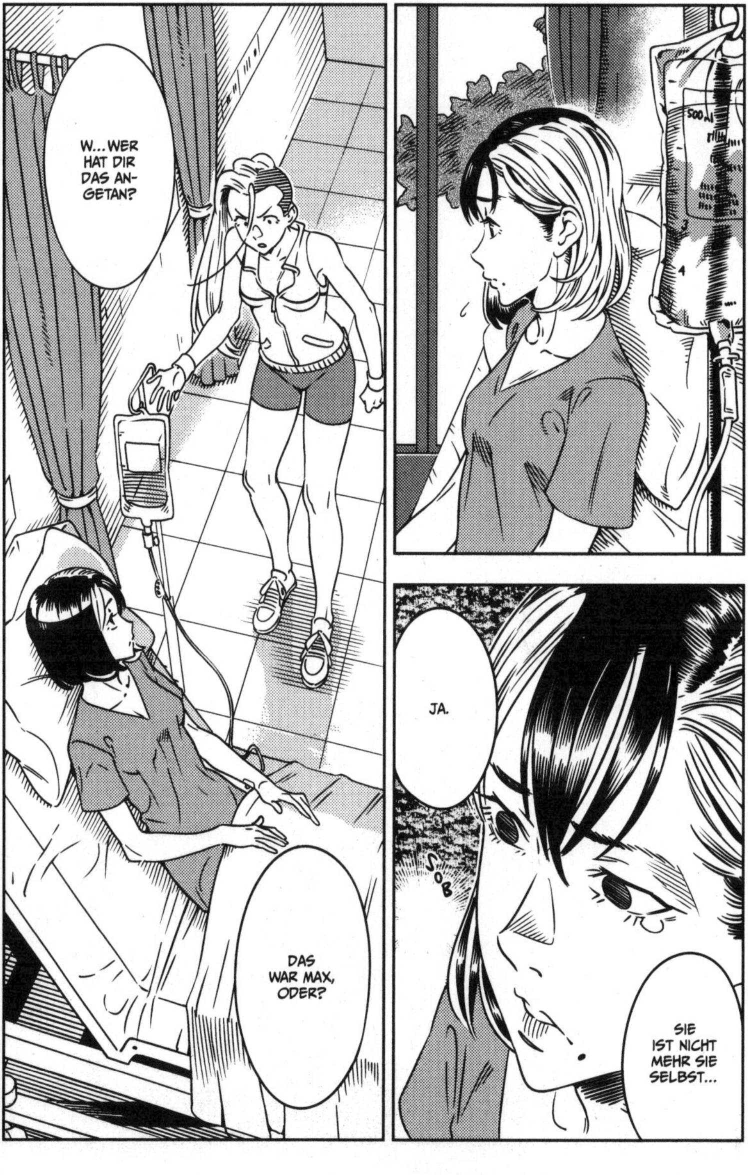
W...WER HAT DIR DAS AN-GETAN?
DAS WAR MAX, ODER?
JA.
SOB
SIE IST NICHT MEHR SIE SELBST...

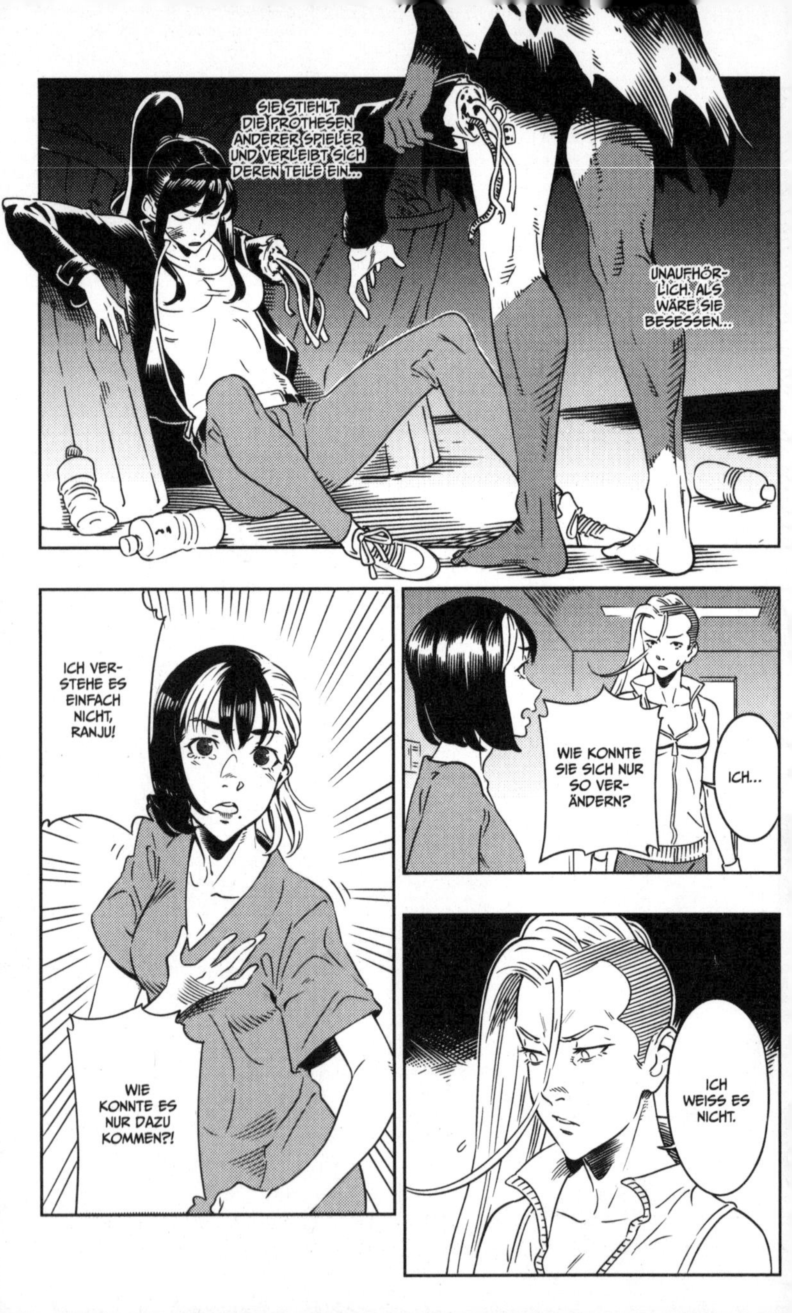
SIE STIEHLT DIE PROTHESEN ANDERER SPIELER UND VERLEIBT SICH DEREN TEILE EIN...
UNAUFHÖR-LICH. ALS WÄRE SIE BESESSEN...
ICH VER-STEHE ES EINFACH NICHT, RANJU!
WIE KONNTE ES NUR DAZU KOMMEN?!
WIE KONNTE SIE SICH NUR SO VER-ÄNDERN?
ICH...
ICH WEISS ES NICHT.

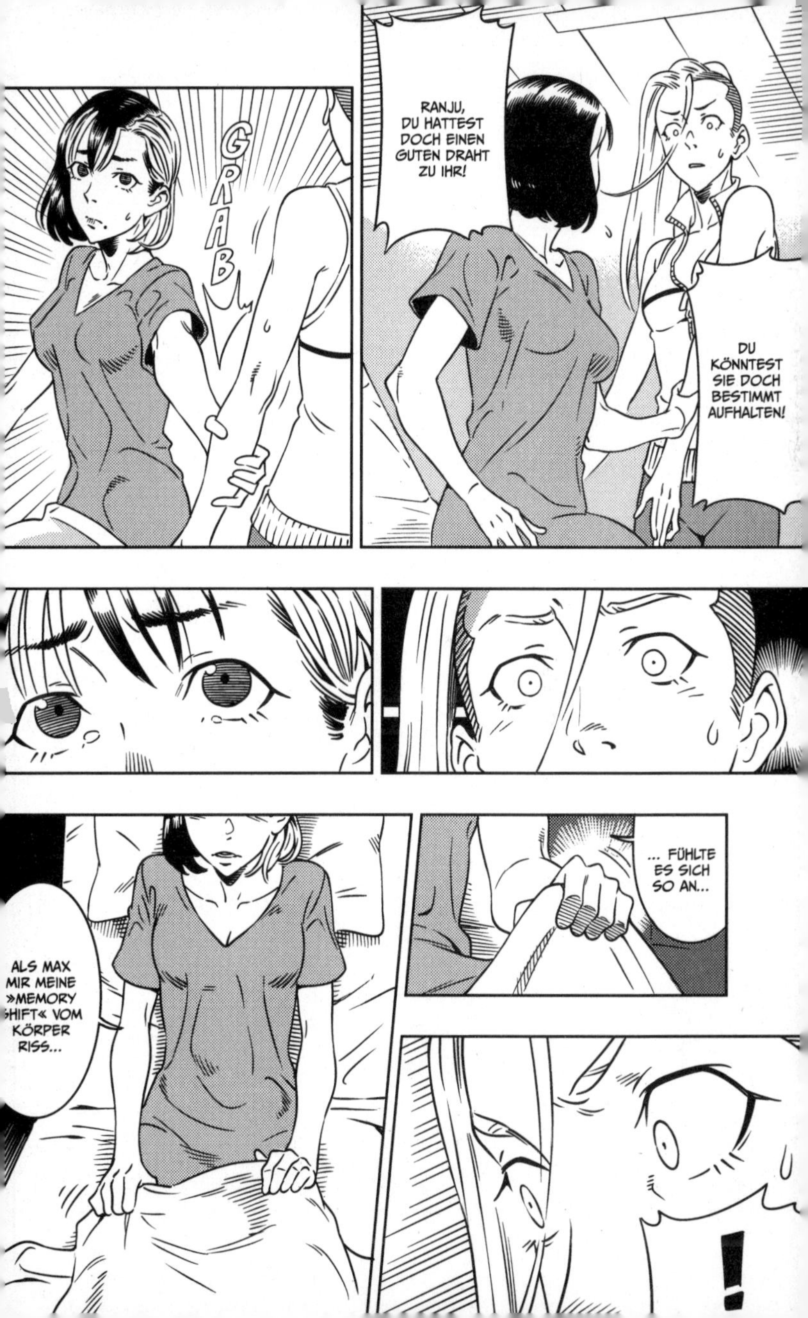
RANJU, DU HATTEST DOCH EINEN GUTEN DRAHT ZU IHR!
DU KÖNNTEST SIE DOCH BESTIMMT AUFHALTEN!
GRAB
ALS MAX MIR MEINE »MEMORY SHIFT« VOM KÖRPER RISS...
... FÜHLTE ES SICH SO AN...
!

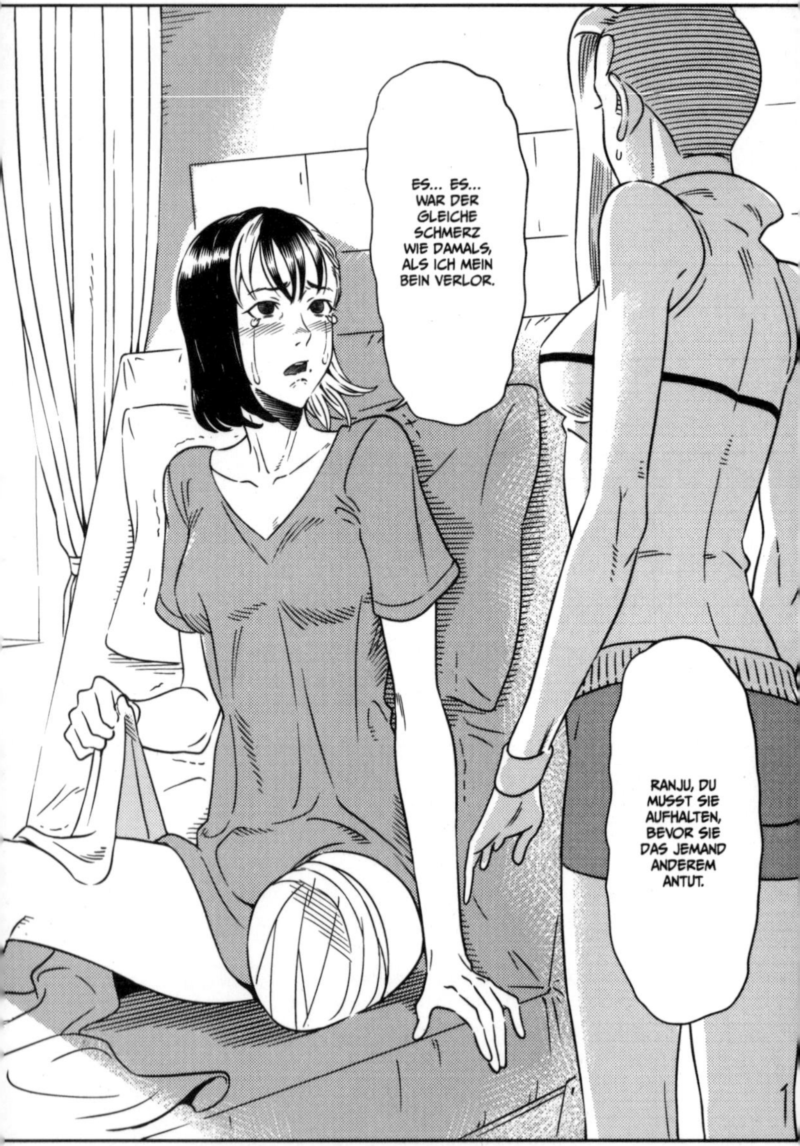
ES... ES... WAR DER GLEICHE SCHMERZ WIE DAMALS, ALS ICH MEIN BEIN VERLOR.
RANJU, DU MUSST SIE AUFHALTEN, BEVOR SIE DAS JEMAND ANDEREM ANTUT.

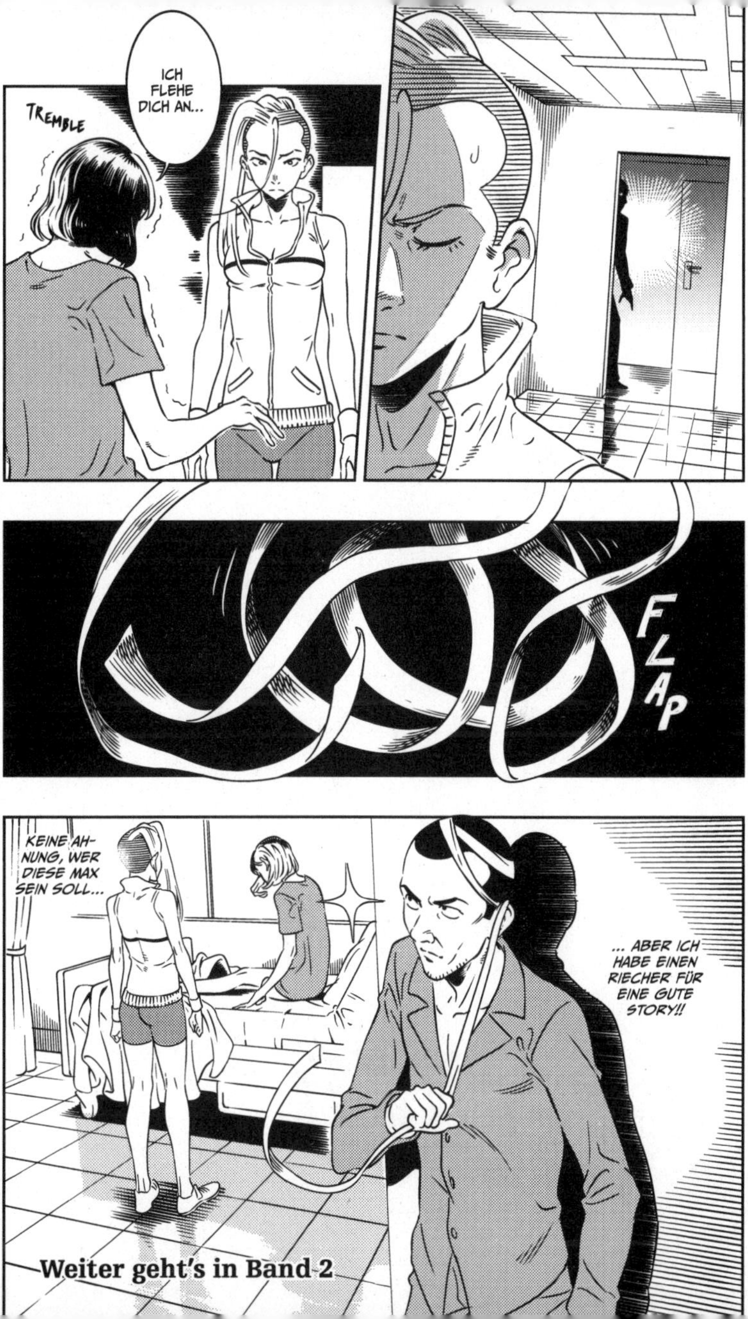

Weiter geht's in Band 2

SEVERED

Anmerkung zu Severed

Vielen Dank, dass du diesen Band bis zum Ende gelesen hast. Wie du dir vorstellen kannst, ist die Vervollständigung eines Manga mit viel Aufwand verbunden. Ein großes Dankeschön gilt meinen Freunden und meiner Familie, die mich immer unterstützt haben und für meinen kreativen Tunnelblick stets großes Verständnis zeigen. Tausend Dank auch an Philipp, Nina, Britta, Lisa und Adina, die stets wertvolle Perspektiven geliefert und von mir eine größere Einfühlsamkeit abverlangt haben.

SEVERED symbolisiert für mich die Überwindung meiner kreativen Ziellosigkeit. Das lange und schmerzhafte Umprogrammieren von »Lass es bleiben« zu »Lass es drauf ankommen«. Wenn mir das Zeichnen von Akane und ihren Freunden nicht solchen Trost und Antrieb gespendet hätte, wäre ich wohl kaum in der Lage gewesen, den Selbstzweifeln die Stirn zu bieten und den ersten Band bis zum Ende durchzuziehen. Die appellierenden Worte auf dem Post-It-Zettel am Kühlschrank wären ungehört verhallt.

Akanes Geschichte ist noch nicht zu Ende und sicher werden sich noch weitere Herausforderungen präsentieren. Die Ungewissheit hätte mir früher Unbehagen bereitet, aber jetzt hat sich ein neues, stärkeres Gefühl bemerkbar gemacht: Die Aufregung.

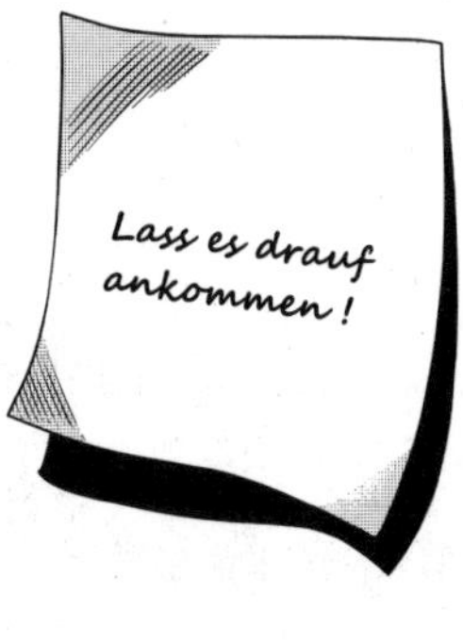

Junos Labor

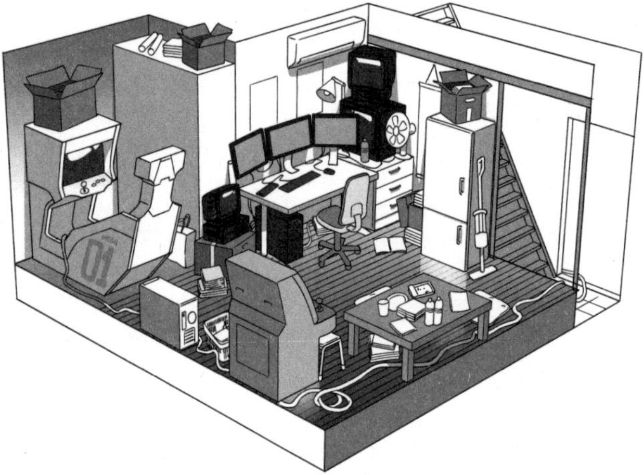

Verworfenes Panel

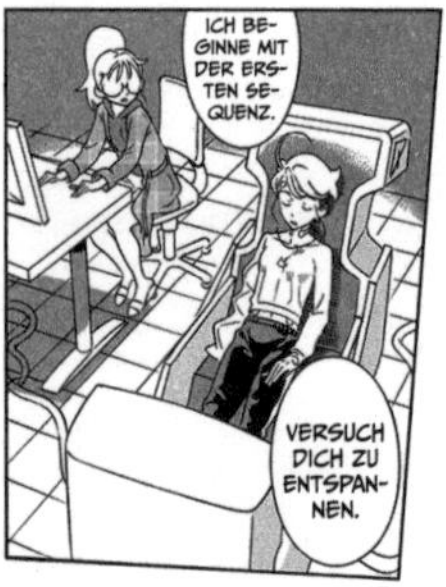

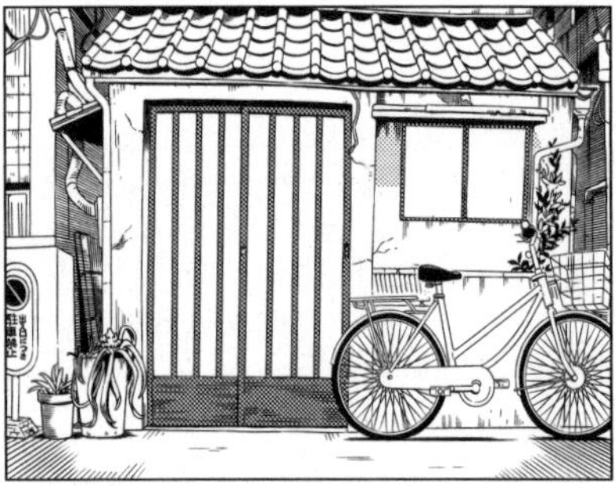

manus

Ein großer Teil der Geschichte spielt in Junos Labor, deshalb habe ich auf das Design ihrer Behausung besonderes Augenmerk gelegt.

AUF DIE INNENEINRICHTUNG LEGE ICH GROSSEN WERT, DENN ICH MÖCHTE DAS HAUS SO WENIG WIE MÖGLICH VERLASSEN.

Erste Entwürfe

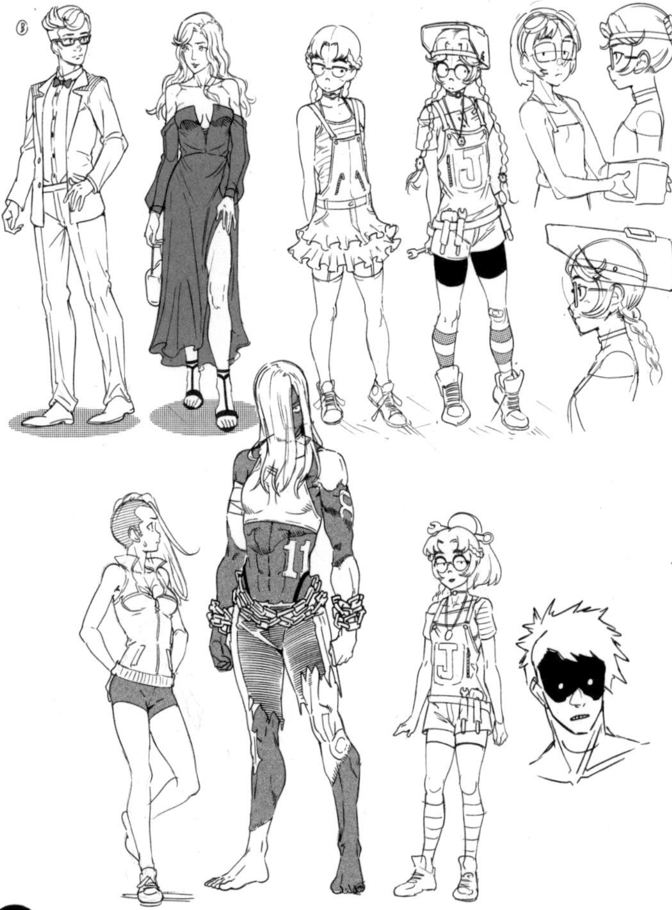

manus Die beiden auf der linken Seite waren von Anfang an nur als »vorlautes Paar« bekannt. Diese Bezeichnung mag abschätzig klingen, aber aus meiner Sicht waren sie enorm hilfreich dabei, Aoba bei ihrem 1. Auftritt gleich als Ausnahmetalent darzustellen. Juno hat sich seit diesen Skizzen ziemlich verändert.

Entstehung von Aoba

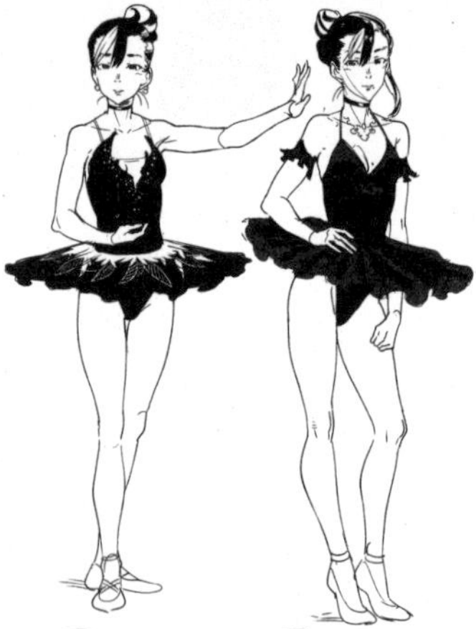

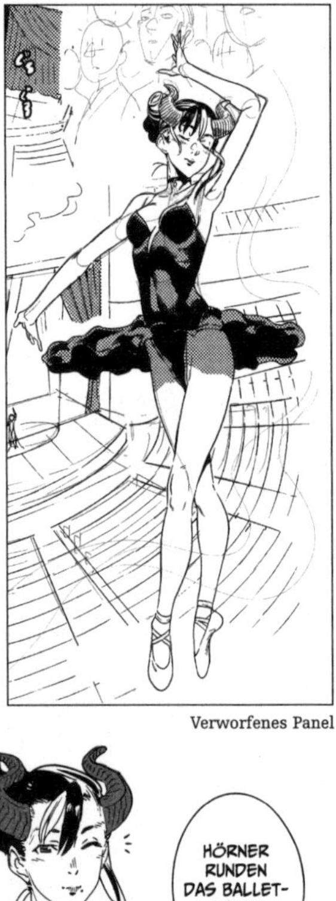

Verworfenes Panel

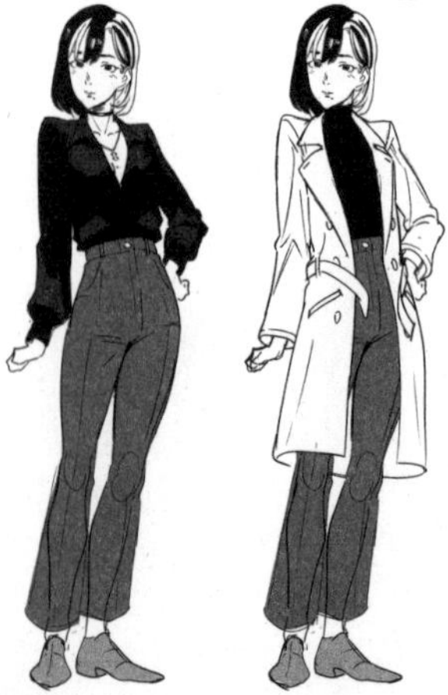

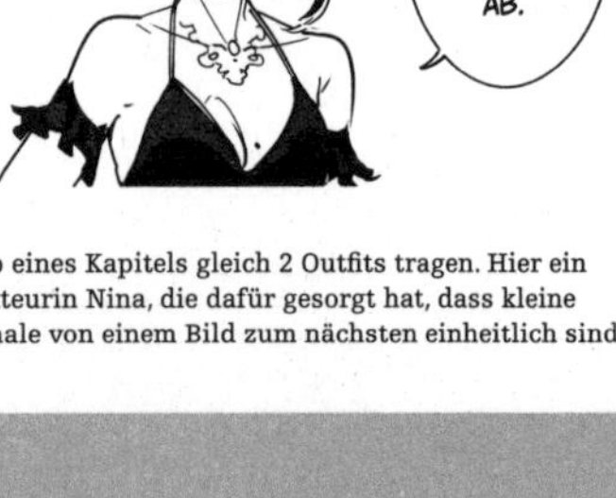

manus Aoba ist eine der Figuren, die innerhalb eines Kapitels gleich 2 Outfits tragen. Hier ein Dankeschön an meine ehemalige Redakteurin Nina, die dafür gesorgt hat, dass kleine Details wie Haarsträhnen und Muttermale von einem Bild zum nächsten einheitlich sind.

Entstehung von Juno

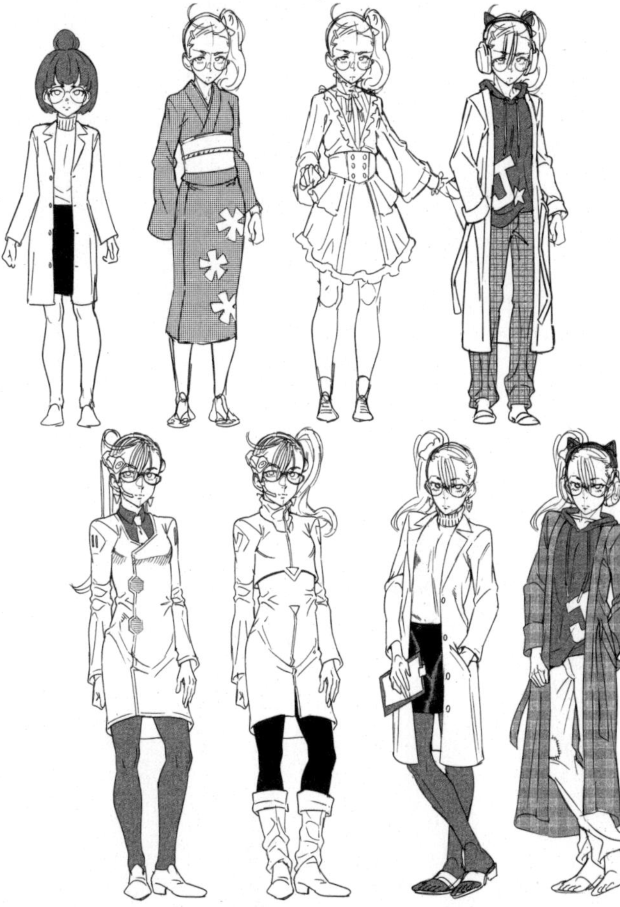

manus Die Entwürfe von Juno im Schlafanzug waren für mich ein richtiges Aha-Erlebnis. Mir wurde klar, dass in ihr sowohl eine geniale Erfinderin, als auch eine neurotische Schrauberin leben.

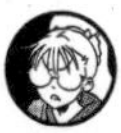

Alternative Outfits

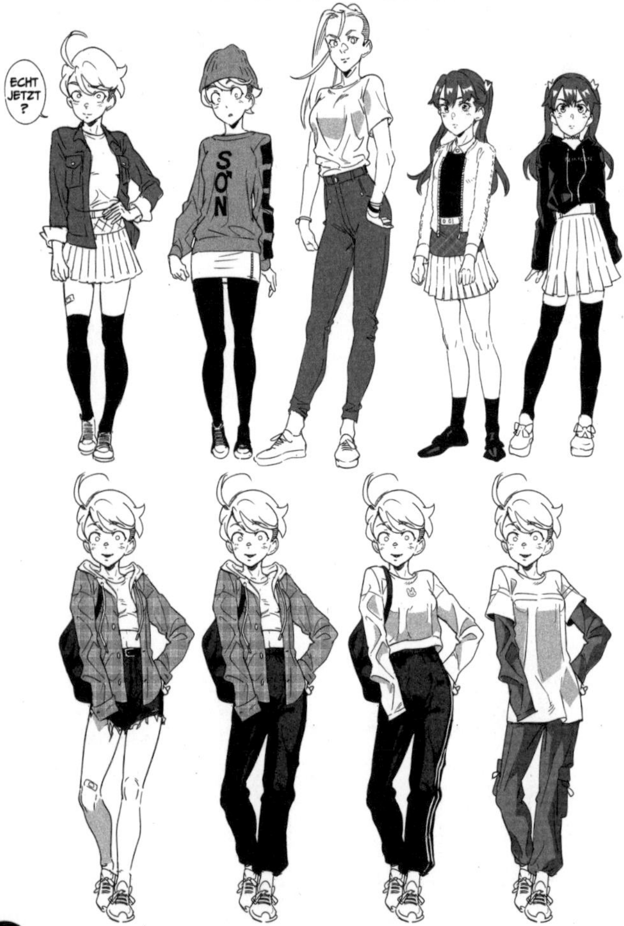

manus Diese Kostüme habe ich entworfen, weil für mich klar war, dass Akane nicht ewig ihr »Tarn-Outfit« tragen würde. Auch Ranju und Kate hätten es eigentlich verdient, mal etwas anderes zu tragen.

»Memory Shift«-Prothese

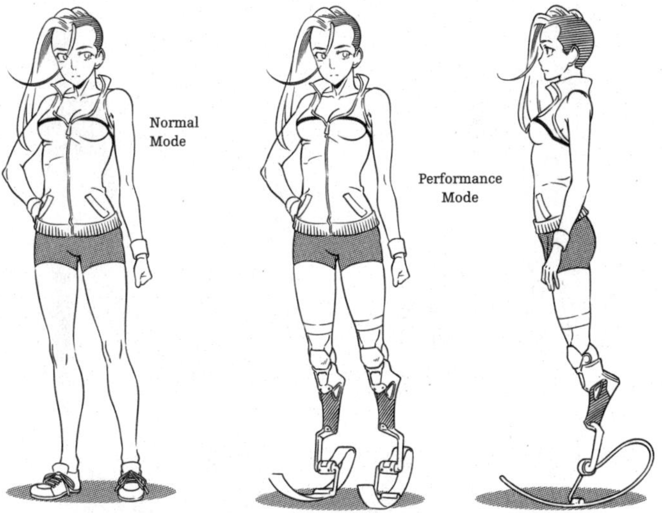

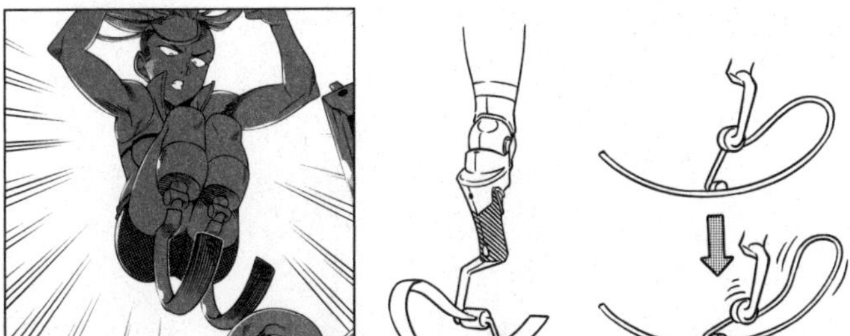

manus Philip, ehemaliger Redakteur Nr. 2, hatte mich gebeten, Ranjus Prothesen zu überarbeiten, da sie in der Ursprungsfassung zu sehr an Piratenhaken erinnerten. Da die Prothesen sehr oft vorkommen, war das eine ziemliche Fleißarbeit.

Entstehung von Daisuke

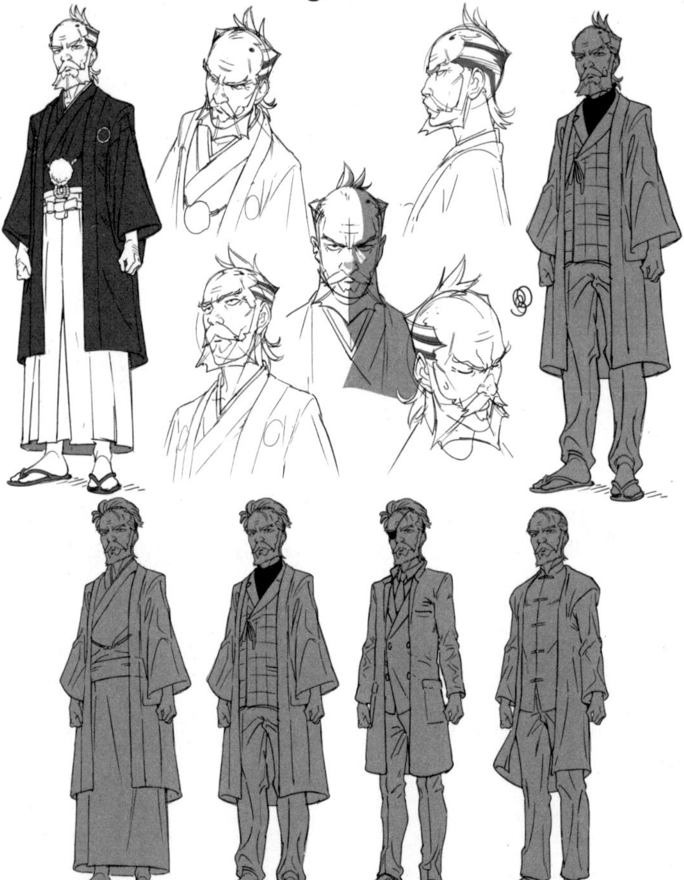

manus Das Zeichnen von Kleidung kann schnell zur Herausforderung werden, wenn das eigene Wissen lückenhaft ist. Um Kondos elegante und einschüchternde Art zu untermalen, war es unerlässlich, seinem Kimono den nötigen Feinschliff zu verpassen.

Entstehung des Testapparats

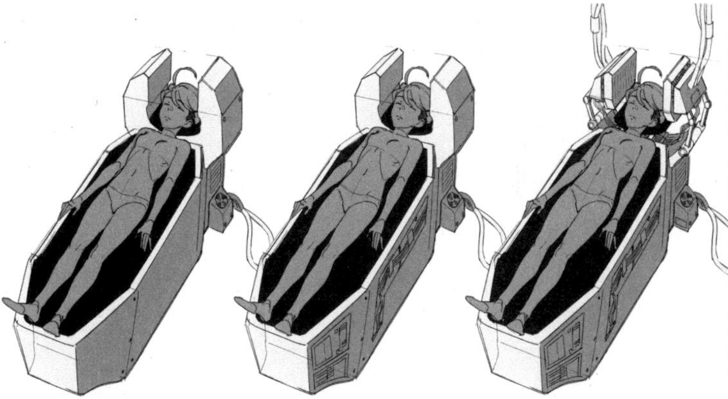

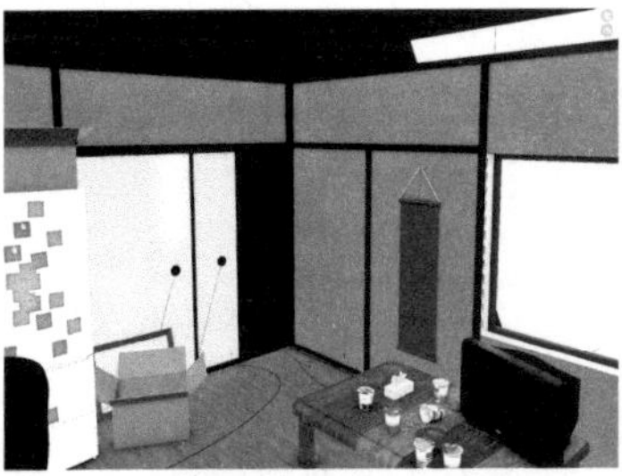

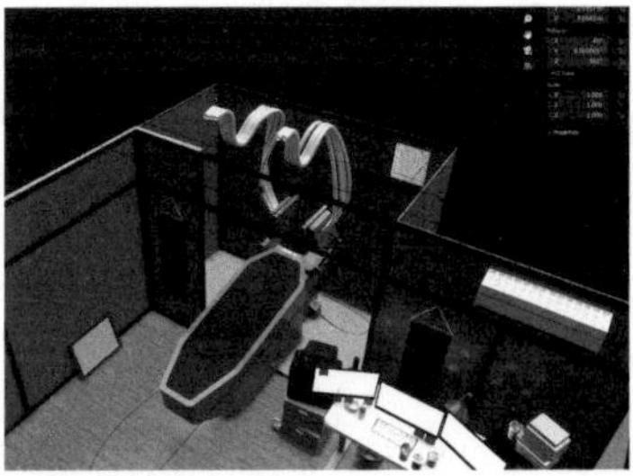

manus

Für »SEVERED« habe ich zum ersten Mal Gebrauch von der 3D-Software Blender gemacht. Als Gewohnheitsmensch habe ich mich bisher gegen den Einsatz solcher Programme gewehrt, aber ich kann nicht leugnen, dass sie beim Visualisieren von Räumen und Gegenständen enorm hilfreich sein können.

DAS VISUALISIEREN VON DINGEN IST ÜBRIGENS EINE WICHTIGE FÄHIGKEIT VON »MEMORY SHIFT«-BENUTZERINNEN. DAS WUSSTET IHR NICHT, WAS? MEHR DAZU IN BAND 2!

Falsche Seite

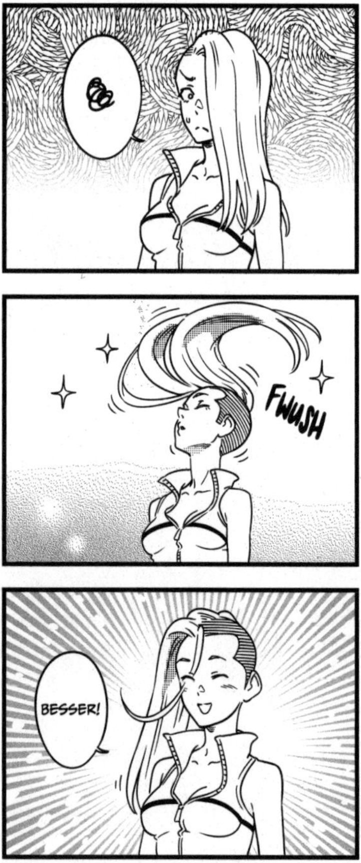

Der Autor

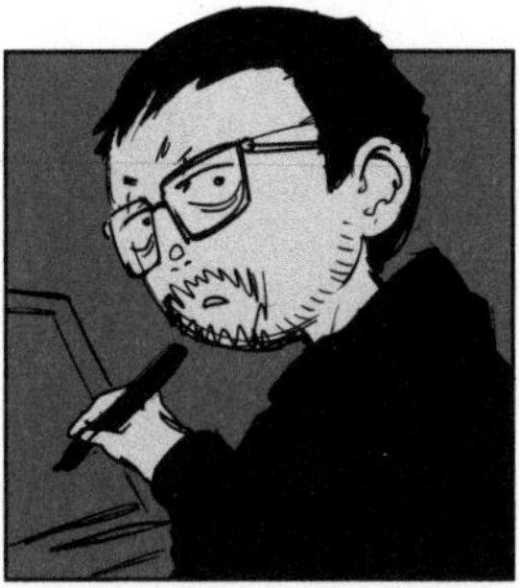

Manus, geboren 1989, ist ein Mangazeichner und Illustrator aus Zürich. Nach dem Studium der Animation in Luzern zog es ihn nach Tokyo, wo er im Japanisch-Unterricht die ersten Entwürfe für ein Manga-Projekt in sein Übungsheft gekritzelt hat.
Wenn er nicht gerade den Zeichenstift in der Hand hält, verbringt er seine Zeit gerne mit Videospielen, übt auf der Gitarre oder überlegt, ob er sich endlich einen Hund zulegen soll.

byman.us

Instagram: art_bymanus
Bluesky: art_bymanus
Pixiv: art_bymanus
Cara.app: artbymanus

FSC
www.fsc.org
MIX
Papier | Fördert gute Waldnutzung
FSC® C083411

Wir produzieren nachhaltig
- Klimaneutrales Produkt
- Papiere aus nachhaltigen und kontrollierten Quellen
- Hergestellt in Europa

CARLSEN MANGA
Originalausgabe

SEVERED by manus

Redaktion: Britta Hellwig, Nina Kroesing, Philipp Nakata
Sensivity Reading: Adina Hermann
Produktionsmanagement: Björn Liebchen

ISBN: 978-3-551-02287-5

Carlsen Manga! News – jeden Monat neu per E-Mail!
www.carlsenmanga.de
www.carlsen.de

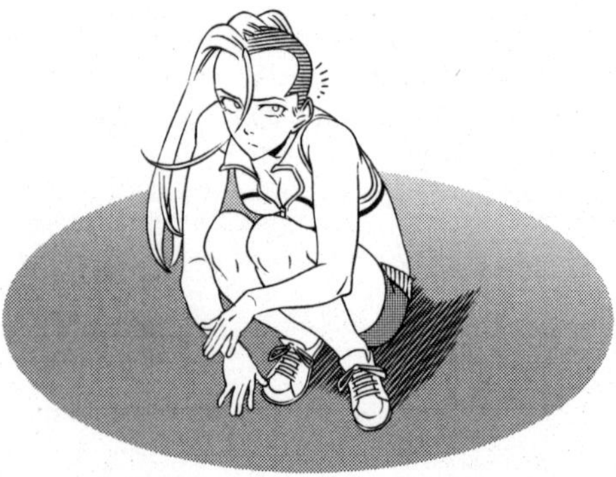